诡案罪 5

GUI AN ZUI

岳 勇◎著

群言出版社
QUNYAN PRESS
·北京·

目 录

刑事侦查卷宗

弩枪命案

案件名称：弩枪命案

犯罪嫌疑人姓名：XXX

立案时间：2014.5.9

结案时间：2014.6.12

立卷单位：青阳市公安局

A50311543020140509

（正卷）

青阳市公安局

谋杀青春

1

一座破庙，孤零零立在青阳山后面的半山腰上，四周是一片阴森森的树林。

许多年前，曾经有个男人在这破庙里上吊自杀，从那以后，这里就染上了邪气，据说谁打这儿过，谁就得倒霉。

渐渐的，这半山腰就成了一块没人敢来的邪地。

这天下午，一支“驴行”的队伍翻过山头，闯进了破庙。

“哇，这个地方真不错，挺有特色的。”一个戴眼镜的年轻女孩儿一边新奇地打量着破庙里金身脱落的神像，一边拍着身旁男领队的肩膀问，“阿鸣，你怎么知道这深山老林里还藏着一个这么好的去处啊？”

阿鸣爽朗地笑道:“我外婆住在青阳山那边，小时候我曾偷偷摸上山采蘑菇，知道这里有个庙，正好可以作为咱们这次‘驴行’的落脚处。”

这支驴行队伍共有五个人，三男两女。领队叫郑一鸣，另外两名男队员，人高腿长身材健硕的那一个叫弓建，身形瘦削长相斯文的年轻人名叫何子尉。刚才拍郑一鸣肩膀的女孩名叫周心如，她旁边那个年纪略小的短发女孩名叫小薇，是周心如的亲表妹。他们都在青阳市远成实业集团公司工作。

周心如和三个男孩是高中同学，自小就关系不错，后来又一起考进了省城大学，毕业后，又一起回到家乡，进入远成实业集团工作。而周心如的父亲周远成，则正是远成实业集团的董事长。

小薇比他们几个都要小两岁，自小就是他们几个的跟屁虫。

五个年轻人，正是爱玩的年纪，就由郑一鸣牵头，成立了一支驴行队，经常背着背包到城郊荒山野岭远足。

这一次在阿鸣的带领下，他们翻越青阳山，走到这无人的破庙里来了。

小薇走得累了，正想歇口气，把背包往地上一扔，一片灰尘就扬了起来，呛得她直咳嗽。

弓建皱起眉头说："阿鸣，我听说这庙里以前死过人，是一个不干净的邪地啊？"

郑一鸣说："亏你还读过大学，这种无稽之谈你也信啊？"

何子尉在破庙里转了一圈，里里外外都查看了一遍，说："大家放心吧，这地方除了破一点，也没有什么不对劲的地方。"

周心如说："既然这样，那咱们就在这里休息一阵儿，填饱肚子再下山。"

大家就纷纷卸下背包，一屁股坐在地上，从包里拿出食物往嘴里塞。

郑一鸣看见周心如被面包和火腿肠噎得直皱眉头，起身说："大家想不想吃点好吃的啊？"

周心如说："当然想啊，可是我们只带了这些速食品，还能有什么好吃的？"

郑一鸣笑道："没有我也能给你变出来呀。现在，你和小薇，还有子尉，去外面树林里捡些干柴回来，弓建你跟我走。"他从背包里拿出两把钓钩，"我知道这附近有一个深水潭，里面有很多鱼。"

周心如他们几个刚捡回树枝，在破庙里生起火来，郑一鸣就和弓建提着几条大鱼回来了。

小薇很是兴奋，把鱼用树枝穿起，架在篝火上烤着。

郑一鸣又从背包里拿出用小玻璃瓶装着的食盐等调料，最后拿出一小瓶辣椒粉递给周心如："知道你喜欢吃辣的，所以特地给你带了这个。"

何子尉看看郑一鸣，又看看周心如，默默地往火堆里添了一把干柴，那篝火就烧得更旺了。不大一会儿，破庙里就弥漫起浓浓的烤鱼香味。

大家在烤熟的鱼肉上撒上佐料，分而食之，与背包里那些方便面和面包相比，自然是无比的美味了。

大家吃饱喝足，休息一会儿，就打点行装，准备下山。

从破庙里出来，山坡上是一片茂密的森林，一条杂草丛生的羊肠小道自树林里蜿蜒而过，通往山下。

好在下山的路并不算陡峭，大家也走得比较轻松。

领队郑一鸣在前领路，弓建和何子尉紧随其后，倒是周心如和小薇这一对表姐妹，一路拈花惹草，嘻嘻哈哈地落在了后面。

“哎，表姐，你觉得这三个家伙怎么样啊？”

小薇见三个男生离得较远，就用手肘碰了一下周心如，眨着眼睛问。

周心如看她一眼，问：“什么怎么样？”

“明知故问，难道你看不出来，这三个家伙都在心里喜欢你吗？而且还在暗地里较着劲儿呢！我问你，你心里到底喜欢哪个啊？”

周心如脸色微红，朝前面三个男生的背影看了一眼，说：“他们三个的心思，我其实早就知道了。这弓建吧，身材比较高，超过一米八，跟他在一起比较有安全感，可是就是性格有点偏激。子尉吧，倒是文质彬彬一副斯文相，可性格太沉闷了，总让人觉得心机太重。倒是一鸣集中了这两个人的优点，不胖不瘦，长得也帅气，而且待人细心体贴，像个邻家大哥哥一样，我相信他以后会是个好老公。”

“听你这口气，我就知道你最喜欢的还是郑一鸣。”小薇笑着问，“那你准备什么时候向他们三个摊牌啊？咱们五个人虽然是死党，但这事你要是处理得不好，很可能会引起人民内部矛盾哦。”

周心如柳眉微皱，点头说：“这个我知道，其实我也很为难啊。”

这时候，走在最前面的郑一鸣回头看看两个落在最后面的女生，忽然向前紧走几步，拐个弯，就不见了人影。

弓建不禁笑骂：“臭小子，明明看见两个女生落在后面，他还走这么快。”

拐弯过去一看，却见郑一鸣正躲在路边一棵大树后面畅快地小便。

弓建这才明白他甩开周心如两姐妹的原因，促狭之心顿起，就掏出手机，对着郑一鸣小便的姿势，拍了一张照片。

郑一鸣听见快门响声，才知道自己被人偷拍了。

“臭小子，赶紧给我删了。”

他拉上裤子拉链，拔腿就追。

弓建举起手机，边跑边笑：“你要是追上我，我就把照片删除，要是追不上，我就把照片发到微信上，让心如和大家都开开眼界。”

郑一鸣急了，大叫：“臭小子，你给我站住。”两个好朋友，就在这下山的小路上追逐起来。

弓建长得人高腿长，平时就是个运动健将，郑一鸣追出数百米远，都没有追上他，不禁有些恼火，如果这照片真的被弓建传到微信上，那他可就真要出大糗了。

他虽然累得直喘粗气，却还是没有停止追赶的脚步。

何子尉也跟在后面跑，边跑边喊：“你们两个别闹了，心如她们还在后面呢。”

郑一鸣一心只想追上弓建删除照片，没有理会他，咬着牙加快脚步，不大一会儿，与弓建的距离就越拉越近了。

眼看着就要追上了，前面忽然出现了一道山涧。

弓建奔跑到山涧边，没有丝毫停顿，飞身一跃，就轻轻松松跳了过去，还不忘回头朝郑一鸣扮个鬼脸，又接着往山下跑。

郑一鸣追到山涧边，见那山涧足有两米多宽，下面水声轰鸣，也不知道到底有多深，不由得倒抽一口凉气，急切间想要刹住脚步，可是却已经迟了，一股巨大的惯性力在后面推着他，他不由自主朝深涧跳过去……

周心如和小薇在后面边走边聊，一抬头，前面已经不见了三个男生的影子，两人急忙加快脚步，转过弯，却看见何子尉一个人站在一条山涧前面发呆，不觉有些奇怪，两人一路小跑过去。

何子尉一见二人，就带着哭腔喊：“不好了，阿鸣他、他掉到山涧里去了！”

周心如吓了一跳，问：“到底怎么回事？”

何子尉说：“刚才弓建开玩笑拍了一张阿鸣在树林里小便的照片，阿鸣追着他要他删除照片，来到这山涧边，弓建跳了过去，阿鸣跟在后面也想跳过去，可是他的跳跃能力不如弓建，一脚踏空，就掉下去了……”

“什么？”

周心如吓了一跳，跑到山涧边往下一看，那山涧有数米深，涧底水流湍急，只能看见涧水撞击在石头上溅起的水花，哪里看得到阿鸣的影子。

这时早已跳过山涧跑远的弓建见郑一鸣久久没有追上来，也觉得有些奇怪，折回头来找他，一听说阿鸣在追他时掉到山涧里去了，顿时吓出一身冷汗，大叫道：“还愣着干啥，赶紧去下游找人啊！”

众人这才如梦初醒，一边叫着郑一鸣的名字，一边沿着山涧往下游找去。

山涧往下游延伸不远，地势渐渐变得平坦，水流也平缓了一些，再往前去，山涧就连接到了山下的青阳水库。

弓建说：“水流这么急，也许是被冲远了，咱们分头去找，心如和小薇，你们沿着这山涧下游仔细找找，我和子尉到前面涧水流到水库的入口看看，总之无论如何也要找到阿鸣。”

他这句话，说的就是“活要见人，死要见尸”的意思。

郑一鸣是因为他开的一个玩笑，在追逐他时失足落水的，他要担负的责任自然要比别人重些，所以心里也更为着急。

他留下周心如和小薇在山涧边寻找，自己和何子尉一路小跑奔下山，山下就是青阳水库，水库很大，三面环山，另一面是一条数米宽的水泥大坝。

那条山涧奔流而下，哗啦啦注入水库，溅起一片水花。

两人顺着水流的方向找去，果然看见离岸十余米远的水面上浮着一个人，脸朝上背朝下，正是郑一鸣。

弓建大叫一声：“他在那里！”他连衣服也来不及脱，就纵身跳下水库，游到郑一鸣身边，拖住他奋力往岸边游来。

何子尉也跳下水接应。两人连拉带拽，好不容易才将郑一鸣弄上岸。

这时的郑一鸣，双目紧闭，面色苍白，肚子胀鼓鼓的，一看就知道喝了不少水，躺在地上，一动也不动。

弓建把手伸到他鼻子前一探，早已没有了呼吸。

他如遭雷击，脸色一变，一屁股坐在地上。

何子尉俯下身，把耳朵贴在郑一鸣胸口，凝神听了一下，叫道："他好像还有心跳！"说着，急忙将郑一鸣抱起，让他俯卧在一块石头上，头朝下，一边拍着他后背，一边往外控水。

弓建没有学习过这些急救知识，愣在一边竟帮不上忙。

何子尉说："你别愣着，小薇在大学里学的是医护专业，赶快打电话叫她们过来帮忙。"

弓建拿出手机，手机早已进水，根本打不出电话。

何子尉掏出自己的手机，也是一样，只好说："你赶紧上山去叫她们吧。"

弓建"哦"了一声，撒腿就往山上跑。

他沿着山路跑了几分钟，正好迎头碰上正在山涧边搜索的周心如和小薇。

弓建喘口气说："阿鸣已经被冲到水库里去了，我们刚把他捞上来，子尉正在对他进行急救。你们赶紧也过去帮忙吧。"

周心如一听还在急救，那就说明郑一鸣还活着，悬着的心稍稍放下了一点，赶紧跟着弓建跑下山。

远远的，就看见郑一鸣平躺在地上，何子尉正跪在他跟前，嘴对嘴给他做人工呼吸。

三人跑近，周心如急切地问："阿鸣怎么样了？"

何子尉没有回头，又两手重叠，在郑一鸣胸口按了几下，看看郑一鸣完全没有反应，就把耳朵贴到他胸口听了听，这才抬起头看看周心如等人，缓缓摇头："人工呼吸，心肺复苏，我都做了，可是……他已经没有心跳了。"

小薇上前察看后，也摇头说："他的瞳孔都已经扩散，没有救了……"

"啊？"周心如向后一个踉跄，差点摔倒。

小薇急忙伸手将她扶住。

周心如看看郑一鸣湿漉漉的尸体，眼睛里就流下泪来。忽然，她扭过头盯着弓建，眼睛里的悲伤，瞬间化作一团怒火，"平白无故，你为什么要拍照片捉弄阿鸣，为什么要让他追你？是你害死了阿鸣，是你害死了阿鸣！”她逼近弓建，每说一句，就用力在他胸口推一下。

弓建目光低垂，面无表情，像个木头人一样，任由她骂着，推搡着，一连向后退了十余步。

“是你，是你害死了阿鸣！”周心如越说越激动，最后竟然用肩膀朝他身上撞过去。

弓建身子一晃，向后连退几步，不想正好退到那条山涧边，一脚踏空，人就“扑通”一声，掉了下去。小腿胫骨正好磕在一块尖利的大石头上，差点把他痛晕过去。

那涧水从山上奔流而下，冲力极大，他还没有在水中稳住身体，人就被冲倒，扑腾几下，就被冲出山涧，掉进水库。好在他水性不错，呛了几口水之后，终于浮出水面，奋力游到岸边。

何子尉急忙伸手将他从水中拉起来。

弓建双脚落地，才发现右脚裤腿已被鲜血染红，拉起裤管一看，右脚小腿胫骨竟被那山涧中暗藏的尖利石头磕断了，白森森的断骨都戳破皮肉，露到外面来了。

他痛得直哆嗦，知道自己这一条腿，只怕是要瘸了。

周心如坐在郑一鸣的尸体边流着眼睛，竟没再看弓建一眼。

小薇赶紧掏出手机报警，然后又给周心如的父亲、她的姨父周远成打电话……

2

三年之后。

时间是医治一切心灵创伤的良药，三年时间很快就过去，周心如也渐渐从失去郑一鸣的痛苦中走出来，很快就跟一直默默陪伴在她身边安慰她、照顾她的何子尉确立了恋爱关系。

弓建因为一个玩笑而断送了好友性命，虽然不是他亲手杀人，却也难辞其咎，加上右腿骨折，变成了一个瘸子，意志消沉，很快就被公司炒了鱿鱼。

他得罪了周心如这位大小姐，自知在家乡难以立足，就扔下家里年迈的老母亲，到外地打工去了。

倒是小薇这丫头心肠软，经常背着表姐去探望弓建的母亲。

小薇的妈妈，是周心如她妈的亲妹妹。在小薇不满两岁的时候，她父亲因为生意失败上吊自杀，留下了她们这对可怜的母女，还有一屁股债。多亏姨父周远成收留她们母女俩，不但帮她们还清债务，还供小薇念书上大学。毕业之后，又让她跟周心如一起到自己的公司工作。周远成对这个从小就没有了父亲的外甥女一直疼爱有加，视如己出。

一进入夏天，天气就变得炎热起来。

周心如和何子尉都请了婚假，开始筹备婚礼的事。

这天晚上，小薇上网看完两集韩剧，正准备睡觉，发现表姐房里还亮着灯，推门进去一看，只见靠窗的书桌上堆着一大堆红色的请柬，周心如正在灯下埋头往请柬上填写婚礼受邀宾客的名字。

一见小薇进来，她像是找到了救星似的，扯着她的手说："小薇，你快帮我写一下，我写得手都发麻了。"

小薇笑嘻嘻地说："想做新娘子，这点累都受不了啊？"

她拿起受邀宾客名单看了一下，犹豫着说："表姐，你这名单上是不是少了一个人的名字？"

"少了谁？"周心如愣了一下。

小薇说："弓建。"

"他？"周心如的脸色就沉了下去。

"表姐，我知道你对阿鸣的死一直耿耿于怀，可是那真的只是一个意外，弓建并不是故意的，而且他为这事还瘸了一条腿，也算是受到了应有的惩罚。再说时间都过去这么久了，你也找到了你生命中的真命天子，你就原谅了他吧，毕竟咱们曾经是那么好的朋友，我也不希望看到现在这种谁也不理谁的局面。"

周心如的脸色缓和下来，瞧了她一眼说："就算我肯原谅他，也没有办法邀请他参加我跟子尉的婚礼呀，他离家出走，三年来音讯全无，我到哪里去给他送请柬？"

"这个你不用担心，"小薇说，"他这几年在外面混得不如意，一个月前已经回家了，只不过他不好意思联络你和子尉。我也是在去探望她妈妈的时候才知道他已经回来了。也许你给他送一张请柬，他来参加你们的婚礼，你们之间的疙瘩就能解开了，咱们几个又可以变成好朋友了。"

周心如用手指头在她额头上点了一下："好吧，我说不过你这丫头，那就把他的名字加上去吧。"

小薇就高兴地拿起钢笔，把弓建的名字工工整整地写在了一张请柬上。

一个星期后，婚礼准时举行，弓建果然拿着请柬来了，而且还给新娘送了一束鲜花。

周心如上下打量着他，三年未见，他消瘦了许多，满脸都是没有刮干净的胡楂儿，面相也苍老了许多，右脚很不灵便，走路一瘸一拐，已经完全没有了昔日青春年少意气风发的风采。

周心如在心里"哼"了一声，暗想当年如果不是你害死阿鸣，又怎会落得如此下场？

直到伴娘小薇在旁边用手指悄悄碰了她一下，她才舒缓脸色，接过鲜花，不冷不热地说了一声："谢谢。"

弓建站在酒店门口，略显尴尬，新郎官何子尉急忙揽着他的肩膀笑着说："咱们兄弟已经有三年没见面了，快请里边坐，等下咱们好好喝一杯。"

婚礼结束后，新娘新郎当众宣布了一个好消息：所有到场宾客可以免费到九侯山温泉度假山庄玩三天！

原来在青阳市往东约五十里外，有一座九侯山，山中林木茂盛，风景优秀，不但有温泉从地下汩汩冒出，而且多山禽野畜。

山上建有一个温泉度假山庄，最近被周远成的公司收购，经过重新规划和包装，这里被打造成了一个 4A 级风景区。

游客来到这里，不但可以赏风景泡温泉，还可以拿着弩枪上山打猎，“野”味十足。

经过一段时间的试营业后，周远成把度假山庄正式营业的日子定在了女儿婚礼这天，一则是为了提升山庄人气，二则也是为了答谢各方宾朋。

于是乎，这婚礼上的来宾，就成了九侯山温泉度假山庄正式营业后迎来的第一批客人。

婚礼之后，弓建和众多宾客一起，被几辆旅游大巴拉到了离城区五十里外的九侯山温泉度假山庄。

其时天色已晚，大家拿到酒店房间钥匙，各自回房休息。

一觉醒来，度假山庄就热闹起来，客人们分成几拨，有的在山潭边钓鱼，有的在温泉里泡着，有的在景区内看风景，而喜欢打猎的新郎官何子尉则带着几个年轻人手持弩枪，上山打猎去了。

弓建腿脚不便，小薇本想留他在山庄里休息，但他却想跟何子尉叙叙旧，也背了一把弩枪，一瘸一拐地跟着何子尉进了山。

狩猎的队伍下山的时候，收获颇丰，猎到了不少山鸡和野兔。

晚上的节目是篝火晚会，那一只只山鸡和野兔被架在篝火上烤着，不大一会儿，烤肉的香味就在整个度假山庄弥漫开来。

弓建扯下一块烤熟的兔肉，递给小薇：“这是我今天用弩枪射到的兔子，你尝尝看。”见周心如也坐在旁边，他便又切了一块热腾腾的兔肉递过去，“心如，你也尝尝。”

周心如连眼皮也没有抬，忽然起身说：“时候不早了，我先回房休息去了。”

弓建举着一块兔肉，尴尬地愣在那里。

何子尉拍拍他的肩膀说：“你别介意，她最近在学瑜伽，每天早上都得很早起床练习，所以不能太晚睡觉。”

弓建苦笑一声，没有说话。

到第二天午饭后，大多数宾客都已提前尽兴归去，只有一些年轻人还留在山庄里继续享受这难得的假期。

弓建自然知道新娘子周心如不待见自己，也想早点离去，却架不住小薇和何子尉的挽留，还是留了下来。

3

下午的时候，下了一场大雨，一直到傍晚，才停住。

被雨水浇过的树木，碧绿得如同翡翠，山庄里弥散着在城市里闻不到的草木清香。

晚饭后，天就黑了下来。

弓建闲来无事，独自一人在山庄里散步。

山庄里游客并不多，显得十分安静。

他一瘸一拐走得很慢，也不知走了多远，忽然看见前面有个喷泉，高高喷起的泉水洒下来的时候，形成一片水雾，被周围橘红色灯光一照，犹如一抹抹彤霞，煞是好看。

他走近一瞧，才发现喷泉旁边还有一个露天酒吧，几个年轻人坐在小桌前，正在喝酒聊天。

弓建知道周心如周大小姐对自己心存芥蒂，好在何子尉还一直把自己当朋友看待，心中对他颇为感激。

他想了一下，掏出手机给何子尉打电话："新郎官，有没有空啊？我想请你喝酒，你敢不敢撇下新娘子出来啊？"

何子尉在电话里笑道："这有什么不敢的，你在哪里？"

弓建说："我在喷泉这边的露天酒吧等你。"

何子尉说："好，我马上到。"

十来分钟后，何子尉来到了酒吧。

两人在喷泉边的一张小桌上坐下，弓建叫来服务员，要了啤酒和小吃。

何子尉喝了一口啤酒，问："阿建，这几年你连个电话也不打回来，跑到哪里发财去了？"

弓建叹口气说："我都成瘸子了，还能发什么财啊？反正在外面混着呗，没有饿死算是幸运了。"

何子尉的表情有些沉重，抬眼看着他说："三年不见，你身上的变化可真大啊。"

弓建嘿嘿一笑，上下打量他一眼，见他西装革履，意气风发，就说："你的变化也不小啊，真是士别三年，让人刮目相看。三年前，你还是一个沉默寡言的家伙，心里喜欢周大小姐，却不敢向她表白，最终被阿鸣占了先机……不过皇天不负有心人，心如这坨天鹅肉，还是被你吃到了。"

何子尉笑道："臭小子，你这是在骂我是癞蛤蟆吗？"

弓建也笑了，说："周远成只有周心如这么一个女儿，你这乘龙快婿，日后就是远成实业的继承人了。"

"这些我倒还真没有想过。我是真心喜欢心如的，只要能在她身边好好爱她一辈子，我就心满意足了。"何子尉的目光垂下去，落在弓建的右腿上，"我知道阿鸣的死，并不是你的责任，毕竟谁也不希望发生这样不幸的事。心如当时对你责难确实有点过了，希望你不要怪她。等有机会我劝劝她，看能否重新安排你回公司工作。如果咱们几个还能够像以前一样做好朋友就好了！"

"那我可要多谢你了。"弓建端起酒杯，"来，干了这一杯！"

"好，为咱们的友谊干杯！"

"哦，对了，我觉得上山打猎挺好玩的，咱们明天再去如何？"

何子尉笑了："好啊，到时咱们好好比试一下，看看谁的枪法更好。"

两人一边聊天叙旧感叹时光总易把人抛，一边喝着啤酒，不知不觉间，半打啤酒已经被他们消灭了，两人都有了几分醉意。

何子尉看看周围，整个酒吧里已只剩下他们两个人了，看看手表，已经快夜里十点了，就一仰脖子，喝尽最后一杯酒说："不早了，咱们回去吧。"

弓建意犹未尽地摆摆手："你先走吧，我还想坐一会儿，回去早了睡不着觉。"

何子尉站起身，眼睛竟有些朦胧，身子晃了一下，差点一脚踩到喷泉池里去了。

他打个酒嗝说："那好，我先走了。哦，对了，酒钱我已经付了，这顿就当是我请你。"

就在转身离去的那一刹，他看见弓建有些局促地把手放在裤子口袋上磨蹭着，眼睛里流露出卑怯地感激之情。

他知道弓建的口袋并不宽裕。

回去的路上，何子尉在心里庆幸地想，如果不是自己当年作出明智的选择，那他现在的人生，只怕也是另一番模样吧。

脚下镶嵌着鹅卵石的水泥小道，在山石和花木中间弯来绕去，白天还好，到了晚上，看起来就有点像一座迷宫了。

好在山庄还在试营业时，何子尉就跟周心如和小薇一起来这里度过假，住过几天，也算是熟悉了这里的环境。

灯光幽暗，树影迷离，小路上静悄悄的，看不到一个人影。

夜风吹来，何子尉只觉酒意上涌，头脑眩晕，眼睛眯缝得更加厉害，好像睁都睁不开，只想赶紧回到住处，倒头大睡。

他晃动着身子，前行不远，路边出现一座带着瀑布流水的假山，听着哗哗的水声，他忽然感觉到一阵尿急，就走到一株路灯照不到的大树后面，痛痛快快地撒了一泡尿。

裤链还没拉上，忽然从假山后面跑出一个女人，丰满雪白的胸脯晃得他眼冒金星，灯光太暗，他还没有来得及看清对方的相貌，那穿得袒胸露臂的长发女人就突然扑进了他怀里。

女人胸前两团丰满柔软的"肉球"顶在何子尉胸口，他脑海"轰"的一声，就炸开了，

莫不是这女人跟他一样，也是喝醉酒了？

他两只手抬起来，僵在半空，不知道是该推开对方，还是该顺势拥香揽玉，占点便宜。

正在他犹疑之际，怀里的女人突然尖声尖气大叫起来："啊，你想干什么？快放开我，非礼啊，救命啊……"

何子尉心中好笑，这都什么情况啊，明明是你自己投怀送抱，怎么变成我非礼你了？

他心中一个念头还没有转过来，远远的，就听一个女人的声音在喊："何子尉，你在干什么？"

居然是周心如的声音。

何子尉心里一惊，两只手就放了下来，怀里那个女人一把推开他，捂着脸一阵风似的跑进了黑暗中。

周心如喘着粗气从小路那头跑过来，何子尉尚未作出反应，脸上就"叭"的一声，被这位周大小姐重重地掴了一记耳光。

"心如，你、你怎么会在这里？"何子尉顿时酒意全消，捂着火辣辣的脸问。

周心如杏眼圆睁，怒声道："我跟小薇出来散步，想不到竟在这里碰上你玩女人！"

"不，心如，你误会了，你听我解释，事情不是你想的那样……"何子尉情急之下，抓住她的手，急于解释，却又不知从何说起。他喝多了，头脑反应迟钝，刚才发生的事，他到这时还没有完全明白过来。

"解释什么？你当我是瞎子啊？我全都看见了。"周心如甩开他的手，指着他的裤子说，"你自己看看，那是什么？"

何子尉低头一看，糟了，刚才小便，裤子拉链还没有拉上呢。

他急得头冒大汗，这天底下的倒霉事，怎么全叫他赶上了？两人才结婚两天，就让周心如看见他在外面"玩"女人，这一下他可真是跳到黄河也洗不清了。而且他知道，周心如发起大小姐脾气来，他绝对招架不住。

"心如，你一定要相信我，我真的没有做对不起你的事，刚才那个女人不知从什么地方喝醉了酒，突然就扑到我身上……"

"哼，何子尉，我真是看错了你！"周心如正在气头上，哪里肯听他解释，瞪了他一眼，扭头就走。

"表姐，发生什么事了？"小薇气喘吁吁从后面赶上来。

周心如没有理她，气呼呼走了。

"到底发生什么事了？我陪表姐出来散步，刚在路上上一下洗手间，你们怎么就……"小薇问何子尉。

何子尉看她一眼，叹口气，一副一言难尽的样子，一边抹着额头上的冷汗，一面垂头丧气地跟在周心如后面，向住宿的那栋别墅小楼走去。

小路上，只留下一脸莫名其妙的小薇。

景区里建有数十栋精致的独立小洋楼，分布在山庄各处，供游客住宿。每幢洋楼高三层，每层有两个小套间。何子尉两夫妻和小薇、弓建等人住的是 108 栋，新娘新郎住三楼，小薇和弓建分别住在二楼两个房间。

何子尉和周心如噔噔噔跑上楼，三楼的豪华套间里，很快就传来了这对新婚夫妻的吵嘴声。

4

因为昨晚多喝了几杯，弓建睡得有点沉，早上的时候，他被一阵嘈杂的声音惊醒，睁开眼睛，隐约听到楼下有个女人在喊："啊，不好了，死人了！"

他觉得那有点像小薇的声音，顿时睡意全无，翻身起床，披上一件衣服就往楼下跑。

来到一楼，看见大门前的台阶上围着几个人，一个是小薇，另外两对中年男女，是住在一楼两个房间的宾客。

他走近一看，才发现台阶边躺着一个女人，脸朝下，背朝上，上半身倒在台阶上，双脚还斜斜地伸在台阶下，右手向前伸着，手里拿着一只蓝色的眼镜盒。

最吓人的是，她后脖颈窝赫然插着一支弩箭，弩箭射穿了她整个脖子，箭头从咽喉处钻了出来。那女人身上穿着一件工字背心，虽然脸贴在地上，让人瞧不真切，但弓建还是一眼就认出来了，这不是周心如吗？

地上流着一摊血，空气中弥漫着一股血腥味道。

他蹲下去，把周心如的脸抬起来，用手探探她的鼻息，已经没有了呼吸。

"小薇，快去叫医生，我去叫子尉下来。"弓建一瘸一拐地往楼梯上爬了两步，又回过头来交代另外两对夫妻，“麻烦你们在这里看着。”

他爬上三楼，何子尉房间的门还锁着，他敲了几下门，屋里没有回音，估计何子尉昨晚喝多了，还在熟睡之中，只好用拳头把房门砸得砰砰作响。

过了一会儿，何子尉才眯着惺忪的睡眼起床开门。

“子尉，心如她、她出事了，她被人用弩枪射死了，就在楼下的台阶上。”他喘着气说。

“什么？”何子尉吓了一跳，撒腿就往楼下跑。

弓建看他身上只穿着一条裤衩，就在后面喊：“你倒是先穿件衣服啊。”他跑进房里，给何子尉拿了一件衣服出来。

何子尉一边穿衣服，一边跑下楼，果然看见周心如后颈中箭，倒在血泊之中，一时之间，竟惊得呆住。

这时小薇已经把景区医务室的医生叫来，医生上前检查一下，冲着大家摇头说：“已经没有救了。”

何子尉叫一声“心如”，忽然发疯般扑在周心如渐渐冰冷的尸体上，号啕大哭起来。

几名保安员闻讯赶来，一见发生了命案，立即打电话报警，并且将围观的人都叫到台阶下，以保护现场。

接到报警后，辖区派出所所长带着几名警察最先赶到了现场，108号洋楼门口很快拉起了警戒线。

二十分钟后，从市区赶来的刑侦大队的刑警也到了，带队的是刑侦大队大队长范泽天。

法医老曹戴上白手套，蹲在地上，一边轻轻扳动着尸体仔细检查，一边向范泽天汇报：“死者被一箭穿喉，应该是当场毙命。弩箭从后颈窝射入，箭尖从咽喉处穿出。死亡时间应该是今天早上5点至7点之间。其他细节，尚待勘验。”

刑侦技术员报告说：“从现场情况来看，死者应该是上台阶时，被人从后面冷箭射杀，死者中箭后，向前倒地身亡。弩箭贯穿了死者的整个脖子，凶手杀人时所处位置应该距离死者不太远，大约在身后十米范围之内，要不然弩箭的力道不会这样强，而且太远的距离，除非受过特殊训练的杀手，否则箭法不可能这么准。从弩箭射入的角度来看，凶手应该是躲在死者正后方，弩枪发射时的高度比死者身高略低。”

范泽天抬头看了一下，108号洋楼门口十米开外，就是一处长方形花坛，里面种着半人多高的黄梅刺，缝隙间爬满了牵牛花。花坛后面是一个碧波荡漾的池塘。

他对女警文丽说：“去那花坛里看看，凶手应该就是埋伏在那里面向死者放冷箭的。”

四周已经有了一些围观的人，有的是景区服务员，也有一些住在山庄里的游客。

范泽天大声问：“你们，是谁最先发现死者的？”

“是我。”小薇举了一下手说，“我今天起得比较早，本来想趁着早上空气好，到外面走走，谁知刚下楼，哦，对了，我住二楼，刚下楼就看见门口躺着一个人，脖子后面插着一支箭，一动不动，好像是死了。我有点害怕，不敢走太近，就站在大门里边喊了一声，然后住在一楼两个房间的四个人，”她指了指那两对中年夫妇，“他们最先被我惊醒，开门出来察看。”

“你记得当时是早上什么时候吗？”范泽天问。

小薇摇摇头：“不知道，我当时没有看表。”

“是早上7点。”住在一楼的一个女人说，“当时我看了一下表，正是早上7点。”

“当时这门厅里还有别人吗？”

小薇说：“没有了。这里才刚刚开始营业，游客不多，大家都是来这里度假的，所以都会睡得比较晚才起床，当时楼里楼外都看不见其他人。”

范泽天点点头：“我知道了，你接着说。”

“然后听见声音从二楼走下来的是弓建。”小薇又用手指了一下站在一旁的弓建。

见范泽天把目光投向了自己，弓建便站出来说：“是的，我下楼的时候，看见他们几个站在这里，心如中箭倒在台阶边沿，我上前探了一下她的鼻息，才知道她已经死了。我觉得应该让何子尉下楼看看，于是又爬上三楼，把子尉叫下来。”

“你认识死者？何子尉又是谁？”

“死者名叫周心如，何子尉是她的新婚丈夫。”

弓建看了何子尉一眼，见他目光呆滞，神情悲痛，眼泪鼻涕流得一脸都是，估计也不方便站出来说话，就把自己跟他们夫妻俩及小薇的朋友关系说了出来，又说了婚礼上的宾客到度假山庄来的原因。

“好的，大致情况我已经了解，谢谢你。”

范泽天跟他说着话，脚步却朝何子尉走过去，“你就是死者的丈夫？你跟你太太住在三楼是吧？”

见何子尉点头，他又接着问，“到这里来度假的人，都希望能睡个懒觉，你太太为什么会这么早出门？”

何子尉接过小薇递过的纸巾擦了一把眼泪鼻涕说：“心如最近在练瑜伽，每天早上都会在6点准时出门，到外面树林里练习，时间一般在半个小时至40分钟左右。今天早上也是一样，不到6点她就起床了，当时我还在床上睡觉。估计是她练完瑜伽回来的时候，被歹徒从后面袭击了。”他忽然激动起来，抓住范泽天的手，“警官，你们一定要抓到凶手，为心如报仇！”

范泽天拍拍他的肩膀安慰他：“你放心，我们一定会找到凶手的。”

文丽跑回来说：“花坛中果然有一些花枝被压断的痕迹，但因为地上长满了青草，周围提取不到凶手留下的脚印。”

痕检人员也报告说：“经初步勘察，没有在现场找到凶手留下的任何痕迹。”

范泽天的神情，就变得凝重起来。

他背着双手，在现场转了一圈，忽然折回身说：“凶手是个很细心的人，几乎没有在现场留下任何痕迹。但是无论这家伙多么小心，终究还是在这里留下了一样东西。”

“什么东西？”文丽问。

范泽天指指死者的脖子说："那就是留在死者身上的这支弩箭，咱们就从这支弩箭开始查起。"

这时法医老曹已将弩箭从死者身上取出，范泽天戴上手套，拿起这支血迹斑斑的弩箭仔细看看，弩箭大约有五十厘米长，箭杆是用笔直的细竹竿制成，钢制的箭镞十分税利。凶手在作案时应该戴了手套，所以箭杆上找不到一枚指纹。

文丽凑上来说："范队，我看过这家度假山庄在电视里播放的广告片，他们这里有狩猎项目，游客可以拿上弩枪和弩箭，上山打猎。我怀疑这案子可能跟他们这里的弩枪有关，你看要不要把山庄的负责人叫过来问一下？"

得到队长的允许后，她跑到一边，跟一个保安说了两句，不大一会儿，那名保安就领着一个穿深色西装的秃头男子匆匆走来。

秃头男子自称姓谢，是这山庄的总经理。

他苦着脸说："警官，您看我们山庄才刚刚正式开业，就出了这样的事，而且死的还是咱们集团公司董事长的女儿，这事出得可真是有点大了。咱们周董事长前天才飞去美国，跟人家谈一笔跨国生意，今早听到噩耗，现在正在往回赶呢。警官，你们可一定要抓到害死咱们大小姐的凶手啊，要不然别人以为我们山庄里有杀人狂魔，这生意就没法做了。"

范泽天说："我们会尽力的。但要想破案，还得要你们支持，多给我们提供线索。这就是射杀周心如的弩箭，你仔细看看，这是不是你们山庄狩猎弩枪所用的箭？"

秃头老总看了一下，摇头说："这个我还真看不出来，我把我们的保安经理叫来，他负责弩枪管理，可能会知道这个情况。"

他打了个电话，身着保安服的保安经理就快速地跑步赶来，拿起弩箭看看，又用纸巾擦擦上边的血迹，仔细辨认后说："这个确实是咱们山庄使用的弩箭。你看这箭杆上，还有一个用红漆喷印的小小的皇冠头案，那是咱们山庄的徽标。只不过这箭使用的时候长了，标志已经褪色，如果不仔细看，根本发现不了。"

范泽天问："这样的弩箭，你们山庄一共有多少支？"

保安队长说："我们山庄一共有弩枪五十把，每把弩枪配箭十二支。我们用的是强力弩枪，有效射程可达五十米，所以弩箭的质量也比较好。"

"这五十把弩枪都在仓库里吗？"

"不，锁在仓库里的只有四十四把，还有六把在客人手中。跟大小姐他们一起来的这批客人，三天前共领出弩枪十五把，因为有客人提前离开，昨天中午之前已交回十二把，尚有三把没有交回。昨天下午又来了几个游客，租用了三支弩枪。所以现在在外面的弩枪，一共还有六把。"

"客人们租用弩枪的时候，有登记吗？"

"有的，"保安队长从一名保安员手中拿过登记簿看了一下，"因为弩枪是被管制的危险武器，所以租用时必须登记身份证信息。根据这里登记的情况来看，有三把弩枪在大小姐请来的这批客人手中，持有人分别是何子尉、弓建和伍晖。另外三把弩枪，是另一拨客人手中。"

"你们仓库里的弩枪，有没有可能被偷出来？"

保安队长摇头说："这个绝无可能。仓库是全封闭式的，大门钥匙在我手里，门口还有两名保安二十四小时值班，绝不可能有人进去偷弩枪。"

范泽天想了一下说："这样吧，你把名单上这几个租用弩枪的客人都找出来，让他们全部到这里来，我有话要问他们。"

5

按照登记簿上的信息，保安队长很快就找到了那六名租用弩枪的游客，并且将他们带到了范泽天面前。

第一批租用弩枪的客人，除了何子尉和弓建，还有一个叫伍晖的小伙子。

伍晖是远成实业集团的员工，今年刚刚大学毕业，因为跟何子尉同在一个办公室工作，所以这次婚礼，他也在被邀请的宾客之列。

小伙子住在 115 号洋楼里，与出事的 108 号楼有数百米距离。因为跟何子尉和弓建约好了今天要再次上山狩猎，所以租用的弩枪一直没有还回去。

第二批客人是昨天下午租用的弩枪，范泽天跟他们交流了一下，三个男人的汉语说得十分蹩脚，一问才知，原来三个都是韩国人，这是第一次来中国。

文丽立即打电话回市局，请人调查这三个人的身份信息，最后确认三人所说的情况属实。所以这三人的嫌疑基本被排除了，范泽天向他们说了声抱歉，请他们回去休息。

几名韩国人一走，警察面前就只剩下了何子尉等三人，现场的气氛一下子变得诡异起来。

大家都知道，警方把这三人留在这里，说明用弩箭射杀周心如的凶手，很有可能就在三人中间。

四周围观的人都不由自主向后退了几步，尽量与三人离得远一点，好像凶手还会随时发射弩箭杀人一样。

范泽天背着手在三人面前踱了几步，沉声说："你们现在的处境，想必自己也清楚。从目前警方所掌握的线索来看，你们现在是我们重点怀疑的对象。"

伍晖脸色煞白，声音颤抖："警官，凶、凶手不是我，我、我没有杀人……"

"今天早上6点至7点之间，你在哪里？"范泽天盯着他问。

周心如早上6点出去练瑜伽，大约半个小时至四十分钟左右练完，然后在回来走到门口时遇害，被杀时间大约在早上6点半至7点之间，所以警方要问伍晖在这段时间内有没有不在现场的证据。

伍晖说："早上6点多，我还在睡觉呢。"

"有人可以证明吗？"

"没有，本来我跟另一个同事一起住，可是他昨天已经回公司上班去了，那个房间现在只剩下我一个人住。"

"那你们两个当时在干什么？"范泽天又把目光转向何子尉和弓建。

弓建说："我和伍晖一样，也在睡觉，我也是一个人住，没有人能够证明。"

何子尉似乎尚未从丧妻之痛中回过神来，恍恍惚惚间，还不知道自己已经被警方列为犯罪嫌疑人，直到范泽天走到他面前，第二次问他，他才反应过来，神情激动地说："那时我也在睡觉，昨晚我和弓建在一起多喝了几杯，睡得有点沉，今天早上心如起床出去练瑜伽的时候，我好像醒了一下，但很快就睡着了，直到弓建上楼喊我，我才醒过来。警官，现在死的是我妻子，我们刚刚才结婚，你怎么能怀疑我是凶手？”

“在没有破案之前，警方有权怀疑任何人。”范泽天扫了三人一眼，“也就是说，案发之时，你们三人都在睡觉，可是又没有旁证，是吧？”

三人相互看了一眼，最后一齐点头。

“那好吧，咱们换一个问题，你们租用的弩枪放在什么地方？”

“挂在房间墙壁上。”三人异口同声地回答。

“你们最后一次上山打猎是什么时候？”

何子尉说：“是前天。本来昨天下午想再去一次的，但一直下雨，所以就安排到了今天。我的那把弩枪一直挂在房间里没有动过。”

“也就是说，自从前天从山上下来之后，你们都没有动过自己的弩枪是吧？”

“是的。”

“你们弩枪配备的十二支弩箭都在吗？”

“都在。”

“那就好。”范泽天转过身对方丽说，“你带一个人，跟他们三个一起，去把他们的弩枪和弩箭都拿过来。”

文丽说声“是”，就跟刑警小李一起，带着三人走了。不大一会儿，何子尉三人就各自拿着自己的弩枪和弩箭，回到了现场。

范泽天看了一下，三人手中的弩枪通体乌黑，泛着冷光，后面有托把，前面有光学瞄准器，长约两尺，宽有四十厘米左右。与弩枪相配的，还有一个箭囊，里面整整齐齐插着十二支弩箭。

范泽天抽出弩箭看看，与射死周心如的箭是一样的。

他不禁有些失望，原本以为，既然每把弩枪的标准配置是十二支箭，那凶手作案用了一支箭，箭囊里肯定会少一支箭，谁知现在三个嫌疑人谁的箭都没有少。

难道凶手不在这三个人中间，还是说凶手想办法搞到了第十三支箭？

他皱皱眉头，叫过保安经理，让他把三个人的箭，一支一支地，仔细鉴定一遍。看是不是全都是他们山庄用的弩箭。

保安经理先是把伍晖箭囊里的箭倒在地上，一支一支认真看了，说箭上都有他们山庄的标识。他又看看弓建的十二支箭，也没有什么不对劲，虽然箭杆上有些皇冠标识被消磨褪色，常人难以辨识，但他天天跟这些弩枪弩箭打交道，还是一眼就能瞧出来。

范泽天见他看完弓建的箭囊后转身要走，就说："等等，还有一个没有检查呢。"

保安经理显然知道何子尉的身份，看他一眼，面露难色："他是咱们大小姐的新婚丈夫，就不用看了吧。"

"叫你看你就看，哪来那么多废话？"范泽天瞪起了眼睛。

保安经理苦笑一声，只好对何子尉说声"对不起"，拿出他的箭，快速地看了一遍，但就在这一瞥之间，却皱起了眉头。

范泽天瞧出端倪，上前问："怎么了？"

保安经理手里拿着一支箭，看看何子尉，不敢说话。

范泽天火了，问："到底怎么回事？"

保安经理把那支箭递给他，"警官，你自己看看。"

范泽天看了一下，说："这跟其他箭没什么区别啊。"

保安经理说："这箭杆很光滑，上面没有任何标识。"

范泽天说："你不是说上面的标识被消磨掉了吗？"

何安经理说："就算褪了色，也总还能找到一丝隐隐约约的痕迹，别人找不到，我自己一定能看到。但这支箭，虽然跟其他箭规格一样，肉眼看起来没什么区别，但拿在手里手感完全不一样，上面也没有喷印过任何标识的痕迹。所以，这支箭根本不是我们山庄用的箭，应该是从外面带进来的。"

"你确定吗？"范泽天盯住他。

保安队长郑重地点点头："别的我不敢说，但自己经手的东西，还是能够确认的。"

范泽天猛然转身，用手一指何子尉："给我把他铐起来！"

立即有两名刑警上前，麻利地给何子尉上了铐子。

何子尉挣扎着大叫道："你们干什么？心如是我的妻子，我们刚刚才结婚，我爱她还来不及，怎么会杀她？我不是杀人凶手，我不是杀人凶手！"

文丽说："如果你真的爱周心如，昨天晚上，又怎么会发生那样的事？"

何子尉一怔："昨天晚上？发生什么事了？"

"昨晚你跟一个女人在假山后面鬼混，被你老婆抓个正着。你们结婚不过才两三天时间，你就有这样肆无忌惮的出轨行为，你还敢说你爱你老婆？"

"你是怎么知道的？"

何子尉登时愣住。文丽嘴角边挂起一丝冷笑，说："昨晚你们夫妻为这事吵架，连住在旁边两栋楼的人都听明白发生了什么状况，我随便找个人就打听到了。"

何子尉急道："昨晚我跟心如为这事吵架了，这个不假。可是事情并不是你们想象得那样，昨晚那个女人我根本不认识，甚至连她长什么样都没有看清。"

他就把昨天晚上自己醉酒后，突然有一个长发短裙的性感女人扑进他怀里的事，说了一遍。

"既然这样，那你为什么不向你妻子说明？"

"我说了，可是她不相信我。"

"那你觉得我们会相信你吗？"文丽揶揄地盯着他，"黑夜里，一个男人走在路上，突然从天上掉了一个美女，主动投怀送抱，这个男人的裤子拉链被拉开，但却什么事情也没有发生。你觉得这故事靠谱吗？"

何子尉的脸憋得通红，却说不出话来。

文丽说："新婚不足三天，你就跟别的女人偷情，被周心如发现之后，夫妻俩大吵一场，这位大小姐威胁要跟你离婚，甚至可能还说过要让你身败名裂扫地出门什么也得不到之类的狠话。你一怒之下，就对她动了杀机。今天早上，趁她早起出门练瑜伽，你就拿着弩枪埋伏在门口的花坛中，待她回来之时，从后面将其射杀。作案之后，你再趁着清晨四下无人，悄悄溜回自己房间，假装睡觉。弩枪的箭囊里少了一支箭，你怕事情败露，所以又临时放了另一支箭进去……”

“你胡说，早晨我一直在睡觉，根本没有出过房门，更没有靠近过这个花坛。”

何子尉忽然激动起来，举着一双戴着手铐的手，冲上前就要去抓文丽的衣襟。

文丽退了一步，旁边两名刑警上前用力将何子尉按住。

正在这时，侦查员小李来报告，在何子尉房间床沿下的地毯上，发现了两片小小的树叶，经过对比，基本可以确认是门前花坛里的黄梅刺叶子。

而且他问过山庄的负责人，山庄内各处花坛种的花木都不相同，这种黄梅刺只种在 108 号洋楼前的花坛里。

“何子尉，你说你从来没有靠近过这个花坛，那你屋里的黄梅刺叶子怎么解释？”文丽把那一片黄梅刺叶子几乎伸到了何子尉脸上，厉声发问。

何子尉被这女警的凌厉表情镇住了，颤声说：“这个，我、我也不知道。”

“现在证据确凿，你还想抵赖？这树叶，分明就是你躲在花坛中杀人时，不小心粘在鞋子上带进房间里去的。”文丽扭头对范泽天说，“范队，这个何子尉，定是凶手无疑！”

范泽天“嗯”了一声，挥挥手说：“那就先把他押上警车再说。”

6

中午的时候，命案现场的勘察工作已经基本结束，周心如的尸体被抬上法医车，准备拉回去进行尸检。

文丽三言两语就把这案子给破了，犯罪嫌疑人也被当场抓获，她心里颇有几分得意，故意往范泽天跟前凑：“范队，可以收队了吧？”

范泽天摆摆手说：“不急，再等等。”

文丽见他双眉紧锁，并没有平时破案后表现出的兴奋之情，不由得有些奇怪：“范队，怎么了，这案子还有什么漏洞吗？”

范泽天未置可否地看了她一眼，说：“你的推理，大的漏洞没有，但有三个问题，却没有搞清楚。”

文丽一怔，问：“哪三个问题？”

“首先，何子尉补充到箭囊里的那支箭，是怎么来的？这景区内当然不可能买到那样的弩箭，这箭只能是从外面带进山庄的。而何子尉三天前进入景区大门之后，就再也没有出去过，如果说他三天前就已经把这支箭带进了山庄，这就更说不通了。他杀妻，是昨晚偷情被周心如发现之后临时起意，不可能早在三天前就做好了准备。”

“那第二个问题呢？”

“第二，既然他预备的那支弩箭，规格跟山庄的用箭相同，那么用山庄的弩枪当然也能发射这支箭。既然这样，那第二个问题就来了，他为什么不直接用这支箭杀人，而要用山庄里的箭杀人，然后再将预备好的箭放进箭囊充数。难道凶手不知道，这非但是多此一举，而且还很有可能留下痕迹？”

“也许凶手根本不知道山庄的箭上有标识，以为跟自己预备的箭都是一样的，所以并没有注意到这个问题。第三个疑点呢？”

“第三，昨晚跟何子尉在假山后面偷情的女人是谁？何子尉否认偷情之说，还说那个女人长发短裙，我叫人查了一下，山庄里的女客人就那么几个，再加上景区女服务员，人数也不算多，警方盘问过，没有人承认昨晚去过假山后面。门卫说昨晚到今天，并没有女性客人或员工离开过山庄。”

“这不正说明何子尉在说谎吗？如果昨晚真有那么一个性感女郎主动找他，咱们肯定能找到。如果找不到，只能说他用谎言掩盖了昨晚偷情的事实，他提供的线索是假的，咱们不可能根据他提供的假线索找到真人。”

“不能这么草率定案，”最后，范泽天说，“我得再问问何子尉。”说完，他跳上警车。

何子尉两手被铐，正垂头丧气坐在警车里，一见到他，就满脸冤屈地喊：“警官，我是被冤枉的，我不是凶手，我没有杀人……”

范泽天说：“你是不是凶手，我们尚需调查。你放心，我们不会放过一个坏人，但也不会冤枉一个好人。现在，你要老老实实回答我几个问题。”

何子尉抹着脸上的鼻涕眼泪，忙不迭地点头。

范泽天说：“我问你，你妻子临死的时候，手里拿着的那个，是她的眼镜盒子吧？”

何子尉说：“是的，她是近视眼，有时候戴眼镜练瑜伽不方便，所以早上出门时会带着眼镜盒，练习的时候把眼镜取下放在盒子里，练完再戴上眼镜。不过……”

“不过什么？”

“不过昨天在酒店和大家一起吃晚饭的时候，她曾问我看见她的眼镜盒没有，还说明明记得放在了手提包里，但上一下洗手间回来，就不见了。我当时也没有在意，觉得应该是她记错了，再说要是真的丢了，重新买一个就是了，也没有什么大不了的。现在看来，她的眼镜盒并没有丢，应该是自己放错了地方，今天早上又找到了。”

范泽天说：“关于昨晚在假山后面发生的事，我就当你说的是真话。你说你昨晚喝醉了，走到假山后面小便时，突然有一个袒胸露臂的性感女郎主动投怀送抱，你还没有反应过来，正好就被你妻子看见，引发了一场误会和争吵。那我问你，假如现在那个女人出现在你面前，你能认得出她吗？”

何子尉摇摇头：“认不出，当时光线太暗，我又喝多了，而且事起仓促，那女人来得快，去得也快，我根本就没有看清楚她的脸，只知道对方长发短裙，很性感的样子。”

范泽天见问不出什么，就换了个话题：“能说一下，你跟你妻子，是怎么从相识到相爱，再到结婚的吗？”

何子尉说：“我跟她是高中和大学同学，后来又和几个同学一起，进入到她父亲的远成集团工作。那时我们几个同学，加上心如的表妹小薇，是关系要好的死党。自从三年前阿鸣意外身亡后……”

“阿鸣又是谁？”

“是我们死党中的一个。”

何子尉犹豫一下，还是把三年前发生的惨剧说了出来。

他说自从发生那件事后，周心如十分伤心，他一直在她身边安慰她，陪伴她，照顾她，后来两人渐生情愫，自然而然就走到了一起。

范泽天听完后，没有再说话。

他跳下车时，文丽迎上来问："怎么样，范队？"

范泽天思索着说："从现在的情况来看，这案子可能没有咱们表面看到的这么简单。命案发生后，无论是昨晚的偷情事件，还是作为凶器的弩箭，以及被带进房间的树叶，所有罪证的矛头都指向何子尉。如果他真的是凶手，那他也太不小心了。"

文丽明白了他的意思："你是说，有人在陷害他，故意嫁祸给他？"

范泽天说："不是没有这个可能。"

文丽顿时说不出话来，如果真是这样，那自己认定何子尉是杀人凶手，未免就太草率了。

范泽天围着案发现场转了两圈，最后站在了周心如毙命倒地的台阶上。那台阶不高，共有三级，跨上台阶，就进入了108号洋楼的门厅。门厅不大，里面摆着几张沙发，与大门相对的，是楼梯。因为是低层小楼，所以这里没有安装电梯。

他站在门前的第二级台阶上，抱着胳膊肘仰头向上望，视线正好与二楼墙壁保持在水平位置。二楼墙壁上有个铝合金窗户，玻璃窗是关着的。他信步走上二楼，楼梯两边是两间客房，正对着楼梯口的是一个小房间，门牌上写着"服务台"三个字，房门是关着的，他扭动锁把，房门锁上了。

他下楼问："谁是这栋楼的服务员？"

两个穿白衬衣的小姑娘站出来说："我们两个就是。"

范泽天说："请你们开一下值班室的门。"

两个服务员跑上楼，很快就掏出钥匙打开了门。

范泽天让她们站在门口，自己走进房间，值班室很小，里面放着一张小小的服务台和两把凳子。

向外一侧的墙壁上有一个窗户，推开窗门，向下一看，窗口正对着楼下周心如倒地的位置，警方用白粉笔画的尸体图形分外清晰。

如果周心如的尸体还躺在那里，那么可以想见，其后脖颈中箭的位置，应该是正对着窗口的。

他心里忽然一动，折回身，问两名服务员昨天值班的情况。

两个小姑娘说自己白天在服务台值班，一般过了晚上 12 点，如果客人没什么特别的需要，她们就把值班室打扫干净，锁上门回宿舍休息去了。今天早上她们一上班，楼下就发生了命案，她俩一直在楼下忙着，还没来得及上楼呢。

范泽天点点头，说："请暂时把这个房间的钥匙交给我，你们先不要进去，也不要放任何人进去。"

两个小姑娘虽然不明白原因，但还是照他的话做了，把钥匙掏出来交给了他。

范泽天叫来两名痕检员，让他们彻底检查值班室，看能不能提取到什么痕迹。

两名痕检员趴在地上忙了一阵儿，终于在地板上提取到几枚清晰的脚印，这些脚印来自不同的两个人，一个是范泽天自己刚才踏出的脚印，另一个是一双四十二码的男子皮鞋脚印。皮鞋似乎在窗前站过很久，所以窗户下有被皮鞋反复踩踏的凌乱脚印。

范泽天说："这个皮鞋印，应该是何子尉婚礼这批客人中的某个人留下的，你们赶快拿去比对一下，先从住在这栋楼的客人开始。"

两人领命而去。

范泽天又问两名女服务员："你们下班的时候，这窗户是关上的吗？"

女服务员说："是的，不但是关上了的，而且里面的锁扣也是锁上了的，因为那个窗户锁扣生锈了，很难锁上，所以我们干脆锁上之后，平时就一直没有打开过。"

范泽天说："可是我刚才打开的时候，发现并没有锁上啊，一推就开了。"

服务员一愣，说："不可能啊，明明是锁上了的。"

另一个服务员说："也许在你之前，有人打开过窗户，一般窗户往左右两边用力一推就自动扣上了，但那个人不知道这锁有问题，所以锁没锁上也没有留意。"

范泽天说："你说得倒是挺有道理。"

小姑娘脸红了，说："我平时喜欢看推理小说。"

不大一会儿，两名痕检员向范泽天报告，初步确认，值班室的脚印是弓建留下的。而且弓建是个瘸子，与这左右深浅不一的脚印也很吻合。

范泽天"嗯"了一声，点头说："果然是这小子。"

7

范泽天缓步走下楼，看见弓建正坐在花坛边抽烟。他一屁股坐在他旁边，问："还有烟吗？"

弓建说："有的。"忙掏出烟盒，递给他一支烟，又拿出打火机给他点上。

范泽天抽了两口，抬头看着眼前的108号洋楼，问："你住二楼哪间房啊？"

弓建说："二楼楼梯间右边那间。"

范泽天"哦"了一声，说："那间房离服务台很近啊。"

弓建点点头说："是的，跟他们的服务员值班间是斜对门。"

范泽天眉头一挑，脸上的表情变得严肃起来，盯着他问："今天早上，你进过那间值班室吗？"

"今天早上？"

弓建把正准备送进嘴里的烟放了下来，摇头说，"没有啊。"

范泽天吐了一口烟圈，亮出了自己的第一张底牌："可是我们在里面发现了你的脚印。"

"哦，这个不奇怪。"弓建用轻松的口气说，"我昨天和前天都进去过，我的手机充电器忘记带了，找服务员借过几次充电器，里面有我的脚印很正常。"

"问题是，服务员昨天半夜12点下班时，已经用拖把把值班室里里外外都拖得干干净净，你昨天和前天留下的脚印，绝不可能保留到今天。这脚印，只能是昨晚半夜之后到今天早上留下的新鲜痕迹。”

“是你们弄错了吧？那房间门是上了锁的，我就是想进去，也进不去啊。”

“既然你把话说到这儿，那我也就不客气了。”范泽天适时亮出自己掌握的第二张底牌，“我已叫人调查过你的底细。近三年来，你一直在广东那边跟着一个盗窃团伙混，曾多次入室盗窃，并且还有过被当地警方刑拘的记录。我想以你的开锁技术，想要打开一把这样普通的锁，应该是轻而易举的事吧。”

弓建神情一变，转头盯着他：“范警官，你这么说是什么意思啊？我曾经做过小偷，那也并不代表我现在还是小偷吧？你且说说，这一大清早的，我没事撬门跑进那值班室做什么？偷里面的毛巾还是茶杯啊？”

“你进去不是为了偷东西，”范泽天冷声道，“你进去是为了杀人！”

“杀人？”

弓建突然间明白了他的意思，踮着一只跛脚跳起来，“难道你怀疑周心如是我杀的？”

“我正是这么怀疑的，是你站在二楼值班室窗口，用弩枪射死了周心如。”

“笑话，那支弩箭射中了周心如的后颈，凶手开枪的位置只能是在她身后。如果我站在二楼往下射箭，以她当时所处的位置来说，只能射中她的头顶。难道我是一只鸟，能从窗口飞到她身后，把箭射进她后脖颈，然后又飞回来？”

范泽天呵呵笑道：“年轻人，你这是在考我吗？你站在二楼窗口，也完全可以把箭射进周心如的后脖颈，比如说在她正弯腰捡地上的东西的时候。”他站起身，把烟屁股丢在地上，用脚踩了两下，缓缓说出了自己的推理。

昨天晚饭的时候，弓建从周心如手提包里偷走了她的眼镜盒。今天早上，当周心如出去练习瑜伽的时候，他便一直在楼上暗中观察，估计她快要回来的时候，就将这只眼镜盒放在了门口正对着二楼窗口的第二级台阶上。周心如练完瑜伽回来，上台阶时，看到自己的眼镜盒掉在这里，自然要弯腰去捡。就在她低头弯腰的那一瞬间，她的后脖颈是前倾向上的，完全暴露在了躲在二楼窗口的弓建的弩枪之下，二者之间的距离不过三五米，弓建毫不费力地就一箭射穿了周心如的脖子。

周心如手里拿着眼镜盒，中箭后顺势扑倒在地，很快便死去。

一支箭插在周心如的脖子后面，无论谁看到她向前扑倒毙命的姿势，都会在第一时间想到，那箭一定是从后面射来的。

如果弓建真的是躲在后面花坛杀人，无论他怎样小心，总会留下让警方觉察到的痕迹，但他杀人时根本没到过那里，所以任凭警方怎样围着那个花坛调查，也绝不会查到他身上。

弓建听范泽天说到这里，突然哈哈大笑起来，打断他的话道："范警官，我不得不说，我很佩服你的想象力。我知道一桩命案发生后，你们警方面临的压力很大，但压力再大，也不能像你这样冤枉好人，随便抓一个人出来顶罪啊。你说我杀了周心如，那我问你，为什么我箭囊里的箭一支不少？你说何子尉不是凶手，他箭囊里的箭为什么会少一支？他要是没有杀人，为什么要用别的箭来冒充山庄里的箭？"

面对对方的质疑，范泽天并不着急，淡淡一笑，说："你说的这个问题，在我看来是很容易解决的。因为你早有预谋，所以进景区之前，你就已经准备好了一支箭，你用这支箭替换掉了何子尉箭囊里的一支箭，所以你手里就有十三支山庄里的弩枪用箭，射杀周心如用了一支，你的箭囊里还剩下满满的十二支。"

"警官，你可以去问一下何子尉，在周心如出事之前，我有没有进入过他们的房间？我根本就没有进去过，怎么去换箭？"

"你说得一点没错，周心如出事之前，你确实没有进入过他们的房间。但是周心如出事之后，你去叫何子尉下楼时，不是进去过一次吗？我所说的换箭之事，不是发生在命案发生之前，而是在命案发生之后。"

今天早上，当有人发现周心如出事之后，弓建抢先跑下楼，看到周心如确实已经死亡，便又立即爬上三楼，去叫醒死者的丈夫何子尉。

何子尉听闻妻子出事，仓促间只穿着一条裤衩就往楼下跑，而弓建则借助给他拿衣服的机会，进入了他的房间。而就在这一进一出之间，弓建已经快手快脚地用自己早已准备好的从外面带进来的一支箭，替换掉了何子尉箭囊里的箭，并且顺手把昨天晚上在花坛边摘到的两片树叶，丢到了何子尉床下。

后来，他又在某个时候回到自己房间，把从何子尉房里换来的箭，插进了自己的箭囊。这样一来，他箭囊里的箭就一支不少，而且都是山庄里的箭，而何子尉的箭囊里，则有了一支来历不明令人起疑的箭。而正是这支箭和他床底下的黄梅刺叶子，成为了他杀妻的最直接的证据。

弓建为了达到嫁祸于人不留痕迹的目的，作案时一直戴着手套，所以作案现场并没有留下他的指纹，但是因为那间服务员专用的值班室他曾进出多次，所以留下脚印是正常的，如果没有他的脚印，反而不正常，因此他并没有及时擦去自己留在地板上的脚印。

但是他却没有想到，前一晚半夜服务员下班前，曾用拖把拖过地，留下的脚印正好成为了警方怀疑他的罪证。还有那没有关紧的窗户，和窗户下凌乱重叠的足迹，都说明他曾打开过窗户，并在窗户前有过较长时间的停留。

"那么他的作案动机又是什么呢？"发问的是女警文丽。

范泽天的一番推理，早已把身边几个属下吸引过来。

"说到他的作案动机嘛，就不得不提三年前的一场意外。"范泽天把自己从何子尉那里听到的三年前发生在周心如和几个男人之间的那场意外，跟大家说了，然后分析说，"三年前，弓建的一个玩笑，使得他们中一个叫郑一鸣的朋友失足落水身亡，而这个郑一鸣，则正是周心如周大小姐在三个追他的男人中经过郑重考虑后准备选择托付终身的人。周心如责怪弓建害死了自己的心上人，一怒之下将其推下深涧，致其右腿骨折，最后变成了一个瘸子。更惨的是，弓建很快就被周心如父亲的公司开除，连吃饭都困难了。弓建只得含恨离开家乡，到外地谋生，结果却混得并不如意，他心中对周心如的怨恨之情，自然又增加了一分。这次回乡，正赶上周心如和何子尉结婚，看着昔日好友过得幸福富足，自己却混得如此落泊，走到哪里都遭人白眼，心理失衡之下，便对这位昔日自己暗中追求过，人家却不领情反而害得他变成瘸子的周大小姐动了杀机，并且决定将杀人罪名嫁祸给何子尉，谁叫这小子混得比他弓建好呢？"

正在这时，两名痕检员过来报告，说他们检查过二楼服务员值班室的门锁，外表看不出什么，里面的锁心确实存在被人强行撬动过的痕迹，而且刚从弓建房间里搜出一套开锁工具，上面还粘着少许铁屑，经初步检验，应该是值班室门锁上落下的铁灰。

文丽猛然推了弓建一把："你现在还有什么话说？"

8

弓建看了范泽天一眼，掏出烟盒，抽出一根烟叼在嘴里，然后又拿出打火机点烟。虽然他脸上表情出奇的平静，但范泽天却发现他点烟的时候，手竟然不受控制地颤抖得厉害，连续摁了三次打火机，就是没能把一支烟点燃。

他只好把烟夹在手指间，沉默好久，才叹口气说："范警官，我不得不承认，你是一个真正的神探，什么事都瞒不过你的眼睛。你的推理大部分是正确的，但是有一点，却不对。"

"哪一点？"

"那就是我的作案动机。我之所以要杀周心如，并且嫁祸给何子尉，让他背负杀人罪名，其动机并不是你想象得那么简单，如果仅仅是因为当年周心如发大小姐脾气使我右腿骨折变成一个瘸子，我倒还不至于对他们两个心生杀意。"

范泽天略显意外地看着他："那你杀人嫁祸的真正动机是什么？"

弓建的情绪忽然变得激动起来，再次把烟叼进嘴里，点燃后使劲抽了一口，他那一张阴鸷的脸，就在烟雾中变得迷离起来。

三年前的那场变故之后不久，他曾回到事发的那个水库，通过跟水库管理员交谈，他得知为了加强对水库的监控，水库管理处在水库周围安装了几个隐蔽的摄像头。

他心里顿时就留意上了，第二次去的时候，就给那个管理员带了一条好烟和一瓶好酒，一来二去，两人就混熟了。他提出要看看水库的监控视频，管理员就让他看了。

结果弓建在管理处的电脑中发现，有两个摄像头能分别拍到郑一鸣在追逐他时掉入山涧及他与何子尉合力将郑一鸣从水库中救起的镜头，只不过镜头离得有点远，画面看上去有些模糊。

他身上正好带着U盘，就随手把这两段视频复制了下来，拿回家后，放在抽屉里，过一段时间，也就忘记了。

后来，他离家出走三年，上个月回到家，无意中发现了这个U盘，闲来无事，就请一个学计算机的朋友指导他，对视频作了一些处理，画面清晰度提高了不少，结果他却从视频里看到了让他震惊和愤怒的一幕。

第一段视频左下角，透过密密层层的树叶，隐约拍到了郑一鸣落水的经过。先是一条长长的人影，飞快地跨过了山涧，弓建认得，那正是自己的身影。紧接着，郑一鸣追上来，但郑一鸣的身材没有他高，双腿更没有他那么长，跨跳能力显然不如弓建，面对两米多宽的山涧，他犹豫一下，紧急刹住了脚步。然而，就在他身形未稳之际，突然从后面伸出一双手，在他背上推了一下。

郑一鸣顿时失去平衡，身子前倾，掉进山涧。

因为摄像头的角度问题，由始至终都没有拍到后面那人的脸。但弓建知道，当时能站在郑一鸣身后的，只有一个人，那就是何子尉。

原来郑一鸣并不是因为玩笑中追逐他时失足落水的，而是被何子尉从后面推下去的。

第二段视频，因为事发地点距离摄像头相对较近，所以画面要清晰一些。

郑一鸣被奔流的涧水冲入水库，弓建和何子尉随后赶到，二人合力将郑一鸣从水中捞起，然后懂得急救知识的何子尉听出郑一鸣还有心跳，一边对其实施急救，一边叫弓建去找小薇和周心如过来帮忙。

画面虽然是无声的，但弓建还是能回忆起何子尉当时说过的每一句话。

弓建转身往山上跑，待看不见他的背景后，郑一鸣忽然喷出一口水，情况似乎有所好转。但何子尉却停止了急救，忽然从背包里拿出一个大塑料袋，死死地捂住了郑一鸣的口鼻。

郑一鸣似乎有了些知觉，两只手抬起来，去抓他的手臂，可是却软绵绵的，没有半点力气。不大一会儿，郑一鸣的手就垂了下去，再也不动了。

何子尉又跪下去听了一下他的心跳，似乎确认他已经死亡，就把塑料袋放回背包。正好这时弓建带着周心如和小薇回来，何子尉便蹲下身，假装对郑一鸣进行急救……

如果不看这两段视频，永远也不会有人知道，三年前郑一鸣的死，其实跟弓建无关，他是被何子尉谋杀的。

站在三年后何子尉跟周大小姐举行婚礼的时间点上来回顾这场谋杀，何子尉的杀人动机就显而易见了。

何子尉知道，自己和弓建，还有郑一鸣，虽然是三个好朋友，但暗地里却在较着劲地追求周心如。

他也知道周心如对他们三个都有好感，但更喜欢的可能是长相帅气性格稳重的郑一鸣，为了把远成集团董事长周远成唯一的女儿追到手，为了日后能成为远成集团的接班人，他在郑一鸣在山涧边停住脚步的那一刻，忽然临时起意，将其推入山涧，并将郑一鸣落水的原因归咎于弓建开的那个玩笑。

当郑一鸣被从水库救上来后，何子尉意外地发现他尚有一丝生命迹象，为了不让郑一鸣苏醒过来，同时也为了不暴露自己的罪行，他将弓建支开后，向郑一鸣实施了第二次谋杀。

如此一来，周心如最心仪的那个郑一鸣死了，间接害死他的凶手是弓建，那么三个围绕周大小姐团团转的男生中，就只剩下他一个人了。这位周大小姐，自然就成了他的囊中之物。

而事实上，他的计划也是十分成功的，因为他处心积虑地陪伴在周心如身边，安慰他，照顾她，使她很快走出了那段悲伤的日子。

周心如本就对他心存好感，这时以身相许，就是自然而然的事了。

听完弓建的讲述，所有在场的人都怔住了。

谁也没有想到，在弓建和何子尉、周心如之间，竟还有这么一段令人悲愤的恩怨情仇。

文丽看着他问：“发现何子尉是杀人凶手之后，你为什么不告诉周心如？当年误会你的人就是她，难道你不想让她知道真相吗？”

弓建苦笑一声：“告诉她有什么用？这个大小姐的脾气我最清楚，现在她都要跟何子尉结婚了，就算知道真相，难道她还会报警让警察把即将成为她丈夫的何子尉抓去枪毙吗？她绝对不会这么做的。我估计她肯定会想尽办法把这个真相掩盖起来，甚至为了不让这件事泄露出去影响他们家族和企业的声誉与形象，她很可能还会动用他父亲的势力对我杀人灭口。”

“那你也可以直接报警啊？”

“报警有用吗？就算把何子尉抓去枪毙，可是这对周心如本身却毫发无损，最多她再找一个男人结婚，照样过她大小姐的生活。报警能让我这条断腿复原吗？报警能换回我这几年失去的一切吗？不能，完全不能。”弓建越说情绪越激动，最后咬着牙道，“所以我恨，我恨何子尉，更恨周心如，如果不是何子尉陷害我，我就不可能背上过失杀人这个罪名，如果不是当年周心如不问青红皂白地责怪我，朝我发脾气，将我推下山涧，我能成为一个瘸子吗？我能混成今天这个落魄模样吗？”

文丽问他：“所以你就决定亲自动手向他们复仇？”

“是的，我发誓要让何子尉和周心如这对狗男女不得好死，他们毁了我一生，我绝不能就这样轻易放过他们。”

“所以你精心谋划，实施了这个一箭双雕之计，如果你的计划成功，既可以杀了周心如这个不可一世的大小姐，又能嫁祸给曾经陷害过你的何子尉，让他因杀妻重罪而坐牢，甚至吃警方的枪子儿，是不是？”

“是的，这正是我的计划。只可惜……”弓建抬起头来，看了范泽天一眼，眼睛里带着无尽的遗憾与悲哀……

范泽天挥挥手，对文丽等人说：“给他上铐子，把他带回去。何子尉涉嫌三年前蓄意杀人，也一并带回去调查。”

9

经审讯，弓建对其用弩枪射杀周心如、事后嫁祸给何子尉的罪行供认不讳。

警方从他家里的电脑中找到了他指证何子尉三年前杀害郑一鸣的那两段视频，但何子尉却在审讯中矢口否认自己在三年前杀过人。

他说："我和阿鸣私下里是最要好的朋友，怎么会对他下毒手呢？这段视频明明就是弓建伪造的，他是在陷害我。"

文丽把审讯结果向队长作了汇报，范泽天有些意外，说："连弓建都认罪了，想不到何子尉这家伙反倒成了一块难啃的骨头。"

他站起身，在办公室踱了几步，说："我看对何子尉的审讯工作，先停下来，咱们如果没有掌握令他信服的确凿证据，估计他也不会在审讯中认罪。他来个一问三不知，咱们也没有办法。他的案子，还是先调查一下，等咱们有了新证据再提审他。"

文丽面露难色，说："何子尉谋杀郑一鸣这个案子，发生在三年前，地点又在郊外，最麻烦的是，事发当时在场的五个人，其中郑一鸣和周心如都已经死了，弓建和何子尉都在刑拘，这两个人相互指证对方，供词相互矛盾，都不足采信。除了这四个人，当时在现场的，就只剩下周心如的表妹小薇了。"

范泽天点头说："是的，三年前的案子，现在咱们唯一可以信任的知情者，就只有这个女孩了。你赶紧去找她调查一下，看看能不能找到什么新线索。"

文丽点点头说："好的，我马上去。"

她查到小薇的手机号码，先给她打了个电话，说关于三年前郑一鸣溺水身亡那件案子，她想找她了解一下情况。

小薇说："那好吧，下班后我在咱们公司对面的左岸名城咖啡厅等你。"

远成实业集团的办公大楼坐落在青阳大道中段，一幢十层高的白色大楼，面向街道的一面，全部是蓝色的玻璃幕墙，显得十分气派。左岸名城咖啡厅就开在这幢大楼的对面。

下班后，文丽赶到咖啡厅时，看见一身职业套装的小薇已经坐在一个角落里等她。

文丽坐下后抱歉地说："不好意思，让你久等了。"

小薇说："没关系。自从表姐出事之后，姨父从美国赶回来就病倒了，这两天我一直在帮姨父处理表姐的后事，今天才回公司上班，所以有点忙，没办法，只能约你下班后见面。"

文丽对周心如的这位表妹印象并不深刻，两人只在温泉度假山庄周心如的命案现场说过几句话，印象中她是一个说话怯生生的女生，但今天见面，虽然才交谈两句，却忽然觉得这个小姑娘似乎成熟了许多，是她这一身成熟的职业装让自己产生了错觉，还是周心如死后，这位经历过变故与悲伤的小姑娘一夜之间成熟了呢？

"你喝点什么？"小薇说，"我请客。"

文丽说："谢谢，咖啡吧。"

当服务生把咖啡端上来后，两人都没有喝，只是拿着小勺子在杯子里轻轻搅拌着。

文丽说："我来找你，主要是想了解一下三年前郑一鸣溺水身亡的经过。你也知道，现在弓建指证说当年是何子尉害死了郑一鸣，而何子尉则说是他伪造证据陷害自己。到底他们谁说的是真话，谁说的是假话，现在我们警方还在调查之中。"

小薇放下勺子，轻轻叹息一声，脸上浮现出一种怀念与迷惘混合的表情，目光看着咖啡厅里橘红色的吊灯，眼神显得有些缥缈，仿佛文丽的一句话，让她又回到了那无忧无虑的青春年华。

她说："对于三年前的那场变故，我了解得其实也不多。当时我和表姐，还有郑一鸣、弓建和何子尉，我们五个死党结伴去市郊的青阳山驴行，悲剧就发生在下山途中。当时我和表姐两个走在后面，他们三个男生走在前面，后来不知道他们三人发生了什么事情，都一边笑闹着一边追逐起来。弓建一个人跑在最前面，阿鸣在后面大呼小叫地追赶，何子尉在最后面，一边大笑，一边跟着他们跑。我和表姐并没有在意，一直落在后面，一边观赏沿途风景，一边慢慢走着。后来走到一个拐弯处，前面三个人都不见了，我们才加快脚步。谁知拐过弯后，忽然看见何子尉站在一条山涧边朝我们喊，说是阿鸣在追逐弓建的过程中，失足掉到山涧里去了……”

“等等，”文丽打断她的话问，“你是说，当时只有何子尉站在山涧边，对不对？弓建不在吗？”

“弓建已经跳过山涧跑远了，直到我和表姐赶到山涧边，他才从山涧那边跑回来。山涧水流很急，掉下去是很危险的，我们都很着急，分成两拨去寻找阿鸣。结果弓建他们在山下水库中找到了阿鸣，听说当时阿鸣还有心跳，但是等到弓建返回山上叫我们，我跟表姐赶下山时，他已经死了，当时我还检查过他的瞳孔，确实已经扩散了。后来表姐的情绪有些失控，竟然失手把弓建也推下山涧，幸好弓建水性好，没有溺水，但是右脚被摔得骨折，最后变成了一个瘸子。”

“如此说来，郑一鸣掉落山涧的过程，你和你表姐并没有亲眼看到，弓建跳过山涧跑到前面去了，也没有看到，是吧？”

“是的，阿鸣落水的过程，我们都是听子尉说的。当时谁也没有想过他说的到底是不是真话。”

“当时并没有想到？”文丽看着她，“你的意思是说，现在你已经开始怀疑他当时说的不是真话了，对吗？”

小薇摇摇头，轻声说：“我不知道。”

文丽问：“你觉得郑一鸣有可能是被何子尉蓄意谋杀的吗？”

“阿鸣落水时，只有子尉在场，他说的是真话，还是假话，又有谁能知道呢？”小薇喝了一口咖啡，也许是没有加糖的咖啡有些苦涩，她的柳眉微微皱起，像是自言自语，又像是对文丽说，“我们五个人，曾经是多么要好的朋友啊，每天上班一起工作，下班一起玩耍，心地单纯，无忧无虑，是什么让我们一个个都变了呢？变得我完全都不认识了。唉，假如还能回到从前，那该多好啊！”

文丽没有接她的话，只是默默地喝着咖啡。

也许生活就跟眼前的这杯咖啡一样，无论你加多少糖，都没有办法完全掩盖那与生俱来的苦涩味道。她看着眼前这个女孩，自己的年龄只比这女孩大几岁，她自己也是从少女时代走过来的。她知道随着年龄的增长，人们看到的丑陋与罪恶只会越来越多，所以也就会变得越来越成熟，甚至是冷漠。

第二天上班，文丽向队长汇报了询问小薇的结果。

范泽天说："这么说来，郑一鸣落水及在水库边被人施救时，都只有何子尉一个人在场了？"

文丽点头说："是的。当时的情况，小薇她们也都是听何子尉说的，除了他自己，没有其他目击证人。"

"这案子还真难啃啊。"范泽天把身子往椅背上重重一靠，"那咱们现在也只能从弓建提供的那两段视频开始入手查起了，这是目前咱们唯一掌握的证据。"

"可是那两段视频，何子尉说是假的，根本就是弓建特意伪造出来陷害他的。"

"视频是真的还是假的，不能由他说了算啊，咱们得找专家鉴定。"范泽天考虑了一下，说，"我看咱们下一步的工作就这么安排，你带着小李，拿着这两个视频文件去一趟省城，找省厅的刑侦技术专家鉴定一下，看看这两个视频到底是真是假，然后请他们出一份鉴定证明。如果被省厅的技术专家鉴定为真实有效的证据，那就容不得何子尉抵赖了。"

文丽接到命令，立即带着侦查员小李，在包里揣着两张刻录有那两段视频文件的光盘，直奔省城。

来到省公安厅，直接找到范泽天早就联系好的几位刑侦技术专家。

专家们仔细看了光盘里的视频，稍加分析之后，就有专家皱眉摇头，说："你们这两个视频，不是原始文件吧？"

文丽想起弓建说的他曾用软件处理过视频，以达到画面更加清晰的目的，于是点头说："是的，犯罪嫌疑人曾用软件处理过视频，要不然看不清楚。"

专家说："这就不好办了，既然是经过软件处理过的视频，咱们再作鉴定也就没有意义了。你最好能找到视频的原始文件，没有经过任何处理的，这样咱们才好鉴定。”

文丽和小李都有些沮丧，回来后把情况跟范泽天说了。

范泽天说：“这不是为难咱们吗？事情都过去三年了，咱们上哪去找原始文件？”

文丽想了一下，说：“弓建不是交代说这两段视频是他从青阳水库管理处的电脑里复制下来的吗？咱们去水库那边看看，也许能找到一些线索。”

范泽天说：“行，你赶紧跟小李一起去看看。”

文丽和小李又马不停蹄地赶到青阳水库。

现在正是多雨的季节，水库蓄水量增大，正在向下游开闸泄洪。水声轰鸣作响，水雾腾起数丈高，场面十分壮观。在水库大坝的最高处，有一幢小砖房，挂着管理处的招牌。

文丽他们走进去时，屋里只有一个年轻小伙子正埋头玩着手机游戏。

文丽向他亮了一下证件，说要找水库管理员。年轻人略显紧张地站起身，说：“我就是。”

文丽向他说明来意，年轻人说：“视频监控终端在办公室里，我带你们进去看看。”

年轻人把他们带进里面一间小房间，角落里摆着一张办公桌，办公桌上有一台电脑，液晶显示屏被分隔成几块，正是通过外面的摄像头实时监控水库各处情况。

小李在电脑硬盘里找了一下，发现里面只有最近三个月的视频资料，三年前的文件根本找不到。

他一边操作电脑，一边说：“监控软件每隔一段时间会自动生成一个视频文件，保存在电脑硬盘里。这些文件占的物理数据非常大，很占电脑硬盘空间，一般来说，每隔一个月，最多三个月，就会被电脑自动删除。所以现在要在这台电脑里寻找三年前的视频资料，估计不大可能。”

文丽问：“那请电脑高手来，有没有办法恢复三年前被删除的文件？”

小李笑了，说："丽姐，你忘了，我就是从技术科转来做侦查员的，我就是咱们队的电脑高手，这个电脑的硬盘我检查了一下，至少已经被格式化好多次了，估计就是神仙也没有办法恢复三年前的数据了。"

文丽看了那年轻的管理员一眼，问："你是新来的吧？"

管理员点头说："是的，我今年才来顶我父亲的班。以前一直是我父亲在这里值班，他去年年底退休了。"

"能把你父亲的地址告诉我们吗？我们有些情况想向他求证一下。"

年轻人说："可以。"就把他父亲住处的地址说了。

文丽用笔记了下来。

10

年轻人的父亲，那个老水库管理员，住在城关路一栋等待拆迁的旧楼里。

文丽和小李找过去时，已经是中午时分，老人正在外面走廊里准备生火做饭。

刚听文丽说完"我们是公安局的"这句话，老人就变了脸色，手中正给煤炉煽风点火的蒲扇也掉到了地上，拍着大腿说："是不是我儿子又犯事儿了？我就知道这小子不安分，让他顶了我的班，还不知道收敛。"

小李说："不关你儿子的事，他在水库值班，老实着呢。我们来，是有个情况想问一下你。"

"找我问个情况？"老人一时没反应过来，"我能有什么情况啊？"

文丽问："老人家，你一直在青阳水库做管理员吧？"

老人点头说："是啊，一直干到退休。"

"大概在三年前，有一个年轻小伙子，给您送了一条烟和一瓶酒，查看了一下管理处电脑里的监控视频。我们想问一下，您还记得这事吗？"

老人似乎这时才反应过来，连忙摆手说："不记得了，哦，不，是没有这回事，根本没有什么小伙子给我送烟送酒，更没有人查看过电脑。"

小李知道老头是怕有人追究他收了别人烟酒的事，忙说：“老人家，我们没有别的意思，也不会跟水库管理处的领导说，我们只是想问一下您见没见过这么一位小伙子，有没有这么一回事？”

老人说：“我倒不是怕你们告诉我们水库领导，而是真的没有这回事。那么大一个水库，就我一个人值班，一天到晚无聊得很，如果真有人给我送烟送酒，我一定不会忘记的。可是真的没有你们说的这么一个人，也没有这么一回事。”

文丽还不死心，拿出手机，翻出用手机拍摄的弓建的照片，递到老人面前说：“大爷，请您看看，就是这个人，我们找到了这个人，是他亲口说三年前找过您。”

老人看了照片一眼，不耐烦地说：“我虽然退休了，但还没有老糊涂，我不认得这个人，也确实没有什么小伙子给我送东西看电脑。”

文丽有些失望，却又不甘心，还想叫老人认真看看手机里的照片，却被小李扯了一下衣袖。她只得跟着小李向老人告别。

两人刚走到楼梯口，老人忽然从后面追上来说：“哎，等等，警察同志，我记起来了，三年前确实没有什么小伙子到水库管理处找过我，不过倒是有一个女大学生，去过管理处。她说自己独自进山游玩，走得累了，想到我那里歇歇脚，还用她的照相机给我拍了几张照片。我整天守在水库边，难得照一回相，想让她把拍我的照片留下。女孩说照片没有洗出来，没办法留给我，除非有一台电脑。我说我后面这间办公室里就有电脑，只不过是用来监视水库情况的，不知道能不能存照片。女孩说没问题。她就进去把相机和电脑用一根线连在一起，一个人鼓捣了一会儿，喊我进去说照片已经放进电脑里了，我进去一看，那照片拍得可真清楚啊，连我鼻孔里的鼻毛都看得一清二楚。”

文丽问：“那您还记得当时大概是什么时候吗？”

老人说：“具体日期记不大清楚了，只记得是三年前的九月吧。因为我当时还问那小姑娘说，现在正是开学的月份，你怎么不用上学啊？她说她们大学开学时间比别的学校迟半个月，所以现在还有时间出来旅游。”

文丽看看小李，小李也正在看她，两人都从对方眼中看出了一丝失望之色。

郑一鸣溺水身亡发生在三年前的七月，这个女大学生进入水库管理处是两个月以后的事，时间上相距太远，应该扯不上关系。

两人回到局里，把从老水库管理员那里打听到的消息，跟队长说了。

范泽天一拍桌子，怒道："弓建这小子，这谎也扯得太大了。"

文丽说："既然弓建没有去过水库管理处，那他手里那两段监控视频是怎么来的？"

小李说："难道真的是这小子伪造的？"

范泽天抓起挂在椅背上的警服就往外走："马上提审弓建。"

弓建被带进审讯室时，一脸不耐烦的表情，开口就说："范警官，该交代的我都已经交代了，我也痛痛快快承认了周心如是我杀的，你们还要怎么折腾我啊？"

范泽天目光如箭，足足盯着他看了两分钟，才大声说："弓建，我们不是想折腾你，我们只想要你说实话。"

"警官，我说的句句属实啊。"弓建一脸无辜。

"那我问你，那两段视频，到底是怎么来的？"

"我不是已经说过了吗？是我从水库管理处的监控终端电脑里复制下来的。"

"放屁！"范泽天一拍桌子站起来，"到了现在，你还不老实？告诉你，我们已经找到那个退休的老水库管理员，他说三年前，你根本就没有去水库管理处找过他。"

弓建笑笑说："老人家忘性大，三年前的事，现在他不记得也很正常啊。"

"你还想狡辩？要不要我们把水库管理员请来跟你当面对质？"

弓建满不在乎地说："你叫他来也没有用啊，他老眼昏花认不出我，我也没有办法。你们用脑子想想好不好？如果我没用过水库管理处的电脑，那两段视频是从哪里来的？难道是我找人摆拍的啊？"

"我们把视频放给何子尉看了，他不承认三年前是他害死了郑一鸣，他说视频是你伪造的，你是在陷害他。"

弓建说："我以前在电视法制新闻里好像看到过一个司法原则，叫作谁主张谁举证。如果何子尉认为我提供的视频有问题，是我伪造的，他应该拿出相应的证据来证明他的观点。如果他拿不出证据来推翻我的证据，那就不能说我的证据是假的。亏你们还是老警察，连这个都不懂吗？”

范泽天忍不住笑了，说：“这个还轮不到你来教我。我们已经请省公安厅的刑侦技术专家对你提供的两个视频作了鉴定。”

“结果呢？”

“结果是，这两段视频被你用软件处理过，不是原始文件，无法鉴定。”

“我是用软件处理过啊，原文件图像比较模糊，只能大体看到人物动作，但无法辨别人物面貌，如果我不用软件处理一下，让画面变得清晰一点，根本就看不清楚啊。”

“所以我们现在想到水库管理处拿到视频原始文件去鉴定，但是三年前的视频资料，早已经删除了，而你电脑里的两段视频又不是原始文件无法鉴定。这会造成我们逮捕何子尉的证据不足，估计再把他关几天，就不得不把他放了。”

弓建在审讯椅上挣扎起来，情绪有些激动：“不行，他是杀人凶手，你们不能放他。”他像是忽然想到什么，睁大眼睛望着范泽天，“对了，范警官，现在你们看到的这两段视频，是我复制到电脑里之后再处理过的，原文件还储存在我的 U 盘里，原文件是我直接从水库管理处的电脑里拷贝过来的，事发当日，从早上 0 点至晚上 12 点，两个监控探头拍摄到的监控画面，都分别在这两个视频文件里，文件是水库的监控电脑自动生成的，没有经过任何剪辑和处理。这个算不算原始文件？”

范泽天没有回答他，而是把目光转向一旁的小李。

小李在技术科干过一段时间，对电脑技术比较熟悉。

他点点头说：“这个当然算。”

范泽天站起身，一边从审讯室走出来，一边说：“文丽，小李，你俩赶紧带着弓建去一趟他家里，把那个 U 盘拿回来。”

文丽和小李接到命令，立即带着弓建上了警车。

半个小时后，就顺利地从弓建家电脑桌的抽屉里拿到了那个 U 盘。

小李把 U 盘插进办公电脑，点开里面储存的两个视频文件，这是两个位于青阳水库不同位置的监控探头拍到的画面，画面右下角显示的日期为三年前的七月二十二日。

小李拖动鼠标，第一段视频快进到下午 4 点 32 分时，左下角突然显出几个人影，可以明显看到有一双手将一个男人推下了山涧，但把画面放得再大，也只能看到模糊的人影，没办法辨别出具体是哪个人。

第二个视频要稍微清晰一些，下午 5 点左右，两个人把一名落水者从水库里拖上来，然后一名施救者离开，另一名施救者从背包里拿出一个什么东西，捂住了落水者的口鼻，落水者两手无力地在半空抓了几下，就不动了。从身影上可以看出离开者像是弓建，他那时腿还没有瘸，走路速度很快。捂住落水者口鼻的人，像是何子尉。但面目都比较模糊，谁也不能百分之百确定就是他俩。

小李从电脑显示器前抬起头说："以我的专业知识来判断，这个确实是视频的原始文件。我和丽姐去青阳水库看过那几个监控探头的位置，有两个监控摄像头的拍摄角度与这两段视频是相吻合的。"

范泽天说："那就好，赶紧把这个 U 盘送去省厅，请省厅的技术专家再鉴定一次。"

于是文丽和小李又跑了一趟省城，这次倒是很顺利，鉴定结果很快就出来了，视频是原始文件，没有经过任何窜改。

文丽又请专家将关键时间段的视频画面剪切复制后进行处理，以增加画面清晰度。

视频处理好之后，清晰度比弓建自己用软件处理过的更高，可以非常清楚地看到，将郑一鸣推下山涧的那双手背后露出的小半张脸，确实是何子尉，而捂住郑一鸣口鼻令其窒息身亡的，也是何子尉。

11

早上刚上班，文丽就兴冲冲跑来向范泽天报告，何子尉本来还心存侥幸，但看了经过省厅技术专家处理过的清晰视频，面对这确凿证据，也不得不低头认罪，承认三年前郑一鸣确实是被他推下山涧的，后来见其落水之后并未死绝，又将弓建支开，对其实施了第二次谋杀。

范泽天听罢，脸上并未现出喜悦之情，好像早已知道会是这个结果。

他坐在办公桌后面的椅子上，一口接一口地抽着烟。文丽这才注意到他办公桌上的烟灰缸里，早已戳了好几个烟头，房子里烟雾缭绕，她被呛得咳嗽了一声，说："范队，现在何子尉已经认罪，弓建也已经对杀死周心如的事供认不讳，这案子咱们就算是破了，你应该高兴才对啊，怎么还跟这烟过不去？不知道的人还以为你办公室着火了呢。"

范泽天皱着眉头没有说话，目光透过层层烟雾望向窗外的天空，好像老僧入定一般，足足坐了三分钟，才忽然站起身，把半截香烟戳进烟灰缸里，问："那个水库退休老管理员的地址，你还记得吧？"

文丽点头说："记得，他住在城关路。"

范泽天说："很好，现在，你带我去找他。"

"找他？"文丽一时间没反应过来，"是要他来局里跟弓建当面对质吗？"

"不，我有几个问题想问问他。"

范泽天一边下楼一边说，"既然弓建手里的视频资料是真实和原始的，但老人又说三年前弓建根本没有去找过他，你不觉得奇怪吗？"

文丽说："也许真如弓建所言，是老人上了年纪，忘记了呢？"

"他长年守着一个水库，十天半月也难见到一个人，如果有人给他送烟送酒套近乎，你说他会忘记这样一个人吗？"

文丽说不出话来，情况确实如此，如果老人不是得了健忘症，这样突出的人和事，确实应该记得。

下楼后，她一面跳上警车一面问："范队，难道你觉得这里面有什么问题？"

范泽天启动汽车说："现在还不敢确定，等我先见见这个老人再说。"

警车很快就拐上了城关路，坐在副驾驶位的文丽用手指了一下，范泽天就在一栋外墙上写了一个大大的"拆"字的小楼前停下车。

文丽带着他直接上了二楼。

那个退休的水库老管理员这时正坐在走廊里一张竹躺椅上听收音机，收音机里传出咿咿呀呀的黄梅戏腔调，老头眯着眼睛，正和着节奏摇头晃脑，忽然听见脚步声，睁开眼睛看到两个警察站在自己跟前，不由得吃了一惊。

范泽天和气地说："大爷，我们是公安局的，来找您问点事。三年前，您还在青阳水库管理处当管理员是吧？那年七月，有没有一个年轻人来找您，借故说要在管理处的电脑里看一看监控视频？"

老人认出文丽就是上次来找过他的女警，摇摇头有些生气地说："没有啊，我上次不是跟这位女同志说得清清楚楚了吗？根本没有什么小伙子给我送烟送酒来找我。你们怎么又来了？幸好这楼上楼下邻居都搬走了，要不然人家看到警察老上我家门，还以为我儿子又在外面干了什么坏事呢。"

范泽天耐心地问："您说那年七月没有什么年轻小伙子找过您，倒是后来的九月，有个上山旅行的女大学生到管理处休息过，还用过里面的电脑，是吧？"

老人说："是的，她把给我拍的几张照片存到电脑里去了。"

范泽天问："她在里面办公室用电脑时，您一直在电脑旁边看着吗？"

老人摇头说："这个倒没有。那玩意儿我也不大懂，站在旁边也白看。"

"她大概用了多久的电脑？"

老人回忆了一下说："不太久，大概有十多分钟的样子。当时我正在收音机里听一个黄梅戏小段，这个小段也就二十分钟的样子，我快听完的时候，她说弄好了，叫我进去看电脑里的照片。"

文丽一听，顿时觉得这里面好像有什么不对劲。

从相机里复制几张照片到电脑里，几分钟就可以完成，而这个女大学生却用了将近二十分钟，这是为什么？难道她是在偷偷拷贝电脑里的视频文件？可是就算这女大学生复制了电脑里的视频文件，那文件又怎么会到弓建手里的呢？难道那个女大学生，干脆就是弓建男扮女装假扮的？这也太扯了。

范泽天拿出一张照片递到老人面前："大爷，您再好好瞧瞧，那天给您拍照的女大学生，是不是她？"

老人眯着眼睛认真端详了一会儿，果断点头："没错，就是她，她当时扎着马尾辫，背着双肩包，看起来比照片里年轻多了。”

范泽天松了口气，主动跟老人握握手说："大爷，多谢您了！"

文丽的好奇心彻底被队长给调动起来了，下楼的时候，她忍不住问:"范队，你刚才拿给他看的，到底是谁的照片啊？"

范泽天嘴角掠过一丝满意的微笑，没有说话，只是把照片递给了她。

文丽接过一看，居然是小薇，不由得一呆："你怎么知道是她？"

范泽天匆匆下楼，笑着说："很简单啊，用脚都能想到嘛。"

两人跳上停在路边的警车，范泽天一边开车一边接着说："弓建拿到了监控视频，但他却并没有去过水库管理处，那这些视频文件肯定是别人给他的。水库管理处的监控视频，我听小李说过，好像是被设置成了三个月后自动删除已经生成的文件。郑一鸣被杀三个月之内，只有那个女大学生去过水库管理去，动过那台电脑。如果真的有人偷偷拷贝了里面的文件，那就只能是这个女大学生了，当然，把视频文件传给弓建的人，也只能是她。"

文丽还是不明白："那你又是怎么知道那个女大学生是小薇的呢？"

"排除法啊。那你说说，跟这件事有重要关联的女人一共有几个？"

"两个，一个是周心如，一个是小薇。"

"对啊，假如是周大小姐，就算她拿到视频，也不可能交给弓建，对吧？"

"那剩下的，就只能是小薇了。"

"对啊，那个小姑娘年纪轻，身形娇小，扎个马尾辫，背个双肩包，十个人见了，九个人都会相信她是在校大学生吧。"

文丽还是一头雾水，说："范队，你能不能给我详细讲一下，这事到底怎么就把小薇那女孩子给扯进来了？"

范泽天说："其实这事说起来应该也不算复杂吧。"

小薇曾经学习过医护专业，郑一鸣死后她曾检查过他的尸体，估计事后小薇回想郑一鸣死状，对其死因产生了怀疑，所以事隔两月之后，她又重新去了案发现场，结果发现那里有几个隐蔽的监控摄像头，很有可能拍到了事发经过。

所以她装扮成一个在校女大学生模样，去了水库管理处，想办法接近监控摄像头所连接的电脑，结果真的发现有两个监控探头拍到了事发当时的情形，所以就悄悄用U盘将整个视频复制下来。

她把U盘拿回家细看那两段视频，外人看来虽然模糊难辨，但作为熟悉何子尉的人，她还是能够分辨得出何子尉对郑一鸣做了什么。

这时弓建已经离家出走，她一直隐忍不发，没有把U盘交给任何人。

直到上个月弓建回家，她才把这个U盘交给他。

听完队长的分析，文丽又问："那她为什么不把U盘交给她表姐，而一定要交给弓建呢？"

范泽天皱眉说："这个问题，我也没有答案。也许这正是咱们接下去要调查的方向。对了，我打听到在那三个男生中，小薇最喜欢亲近的人是弓建，弓建离家出走后，也只有她一直在关心和照顾他母亲，所以我想，是不是小薇爱上了弓建。"

"爱上弓建，与一定要把U盘交给弓建，有必然关系吗？"

"这个我就不知道了，"范泽天说，"你们这些年轻女孩的心思，没有人能猜得到。"

"好吧，我再问最后一个问题，咱们接下来要去哪里？"

范泽天把车开上了解放路，说："咱们去弓建家里，找他母亲问问情况。他家住在解放路是吧？"

文丽上次跟弓建一起去他家里拿过U盘，就点点头说："是的。他家具体地址我知道。"

两人驱车来到弓建家里。弓建的父亲早逝，是他母亲含辛茹苦把他拉扯大。

他母亲早年从麻纺厂下岗后，就在家里摆了一台缝纫机，靠给人家修补衣服挣点小钱过日子。本以为弓建大学毕业，找到了一份好工作，她就可以不用这么辛苦了，谁知弓建进入远成集团工作没多久，就离奇受伤，变成了一个瘸子，然后又突然离家出走，杳无音讯。为了生计，他妈妈只得又搬出那台老式缝纫机，在家门口摆摊补衣。

苦熬三年，终于把儿子盼回来了，可他却又变成了杀人犯。她这个当妈的，只能整日以泪洗面，自叹命苦。

看见两个警察走到自己面前，弓建的妈妈有些紧张，从缝纫机后面站起身，两只手握在一起，似乎不知道该往哪儿放才好。

文丽忙说：“你不用害怕，我们就是来了解一些情况，没有别的事。”弓建的妈妈连声说：“好的，好的。”

为了让弓建的妈妈放松下来，范泽天在对方递过的木凳上坐了一会儿，才开口问道：“小薇这个女孩子，你认识吗？”

弓建妈妈说：“认识啊，她经常到我这里来看我，跟我很熟了。”

范泽天问：“她跟你儿子弓建是什么关系？”

弓建妈妈怔了一下，说：“虽然他们没有明说，但我还是觉得，他们应该是恋爱关系。以前小薇就跟咱们家弓建处得不错，后来弓建出了事，离家出走后，小薇还经常过来看望我，帮助我，经常问我有没有弓建在外面的消息。上个月弓建回家后，她也是第一个来看望他的朋友。听说周大小姐结婚的时候，本不打算邀请弓建参加婚礼的，是小薇说通了周心如，周心如才给弓建写了一张请柬，让小薇送过来。”

“弓建回来之后，小薇经常跟他在一起吗？”

“对啊，小薇这孩子真不错，咱们家弓建瘸了一条腿，她也不嫌弃，还是像以前一样对他好，经常跑来找他玩，有时候玩得太晚，就留在弓建房里过夜。”

“留在这里过夜？”文丽吃了一惊，她原本以为小薇和弓建还在恋爱阶段，却没有想到他们的关系已经发展到了如此亲密和火热的地步。

“是的，”弓建妈妈点点头，“他们俩关系处得很好，经常关起门在房间里小声说话，好像是在商量什么事情，一开始我以为他们是在商量结婚的事，后来我借故进去听了一下，好像又不是的，他们看见我进来，就不说了。假如是商量结婚的事，那也没有什么不能让我这个当娘的听到，对吧？”

“您真的没有听到他们在商量什么？”范泽天问。弓建妈妈摇头说：“是的，只是有一次偶然听到弓建说小薇你放心，无论发生任何事情，我都不会连累到你的。”

范泽天与文丽对望了一眼，两人都从对方脸上看到了一丝疑虑。

12

回市局的路上，范泽天问文丽有什么想法？

文丽说："小薇把何子尉杀人的视频给了弓建，两人最近走得很近，而且经常在一起神秘地商量什么事情，最重要的是，周心如的婚礼本来不准备邀请弓建，是小薇向周心如提出后，周心如才写了请柬给弓建。我在想，这对男女，他们当时是不是在商量谋杀周心如嫁祸何子尉的事呢？我怀疑是小薇和弓建一起策划了这桩谋杀案。"

范泽天点头说："嗯，小薇不但是策划人，而且同时也参与了作案。"

"她也参与了作案？"

文丽感到有些吃惊。

"还记得周心如被杀前一晚，何子尉醉酒后在假山后面遇上的那个来去无踪的谜一样的女人吗？"

"记得。可是何子尉说当时他根本就没有看清这个女人是谁。难道会是小薇？"

"是的，一定是她。我调查过当晚在度假山庄的所有年轻女人，包括女服务员和女客人，每个人都有事发当时不在现场的证明，包括小薇。她说她当时正陪同周心如在景区小道上散步。可实际上，事发之时，她正好去上洗手间了。也就是在这个时候，周心如看见何子尉怀里搂着一个女人……"

"你怀疑是小薇在黑暗中换了衣服，戴上假长发，化了装，然后故意倒在何子尉怀里，让周心如看到？"

"是的，小薇本身是短发，戴上长发发套稍微化一下装，就会跟换了一个人似的。而且她扑进何子尉怀抱时，一直低着头，不让对方看到自己的脸。那个从天而降，然后又神秘消失的艳丽女郎，除了她，我再也想不出第二个人了。"

"弓建先请何子尉喝酒，让他喝醉，然后小薇假扮神秘女郎扑入何子尉怀中，让周心如吃醋，从而引发他们夫妻间的一场大争吵。这应该是弓建和小薇事先设计好的连环扣，因为只有周心如夫妇前一晚大吵一场，第二天何子尉怒而杀妻，才会有作案动机。”

文丽思索着说：“那么小薇参与策划和实施这个杀人计划的动机又是什么呢？难道仅仅是因为她爱上了弓建，所以就帮助他杀人？这个理由让人感觉有点牵强吧。”

范泽天说：“不，一定有更深层次的原因。随着咱们调查的深入，难道你不觉得小薇早已不是一个单纯得可以不计一切后果为男朋友去杀人的小姑娘了吗？这个女人心思之缜密，性格之深沉，恐怕早已超出你的想象。这个案子，倒是越查越有趣了。”他本是个遇强则强，喜欢挑战的老刑警，此时遇上疑难案件，遇上了厉害的对手，反倒更加激起他的斗志。

快到市公安局门口时，他突然一打方向盘，警车轮胎在地上发出刺耳的摩擦声，小车拐个弯，很快驶上了另一条街道。文丽问：“这是要去哪里？”

范泽天说：“去图书馆。”

“去图书馆？”文丽有点莫名其妙。

“二十年前，小薇的父亲因生意失败而上吊自尽，当时坊间对这件事有颇多传言，有人说是现在远成实业集团的老总周远成害死他的。我在想小薇参与杀人，是不是跟二十年前她父亲的命案有关呢？但这事已经过去二十多年了，现在能给咱们提供一点资料的，可能只有图书馆的报纸合订本了。”

两人来到图书馆，先找到报纸阅览区，然后再通过管理员，在资料柜里找本地报纸的合订本。

范泽天回忆着说：“小薇的父亲叫邢世海，当时好像开了青阳市第一家私营大型百货公司。他死亡的时间大约在二十一年前的冬天，那时我刚刚当上警察不久，对这件事还有点印象，我记得当时天比较冷。”

文丽先找到《青阳日报》二十一年前的合订本，然后从 12 月份开始，从后面往前翻，最后终于在 11 月 9 日的社会新闻版看到了这样一篇新闻：

四海百货董事长邢四海自杀身亡，死因或与公司破产有关

本报讯　昨日，我市四海百货公司董事长邢世海的尸体被人在青阳山发现，死因或与其公司即将破产有关。

四海百货公司是我市首家民营大型百货超市，于四年前开业，曾一度成为市民逛街购物的最佳去处。据记者了解，从去年底开始，四海百货就陷入了财务危机，支撑到现在，已经到了濒临破产的边缘。

昨日几位市民去青阳山游玩，在山后古庙中发现有人上吊死亡，立即下山报警。警方经过侦查，证实死者为四海百货董事长邢四海，系自杀身亡，死亡时间大约在三天前。另据警方透露，四海百货因经营不善，面临破产，邢四海自杀原因可能与此有关。本报将继续关注此案进展情况。

虽然后面写了“本报将继续关注”，但事实上，整个报纸也只有这一篇报道，后面再也没有与此有关的新闻。再看晚报新闻，内容也大同小异。

文丽放下报纸说：“这上面也并没有提邢四海的死，跟周心如的父亲周远成有关啊？”

范泽天说：“那时的报纸还是比较正规的，未经证实的传言还不敢胡乱报道。”

文丽说：“那怎么办？”

“不急，我还有办法。”范泽天胸有成竹，走出图书馆，看看天色，已是中午，就说，“对面有家不错的土菜馆，咱们先去填饱肚子再说。”

吃饭的时候，他掏出手机给一位已经退休的老同事打了个电话，他说这个老同事当年曾参与过邢世海死亡事件的调查，可能会知道一些没有公开的内幕。

电话接通后，范泽天先寒暄几句，然后问起二十一年前的这个案子，老同事想了一下，就跟他聊起来。

二十一年前，邢世海死亡事件发生后，坊间就有传言，说他是被其连襟周远成害死的，但警方在古庙内经过严密勘察和认真调查，最后排除了他杀的可能，确认邢世海系自杀身亡。

后来又有人说是周远成骗光了这位妹夫的钱，致使其公司破产，最终导致他自杀。

当时周远成开了一家贸易公司，但实际上只是一家空手套白狼的皮包公司。

据说他给邢世海介绍了一批货源，人家跟四海百货合作过几次之后，最后一次收了四海百货一大笔货款，还没有发货老板就玩起了失踪。这直接导致了四海百货资金周转困难。

邢四海的父亲请求警方调查周远成是否与那个骗子公司有关系，那个骗子公司在北京，当时警方办案经费严重不足，不可能为了一件已经定性为自杀的案子再投入太多的人力和经费。最后警方简单调查了一下，就以“周远成只是一个介绍人，并没有证据表明他参与了骗局”结案。

而且周远成这个人还算仁义，后来他赚了钱，做起了实业，也没有忘记照顾邢世海的妻女。

文丽听队长转述了这个情况后说：“这么说来，小薇的父亲邢世海，并不是她姨父周远成害死的啊。小薇与弓建合谋杀死周心如是找周远成报二十年前的杀父之仇，这个说法就行不通了。”

范泽天摇头说：“我并不这样认为，这些都只是表面现象，邢四海的死肯定与周远成有关，至少其家属是这样认为的。所以邢四海的妻子，也就是周远成的姨妹，在女儿小薇长大之后，把自己的猜疑告诉了女儿，于是小薇便认定姨父周远成是自己的杀父仇人。”

他说这样一来，弓建和小薇为了各自的复仇目的，合谋杀害周心如的前后经过及作案动机，就串起来了。

小薇知道姨父周远成是自己的杀父仇人之后，就伺机向周家复仇，可惜一直没有机会。三年前，她得到那两段视频，发现郑一鸣其实是何子尉害死的，便将U盘收藏起来，一直隐不发。

等到一个多月前，弓建回家，她一面假装跟他谈恋爱，一面把那两段视频给他看。

她知道弓建性格偏激，得知真相之后，一定会去找周心如和何子尉报仇，于是她就以热恋女友的身份，帮他出谋划策，甚至亲自参与杀人过程。

弓建自然不知道她是有私心的，所以感动之余，许下承诺，万一计划失败，他也会一力承担，绝不会连累小薇。

弓建趁周心如弯腰捡拾东西时，居高临下将其射杀，并借此使警方误认为凶后是站在死者身后发射弩箭的。

事实上，这种杀人诡计在推理小说中早已屡见不鲜，弓建只是一个不太成熟的模仿者而已。但是据警方调查，弓建并不喜欢读书，反而是作为女孩子的小薇，喜欢读一些侦探推理小说。

因此范泽天判断，这个杀人诡计应该是小薇想出来的，甚至这个案子的主要谋划人，就是小薇。

文丽边听边点头，说："范队，你这个推断听起来合情合理，可是有一个致命的漏洞，就是没有强有力的证据支撑，完全靠自己的推理。"

范泽天叹口气说："是的，我不得不承认，小薇是一个心思缜密虑事周全的对手，她把一切可能出现的漏洞都考虑到了，从一开始，她就作好了全身而退的准备，所以在做这件事的过程中，没有留下任何能将案情明确指向她的证据。虽然水库管理员可以证明她用过水库管理处的电脑，可是事过三年，所有电脑里的痕迹都消失了，谁也没有办法证明她从那台电脑里偷了资料。同样的，周心如被弓建射杀之后，谁也没有实际证据能证明她参与了这起杀人事件。"

文丽想了一下，说："那弓建呢？也许咱们现在唯一的办法，就是想办法从他身上找到突破口。"

范泽天说："是的，咱们要回局里再次提审弓建，如果他能开口供出小薇是其同伙，那这案子就好办了。"

13

审讯室里，范泽天看着一脸满不在乎的表情的弓建，忽然笑了，说："弓建，这一次我并不是来审讯你的，我把你叫到这里，是想告诉你一件事。"

弓建抬了一下眼皮，问 :“什么事？”

范泽天说 :“我想告诉你，二十一年前，周远成害死了小薇的父亲邢四海，二十一年后，小薇设计杀死了周远成的独生女儿周心如，算是报了一箭之仇。我还想告诉你，小薇接近你，为你出谋划策，甚至亲自参与你的杀人计划，是有她自己的目的的。你被她利用了,她甚至从来就没有喜欢过你,更没有爱过你，她接近你，只是她复仇计划中的一步，她从头到尾都是在利用你。”

弓建脸上的表情僵了一下，但很快就恍过神来，哈哈一笑说 :“范警官，我完全不知道你在说什么，小薇最近确实跟我走得比较近，但我们只是普通朋友，她并不是我的女朋友，她也没有说过她爱我，再说我这么一个瘸子，她怎么可能看得上眼呢？还有，我早就说过了，杀死周心如，嫁祸何子尉，完全是我一个人的事，无论从策划到实施，都是我一个人在战斗，小薇完全不知情，更不用说给我帮过什么忙。所以请你们不要把她牵扯进来。”

文丽怒声道 :“弓建，到了现在你还想袒护她？周心如被杀前一晚，何子尉被你灌醉后，主动扑进他怀里的那个神秘女郎，你敢说不是小薇？你敢说你们不是联手作案？”

弓建故意装出一脸莫名其妙的样子，说 :“女警官，我不知道你在说什么，何子尉在外面跟女人鬼混，与小薇有什么关系？你有什么证据证明我跟小薇联手作案？”

文丽“哼”了一声，竟接不上话来。

是啊，对于小薇被牵扯进案子这件事，警方目前确实没有掌握什么决定性证据。

提审结束后，文丽有些沮丧，问队长接下来该怎么办？原本以为可以从弓建身上打开缺口，谁知这小子抱定了必死之心，完全是一副死猪不怕开水烫的架势。

范泽天说 :“我刚才说到小薇并不爱他，只是为了报仇才接近他时，这小子脸上的表情还是僵了一下，这说明他还是很在意这一点的，只不过他对小薇还有感情，所以还是决心为她承担到底。”

文丽担忧地说："如果他真的下定决心，咱们再想从他身上打开缺口可就难了。"

正在两人为难之时，小李忽然拿着一张报纸，急匆匆跑进办公室："范队，重大新闻，原来小薇竟是周远成的私生女。"

"什么，竟有这样的事？"

范泽天抢过报纸一看，第三版头条，果然有一条这样的新闻。

说的是远成实业集团一个名叫邢小薇的女员工，日前证实为集团董事长周远成的私生女。新闻还说，邢小薇的母亲是周远成的姨妹，二十多年前两人就背着各自的配偶，与对方产生了私情，并且还生下了一个女儿，这个孩子就是邢小薇。

记者最后写道，周远成日前举行认亲仪式，承认了这个女儿，并为其改名为周小薇，还当众宣布将在公司内部提升周小薇为自己的特别助理。外界揣测，周远成的女儿周心如被杀后，周小薇很可能在不久的将来成为远成集团的接班人。

文丽看了这新闻，把报纸拍在桌子上说："范队，咱们从头到尾都让周小薇这小姑娘给骗了。她设下圈套,借弓建之手杀死周心如,根本就不是为了报仇,而是为了争夺周远成女儿的身份，进而继承整个远成集团。"

范泽天拿起报纸，又把那篇新闻从头到尾细看一遍，忽然眉头一展，哈哈大笑起来："周小薇毕竟还是嫩了一点，沉不住气，这么快就暴露了自己的野心，露出了破绽。"

"为什么这么说？"

"如果我是她，起码也要等到杀人凶手弓建被执行死刑，等到死无对证的时候，再跳出来认周远成这个亲爹。"

文丽明白他的意思："也许这个消息公布得这么快，并非她的本意。我听说周远成最近身体出了状况，也许这是他老人家的意思。"

"不管是谁的意思，这回她总算有把柄落到咱们手里了。"

范泽天把报纸递给她，"你去把这张报纸拿给弓建看，什么话都不要说，只让他看这篇新闻就行了。”

文丽拿着报纸去了。

不大一会儿，她给范泽天打来电话，没有说话，电话里只传来弓建气急败坏的叫喊声:“这个臭婊子，原来她真的是在利用我，老子被骗了……我要翻供，我要翻供……”

范泽天对小李说 :“我这就去提审弓建，你带几个人在停车场等着，随时准备去抓捕周小薇归案！”

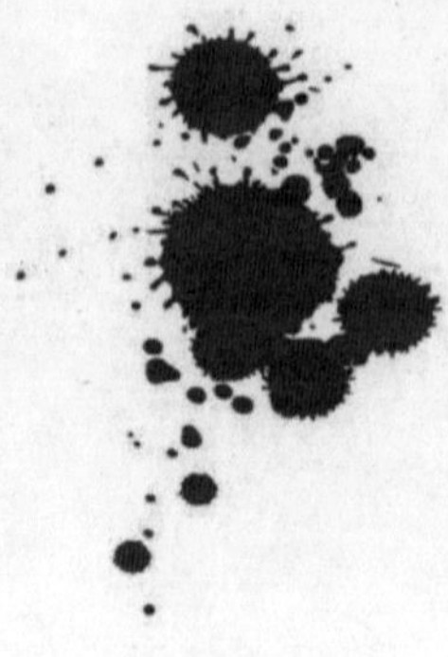

孕妇杀人案

刑事侦查卷宗

案件名称：孕妇杀人案

犯罪嫌疑人姓名：XXX

立案时间：2013.4.5

结案时间：2013.5.2

立卷单位：青阳市公安局

A50433113920130405

（正卷）

青阳市公安局

出轨夫妻

松山公园，夜里八点。

老七蹲在花圃后面一处路灯照不到的阴影里，目不转睛地盯着在不远处散步的老婆孟姣女。

怀孕五个月的孟姣女，肚子已经明显鼓起来，走路的时候，一只手放在肚子上，脚步也不敢迈得太快。

她已经慢腾腾地在那条石板铺成的公园小道上走了好几个来回。

一个三十多岁的少妇从她身边经过，孟姣女朝着老七的方向，用手悄悄指了指这个女人，老七在黑暗中摇摇头。

不一会儿，又有一个女人从石板小路上走过，孟姣女朝老七这边望望，老七仍旧摇头。

十来分钟后，一个姑娘从小路那头走过来。那姑娘大约二十多岁年纪，身穿米黄色吊带衫和迷你牛仔裙，显得既漂亮又性感。

老七在暗处看得眼睛一亮，不待老婆向他打出暗号，就冲着老婆拼命点起头来。

孟娇女心领神会地朝他做了一个“OK”的手势。

当那姑娘与她擦肩而过时，孟娇女故意轻轻蹭了她一下，然后就慢慢坐到地上，捂着肚子“哎哟哎哟”叫起来。

短裙姑娘吃了一惊，忙蹲下身，将她扶起，问：“你没事吧？”

孟娇女在旁边一张石凳上坐下，冲她摆摆手说：“没事，对不起，吓到你了，只是忽然感觉到肚子有点痛，可能是孩子在肚子里踢我了。”

短裙姑娘见她没事，正要转身离去，孟娇女忽然叫住她说：“我好像觉得有点不舒服，你可以帮忙送我回家吗？”看着对方犹豫的表情，她又补充一句，“我就住在公园旁边的桔园巷，很近的，我老公出去打工了，家里只有我一个人。”

短裙姑娘点头说：“好的。”上前扶住她，往公园外面走去。

老七乐滋滋心痒痒地跟在两人后面。

孟娇女被那姑娘一路搀扶着，走出公园，穿过一条灯光昏暗的小巷，再往前走不远，孟娇女就指着前面一栋黑漆漆的旧楼说：“我就住那里，三楼。”

短裙姑娘小心地将她扶上楼，孟娇女拿出钥匙开门，短裙姑娘体贴地将她扶到屋里沙发上坐下。

那是一套两居室的房子，虽然有点逼仄，但却被收拾得整整齐齐。

孟娇女向那位姑娘道谢，说自己已经好多了，然后请她在沙发上坐下，自己起身给她倒了一杯茶。

也许那姑娘真的觉得口渴了，接过杯子，喝了大半杯茶，放下杯子的时候，她觉得有点头晕。她起身说：“我要回去了……”一句话没说完，人就倒在沙发上。

孟娇女推了她两下，没有半点反应。

她回身打开门，守在门外的老七急不可耐地跳进来，问：“老婆，她怎么样了？”

孟娇女朝躺在沙发上的姑娘瞧了一眼，说：“我已经把她迷倒，剩下的，就看你的了。”

老七看看那姑娘从短裙下伸出的两条雪白美腿，不由得咽了咽口水，说：“老婆，这回咱们算是扯平了。”说完掀起那姑娘的短裙，狼狗一样扑了上去。

三天前，老七在妻子的手机里发现了几条暧昧短信，一番质问之下，孟娇女只得低头承认自己曾经做过对不起他的事。她跪在丈夫面前请他原谅自己，并且保证以后绝不再和那个人来往。

可是心胸狭窄的老七总觉得心理不平衡，一直火气难消。

于是孟娇女就想了个办法，说："要不然我去外面找一个女人回来让你睡一次，这样咱们就算扯平了，以后谁也不许再提这件事。"

老七想，这个主意倒是不错，就点头同意。

于是今天晚上，孟娇女就用孕妇的身份，从外面骗了个女人回来，迷晕之后交给他。

话说老七，看到美女躺在沙发上，早已按捺不住，扑上去毛手毛脚地去扯她的内裤。

不知是用力过猛，还是孟娇女下的迷药药力不够，那姑娘被他一番折腾，居然迷迷糊糊醒转过来。

见到一个陌生男子扑在自己身上，她顿时明白发生了什么事，一边叫："你想干什么？"一边伸手推他。

可是她刚从昏迷中苏醒，身上软绵绵的，使不出几分力气，哪里能把身材魁梧的老七推开？

老七色迷心窍，欲火焚身，哪里还停得下来？扒掉姑娘内裤，拉开自己的牛仔裤拉链，就把自己的下身贴到了姑娘身上。

那姑娘终于恢复了一些力气，挣扎中看见旁边茶几上放着一把水果刀，情急之下，伸手抓起水果刀，奋力往老七身上刺去。

老七吓了一跳，急忙从沙发上滚下来。

那姑娘放下裙子，冲向门口。

老七岂能让煮熟的鸭子飞走，急忙追上，想从后面抱住她。

姑娘急忙转身，拿刀指着他："别过来！"

七哥哪里将她一个女人放在眼里，一手抓住她握刀的手，另一只手就去扯她身上的衣服。女孩挥刀反抗，两人贴身扭打在一起。

忽然间那姑娘浑身一震，停止所有动作，僵在那里。

老七低头一瞧，吓得魂飞魄散。不知怎么的，那把水果刀竟然插进了女孩胸口，鲜血涌流而出。就像电影里的慢镜头一样，女孩缓缓倒在地上，抽搐片刻，就再也不动了。

孟姣女大着胆子上前探探她的鼻息，“啊”的一声惊叫：“她、她死了……”

“我、我杀人了，我杀人了！”老七脸色煞白，冷汗涔涔而下，使劲用手扯着自己的头发，“出人命了，怎么办？怎么办？”

孟娇女看着躺在地上的尸体，很快冷静下来，说：“老公，都怪我不好，如果我不去外面找别人，就不会发生这样的事了。”

老七蹲在地上，浑身像筛糠似的颤抖着：“我杀人了，我要被警察抓去判死刑……”

孟娇女想了一下，说：“要不这样，你先去外面躲一躲，这里留给我来收拾。”

老七仰起头，睁着一双惊恐地眼睛看着她：“躲？我能躲到哪里去？”

孟娇女说：“你不是一直想去广东打工吗？”

老七说：“可是你……”

孟娇女说：“放心，家里的事我能处理的。没有人看见我带她到家里来，不会有人怀疑的，就算真有警察找上门来，我就说这女人是我杀的，我是一个孕妇，杀人也不用判死刑。”

“老婆，你说的是真的？”老七站起身看着她，“你真的愿意替我顶罪？”

孟娇女凝视着他，默默地点点头。

“那我马上就走。”老七早已乱了阵脚，听了老婆的话，立即跑进屋里拿出几件衣服，塞进皮包，拎了就要走。

孟娇女说：“等等，你就这样走了？”

老七止步回头，问：“那还要怎样？你不是说你可以处理一切的吗？”

孟娇女说：“你突然出远门，你父母问起来，我怎么说？还有你那帮狐朋狗友，他们要是多问几句，我一时回答不上来，岂不就要露出马脚？”

老七一拍脑袋说：“对，我得先打个电话告诉他们，这样就不会有人怀疑了。”

他操起桌上的电话，先给父母打了个电话，说自己准备出趟远门，到广东去打工，混不好绝不回来。然后又给自己的几个好朋友打电话。

就在他提着行李，即将开门走出去的那一刹那，孟娇女忽然恋恋不舍地叫了一声“老公”，老七心中一酸，转过身来。孟娇女冲上来，一把将他紧紧抱住。

老七甚是感动，伸出手，将她搂在怀里。就在这时，他忽然听到身后传来一阵细微的脚步声，不由得大吃一惊，想要转身，却被孟娇女死死抱住。

他突然觉得背上一痛，一把水果刀已猛然从背后刺进他的身体。

他用力推开妻子，转身一瞧，只见那个本来已经被他杀死的短裙女孩，正站在身后向他冷笑。

老七惊得目瞪口呆：“原来你、你没有死……”

他张开双臂把孟娇女护在身后，“你想怎么样？别伤害我老婆，她肚子里已经怀了孩子……”话未说完，他感觉背上又传来一阵剧痛，插在身上的水果刀竟然被孟娇女猛然抽出，再次刺进他的身体。

老七一个踉跄，倚着墙壁斜斜倒地，死死盯着老婆，满脸难以置信的表情：“你、你……这是为什么？”

孟娇女看着他，幽幽地叹口气说：“我在外面有了别人，想要跟你离婚，可是你竟扬言要提刀杀人。唉，你若不死，我又怎么能有机会跟自己喜欢的人在一起。”

老七用手指着她，厉声道：“你、你这女人，心好毒啊……”

孟娇女说：“你已经打电话告诉你的父母朋友，说自己要出远门打工，所以就算你突然失踪，也绝不会引起别人怀疑。”

“那她，”老七指指那个女孩，“她又是怎么回事？”

孟娇女说：“你刚才刺进她身体的，只是我买的一把可以伸缩的魔术表演刀，她流出的也只是事先藏在衣服里的猪血。”

女孩走过来，含情脉脉地凝视着她。两人相视一笑，相拥一吻，极是深情。

孟娇女对老七说：“忘了告诉你，那个给我发短信的人，就是她。我跟她，才是真心相爱的……”

老七看看她，又看看那女孩，突然喷出一口鲜血，人就躺倒在地，再也没有爬起来。

他至死也没弄明白到底发生了什么事。

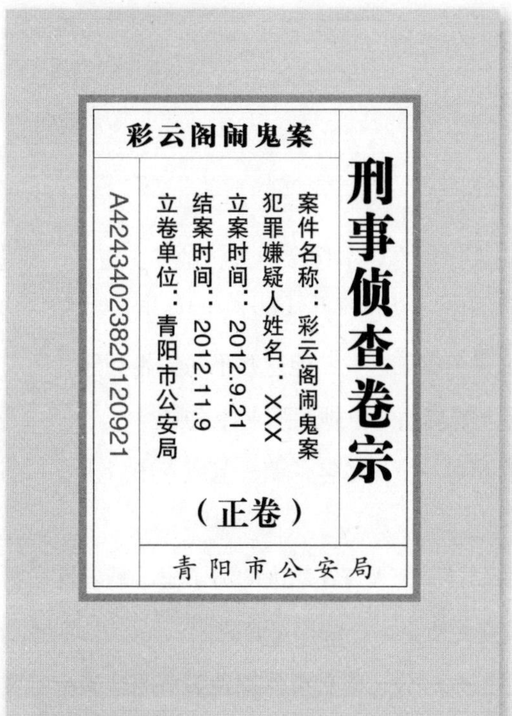
彩云阁闹鬼案
刑事侦查卷宗
案件名称：彩云阁闹鬼案
犯罪嫌疑人姓名：XXX
立案时间：2012.9.21
结案时间：2012.11.9
立卷单位：青阳市公安局
A42434023820120921
（正卷）
青阳市公安局

魅影惊魂

梅少君是四川人，别看名字像个男人，她其实是一个漂漂亮亮的川妹子，今年二十五岁，来青阳市工作已经好几年了，跟林思凡同居在一起也有两年多了。

她知道林思凡是个有妇之夫，但这并不妨碍她和他之间的感情，而且他也答应过她，会跟他老婆离婚的。她还强求什么呢？

林思凡最近忙着跟一个日本客户谈一笔成衣出口生意，已经三天没来梅少君这里了。

这天下午，梅少君一个人待在偌大的房子里，耐着性子看完那出无聊透顶的电视肥皂剧，实在无所事事，便换了套衣服，背着小坤包，出去逛商场了。

回来时，已是傍晚时分，落日余晖把她脚下的这座南方城市照耀得如同涂满鲜血一般。走进小区，老远地看见自己的别墅小楼前围了一大群人。

她暗自奇怪，快步走近些，透过人群的缝隙，看见有一个身材矮胖发髻高挽的中年妇女正站在她家门口，指手画脚神情激怒地大声说着什么话。

她侧耳一听，原来她是在骂人。只听妇女骂道："……臭婊子，你敢勾引我老公，看老娘不撕了你！……八婆，有本事你出来，别像乌龟一样躲着。敢做人家二奶，还怕出来见人吗？……烂货，破鞋，狐狸精……"

梅少君一震，忽然脸色发紫，全身都颤抖起来。

来了！该来的终于来了！

她生怕别人尤其是那个正口吐泡沫骂得起劲的女人看见自己，忙跌跌撞撞地躲进青石路边那郁郁葱葱的葡萄架下，侧耳听着从那个女人口中吐出的既恶毒又难听的话。

她心中一阵绞痛，眼泪就无声地流了下来。

她使劲用牙齿咬住下唇，拼命不让自己哭出声来。

她胆战心惊地躲在蚊蚁成群的葡萄架下，一直等到天色黑下来，那个女人意犹未尽骂骂咧咧一边扬言还要再来一边开车离去，等到围观的人群都议论纷纷地离去之后，她才敢像个小偷似的，东张西望蹑手蹑脚地开门进了屋。然后，"砰"的一声关紧了门，扑在床上抱着枕头放声大哭起来，边哭边拨通了林思凡的手机："思凡，我……我……"

"少君，怎么了？"林思凡吃了一惊。

"你快过来一下，好吗？"

"别小孩子气，少君，我正在陪日本客户吃饭。"

"我不管，你现在不来，以后就别来了！"她赌气地把电话一摔，又抱着枕头哭起来。

哭了一会儿，忽然想到等下思凡来了看见自己这副衣衫不整头发散乱满脸泪痕的样子，一定会不高兴。忙又下床坐在梳妆台前，一边整理着乱蓬蓬的头发化着淡妆，一边不住地擦着眼泪。

不一会儿，楼下有人按小车喇叭，梅少君知道是林思凡来了。

林思凡刚一开门进来，她就像看见亲人一样，一把扑在他宽厚的怀抱中伤心大哭起来。

"少君，怎么了？受什么委屈了？"林思凡好不容易才劝住她的眼泪问。

梅少君哽咽着说："刚才……刚才你老婆来过了……"

"什么？"林思凡脸色微微一变，"她来干什么？她有没有看见你？"

"她是来找我算账的，不过那时我刚好没在家，没被她看见。"

林思凡这才松口气，又轻轻握住她的手。

梅少君收住眼泪，温柔地把头靠在他怀里，幽幽地问："思凡，我们这种偷偷摸摸的日子何时才是个头呀？”

“快了，少君，等再过一段时间，我就跟她离婚。”

“为什么要再过一段时间？”梅少君在他怀里撒着娇说，“不嘛，我现在就要跟你结婚，我要做你名正言顺的太太，好不好，思凡？”

林思凡一边吻着她脸上晶莹的泪珠一边说：“我也想呀，小傻瓜，可是你又不是不知道，目前我的公司有她和她娘家百分之四十的股份，如果我现在贸然提出跟她离婚，她若一气之下收回股份，我的公司就很难在商场立足了。”

“那怎么办？”

梅少君勾着他的脖子仰着头问。

“我正在向美国和新加坡拓展业务，等再做成几笔大生意，我名下的固定资金多起来之后，我就不怕她抽掉股份了。”

梅少君仰头看着他的脸，懂事地点点头。她知道他是爱她的。她相信他说的是真话，她也不愿意他的公司因她而垮掉。

她转念想了想说：“思凡，我不想在这里住了。”

林思凡知道她的心思，点点头说：“好吧，我还有一栋祖屋在乡下，明天我带你过去看看。”

梅少君依偎在他怀中，轻轻点头头，美丽的脸颊上这才露出幸福的微笑。

第二天，林思凡用宝马轿车把梅少君带到了乡下。

林思凡的祖屋坐落在乡下一个山清水秀少有人迹的僻静之所，是一幢两层的小木楼，古香古色的楼檐上爬满了青藤。大门紧闭着，门顶有三个大字：彩云阁。

“彩云阁？”梅少君呢喃着这个名字，神往地说，“有山有水有彩云，多么富有诗意的名字，多么美丽的地方呀！”

林思凡告诉她说：“这彩云阁是我爷爷年轻时专为彩云奶奶一个人建的。”

他边说边上前拍了拍门。

不一会儿，厚重的木门吱嘎一声打开了，从里面走出一个五十来岁精神很好但表情冷漠的青衣老妇人。

林思凡说：“她是彩云奶奶生前的丫鬟。彩云奶奶死后，她一直一个人守着这幢房子,已经几十年了。她会武功,据说年轻时四五个大汉也近不了她的身,现在每天早上还会要两招锻炼身体呢。所以你看她现在已经六十多岁，但精神却很好，看上去才五十出头的样子。你叫她小青就行了。”

“叫她小青？”梅少君怔了一下，怎么能这么称呼一位上了年纪的老人呢。

“她的名字就叫小青，你叫她大妈大娘大婶，她是不会理你的。”林思凡对那叫小青的老妇人说，“小青，这位是我朋友梅小姐，她想在这儿住一段时间，希望你能照顾她一下。”

小青上下打量梅少君一眼，面无表情地点点头。

梅少君微笑着朝她轻轻弯了弯腰，说：“老人家，打扰您了，不好意思！”

小青却好像没有听到一样,仍然面无表情,也不答话,提着他们的行李“噔噔噔”地就进了屋。

梅少君怔在了那里，林思凡牵住她的手笑笑说：“别介意，她就是这样的怪脾气,听人说自从彩云奶奶死后,她就变得沉默寡言脾气古怪。不过她人很好，心地善良，以后你慢慢就明白了。”

梅少君将信将疑地点了点头。

进得门来，她抬头看见大门对面的墙壁上奉着一个青烟缭绕的神龛。

神龛上镶着一张画像，画上是一位年轻女子。身着一件红色旗袍，宛若天边飘来的一朵彩云，再加上那张清秀美丽青春妩媚的脸和高挑的身材，连一向自诩容颜出众气质不凡的梅少君也自叹弗如，看得呆住了。

她简直不敢相信世上还有如此美丽动人的女子。

林思凡指指神龛说：“这就是彩云奶奶年轻时的画像，怎么样，漂亮吧？”

梅少君呆呆地看着那张画像，点点头，可她又总觉得这位彩云奶奶并不止漂亮这么简单，那双幽深的眼眸里，似乎还深深地隐藏着一种不可捉摸的东西。

到底是一种什么东西呢？她又说不上来。

林思凡拉拉她的手臂，笑笑说：“傻瓜，别发呆了，上楼去吧。”

上了楼，来到卧室，只见里面装饰典雅精美，古香古色，使梅少君有种走进古代女子闺房的感觉。尤其是那张红木雕花的梳妆台和那张床，更令她一见心动。

那张床是用稀罕的枣红木打成的，四平架上全是镂空雕花。黄灿灿的金边，格外耀眼。小巧玲珑的抽屉上，配着铜环扣锁，风儿轻轻一吹，叮叮当当，如鸟儿歌唱一般鸣叫，更似一段美妙奇特的音乐。

梅少君一见就有一种想要上去躺一躺的冲动。

林思凡看着她陶醉的样子，笑笑说："怎么样，这地方还不错吧？"

梅少君环顾四周，点点头说："这里山清水秀，布置典雅高贵，的确是个好地方，可以看出她原来的主人绝不是一个流俗之人。"

"算你有眼光，听父亲讲，彩云奶奶是当时有名的才女，只可惜红颜薄命……"

"红颜薄命？"

"咳，老一辈的事，我也不大清楚。"林思凡转换了话题，拥她入怀，说，"你就先住在这儿，以后我每星期抽空来看你一次，好不好？"

梅少君没有说话，一想到以后那独守空房寂寞无边的漫长日子，就不由得有些黯然神伤。正在这时，小青上来敲敲门，向林思凡做了一个吃饭的动作。

林思凡拉起梅少君说："小青已弄好了饭菜，我们下去吧！"

晚上，林思凡关掉手机，留在彩云阁过夜。

就在那张锦帐缤纷、鹅毛被软得如云堆的枣红木床上，林思凡熟练地褪掉了梅少君身上的衣裙，温柔地轻抚着她每一寸肌肤。

梅少君醉眼迷离。那古老的枣红木床、那铜环扣锁发出的叮当悦耳声，以及周围那温馨典雅的一切，使她有一种从未有过的快乐感觉。

当林思凡进入她身体时，她竟忍不住快乐而兴奋地大叫了一声。

当高潮过后，狂风暴雨渐渐远去之时，她不经意地向窗外望了一眼，忽然看见一片若有若无的黑影从窗前一闪而过，似人影，又似树荫。

她的心"怦"的跳了一下，忙推了推身旁的林思凡，但他却已熟睡过去，毫无反应。

第二天清晨，林思凡没吃早餐就匆匆吻别梅少君走了。

偌大的彩云阁就只剩下了梅少君和小青两个人，加上小青又从不开口说话，叫梅少君吃饭、起床什么的，都只打打手势，也不管她看清没看清就走了。

梅少君简直无聊透了。

有时候她实在闷得受不了，就去外面的山路上树林里走走，散散心。

有时她也在心里问过自己，付出这么多，到底是为了什么？是为了爱，为了思凡，为了我俩以后的幸福生活！

一这样想，她就觉得自己受再多的委屈也值得。

她想，小青一个人在这里独居几十年也没什么，自己小住一段时间又算得了什么呢？这样一想，她心里便舒畅许多。

那个古里古怪的老太太小青的生活，似乎并没有因她的到来而有多少改变。

她照旧每日天不亮就起床，也不知她起这么早干什么，可能是林思凡说的“练功”去了吧；晚上则坐在彩云奶奶的神龛前敲打着木鱼，捻着佛珠，闭目修行；连白天也是常坐在神龛前发呆。

她对梅少君的态度也还是老样子，不冷不热，好像这栋古楼里仍然只有她一个人一样。

这天，是梅少君住进彩云阁的第三天。晚上，外面月色很好，圆圆的月亮透过窗棂把银色的月光轻轻洒在梅少君床前。

轻风明月勾起她对林思凡的无限相思，她躺在床上，看着床前明月光，思绪万千，难以成眠。

忽然，眼前光线一暗，似乎有什么东西挡住了窗外的月光。

她忙抬头一看，只见一个身材高挑颀长裙裾飘飘的影子映在窗户白纸上，时而清晰入微时而模糊难辨。

啊！她大吃一惊，“谁？谁？”她颤声惊叫道。

叫声未落，只听“梆梆”几声传来，似是穿着木屐走路的声音，那人影一闪即逝，来去无踪，犹如幽灵鬼魅一般。

梅少君捂着怦怦乱跳的胸口想：这个人是谁呢？是小青吗？不像。小青没有这么高挑修长的身材。

可这彩云阁里只有她跟她两个人住，除了她，还有谁呢？

难道，难道……梅少君忽然全身都颤抖起来，难道那根本就不是人，是……是鬼？一想到这，她全身冷汗直冒，连大气也不敢出了。

这一夜，她再也没敢合眼。

第二天早上吃饭时，她想把这件事告诉小青，可小青对她那一如既往的冷漠态度，又使她打消了念头。

她知道她绝不会相信这房子里会闹鬼。

她想着昨晚的事，进出门时，就有些心不在焉，一不小心，踢着了什么东西，差点摔一跤。低头一看，原来是一对木制的高跷。

就在这时，小青忽然跑过来，捡起高跷藏在门边，似乎生怕她偷走一样。

梅少君笑了笑，也没放在心上，继续在心里想着昨晚那个神秘的身影。

难道是自己看花了眼看错了吗？她再次对自己提出了疑问。

可她很快就推翻了自己的怀疑和想法，因为她一连三个晚上都看见了那个恐怖的鬼影，也听到了那阵奇怪的木屐声。

她知道这绝不是自己看花了眼，这是千真万确的事。

就在她心惊胆战不敢再在这鬼气阴森的彩云阁住下去之时，林思凡来了。

天色刚一暗下来，已经忍受了一个星期分别之苦的林思凡就有点急不可待地抱着梅少君上了楼。

在那张古老而浪漫的枣红木床上，他正欲伸手去褪梅少君身上的衣服，梅少君却忽然一把扑在他怀中嘤嘤抽泣起来。

林思凡吓了一跳，忙问："怎么了，少君，谁欺侮你了？"

梅少君一边啜泣一边道："是你……是你！"

"我？我怎么欺侮你了？"

"还说没有，这房子里不干净，你为什么不早点告诉我？"

"不干净？"林思凡莫名其妙地看看地上，说，"这里打扫得一尘不染，哪里不干净了？"

"我不是说地上，我是说……是说这儿闹鬼！"

林思凡一怔，哈哈大笑起来，说：“别瞎说，小青在这里住了几十年都没什么，你才住几天就闹鬼，那倒奇了。”

梅少君知道他不相信自己，嘴一噘，不理他了，委屈的泪水却还在不住地流着。

林思凡心里一软，说：“好吧，我有一个朋友文丽，是个警察，我给她打个电话，请她明天过来看一下。行吧？”

梅少君这才破涕为笑。

林思凡抚摸着她柔顺的秀发说：“我倒不是怕什么闹鬼，我是怕有坏人闯进来，对你的安全构成威胁。”

第二天中午，女警文丽带着自己的同事小李赶了过来，先是听梅少君说了事发经过，然后又在房子周围看了一下，说整个院子里只有林思凡、梅少君和小青的脚印，看上去并没有什么值得可疑的地方。

梅少君不免有些失望，说：“难道你们怀疑我晚上的所见所闻，都是幻觉？”

文丽没有跟她多作解释，递给她一张名片说：“如果再有类似的事情发生，你可以给我打电话，我会再过来看看。”

两名警察离开后，梅少君心里暗暗跟林思凡赌气，一直没有说话。

林思凡知道她不开心，决定再留下来陪她一晚。

晚上睡觉的时候，林思凡见她还有些闷闷不乐，就安慰她说：“你就别担心了，警察都说没事了，你又何必再庸人自扰呢？”

梅少君深信自己并没有产生幻觉，可一时之间，又跟他说不清楚，委屈的眼泪就不争气地掉了下来。

林思凡心疼地俯下身来，轻轻吻着她的眉，她的眼，还有脸颊上那晶莹的泪珠，然后，火热的双唇盖住了她的嘴。

她稍微挣扎一下，但身体在他巧妙而挑逗地抚摸下，很快就燥热难耐把持不住，不由得紧紧抱住他，回吻着他。

小别胜新婚。这一夜，两人在床上闹了大半夜才渐渐睡去。

半夜时分，梅少君条件反射般睁开眼睛，竟然又看见那个修长的人影淡淡地印在窗前。她的心一下子缩紧了，忙轻轻摇醒林思凡，并用手指指窗外。

林思凡也看见了那人影，惺忪的睡眼一下子睁大了。

不过，他到底是一个男人，胆子要比梅少君大得多。

“谁？”他翻身起床，快速地推开窗户。但还是迟了一步，“梆梆”几声响过之后，那人影早已消失得无影无踪。

梅少君忙起床开了灯，问他看见什么没有。

他说：“那影子飘走得太快，我看不清，只看见一片红色的裙裾。”

“红色的裙子？”梅少君迷惑了。

“啊，我知道了。”林思凡忽然惊悸地叫起来，“一定是彩云奶奶，一定是她，只有她才喜欢穿红色的旗袍，只有她才有那么高挑的身材。”

“彩云奶奶？”梅少君睁大眼睛道，“你不是说她已经死了几十年了吗？”

“是的……可是刚才明明是她呀！”林思凡的声音也有点颤抖了。

“她、她是怎么死的？”梅少君似乎想起了什么，忽然发问。林思凡已从刚才的惊悸中平静下来，“我也不太清楚，听父亲讲，彩云奶奶是上吊死的，死的那年才 23 岁。”

“啊，这么年轻？”

“是呀。当时，我爷爷是有名的风流才子，与彩云奶奶邂逅之后一见钟情，当时彩云奶奶才 19 岁。那时，我爷爷已娶了我奶奶。为了不让性格泼辣骄横霸气的奶奶发现此事，爷爷便在乡下修了这幢彩云阁，将她的小情人藏在这里，一藏就是三年。不想红颜多薄命，就在彩云奶奶 23 岁生日的前几天，她忽然上吊自杀，香消玉殒。”

啊，一个多么凄美的爱情故事呀！

听完，梅少君心里一颤：“她为什么要自杀呢？”

“不知道。别人推测可能是因为她受不了深山幽居的寂寞与孤独，心中郁结难解，只好以死解脱。”

梅少君点点头，心中却暗暗反驳他：其实一个女人只要有爱，有希望，再漫长的寂寞再可怕的孤独再无聊的等待，她都是可以忍受的呀！

“少君，这里不能住了，明天我带你另外找地方住吧！”林思凡心有余悸地说。

“不，我要住在这里！”

不知为什么，现在梅少君忽然不再害怕那个鬼影了，她甚至还有几分可怜和同情她起来。她决定留在这里把这个故事的来龙去脉弄个清楚明白。

林思凡知道她虽外表柔弱，但内心十分刚强。她很少下决心做某一件事，但一旦她决定了的事，就谁也不可能改变她。他也只好随她去了。只是在第二天临别时，特别吩咐小青要多照顾她。

林思凡走后，梅少君来到彩云奶奶的神龛前，再次凝视着她的画像，凝视她动人的双眸。那双幽幽的眼眸深处，似乎还隐藏着什么不为人知的东西。

她用心凝视良久，忽然明白过来，那是一种旁人无法觉察和理解的忧郁与哀怨呀。她的心莫名的震颤了一下，忽然觉得与画上的美人亲近了许多。她洗净双手，点燃三支香，虔诚地向着神龛拜了三拜。

小青看着她，先是有些莫名其妙，但一看到她那虔诚的表情，她就似乎明白了什么，忽然咧开嘴，向她笑了笑。

梅少君来了这么久，小青一直以一张冷漠的面孔对她，这笑容实在来之不易。

中午吃饭时，梅少君忽然发现饭桌上多了几样她喜欢吃的菜。她抬眼一望，只见小青正坐在对面友好而慈祥地望着她。她心生感动，向她投去感激的一瞥。

晚上，她一直倚在床上等到下半夜，却再也未听到那“梆梆”的木屐声，也未见到那神秘身影，她有些失望。

直到快天亮时，她才迷迷糊糊入睡。

不知睡了多久，她忽然感觉到似乎有人进了她的房间，睁开惺忪的眼睛一看，果然看见床前站着一个人，吓了一跳，再一看，原来是小青。

小青见她醒了，向她笑了笑，忽然把她拉起床，拉着她就跑。

梅少君不明白发生了什么事，莫名其妙地跟着她跑出门，跑上了山冈。

外面，朝阳升起，大地一片通红。山冈上露珠晶莹闪光，空气清新，鸟语花香，令久居幽室的梅少君精神为之一振。

早晨的风景多好，外面的天空多宽，想到自己幽室蛰居，每日懒觉睡到日上三竿，不知白白错过多少好时光好风景，不由得在心中暗暗可惜。

她待了半晌，扭头一看，只见小青不知何时已在旁边一块草坪上打起了拳术。

那拳术动作优美，舒展自然，并非城市里老太太们每日操练的太极拳，而是一种似武似舞的动作套路，看上去有点像锻炼身体的体操。

小青边打动作边微笑着示意她跟自己学，她也来了兴趣，站在她身边一招一式一板一眼地学起来。

小青一边微笑着颔首对她表示赞许，一边悉心指点她的动作。

一套动作打下来，梅少君竟全身冒汗，娇喘吁吁，但全身却舒畅极了，人也精神许多。

她看着小青，看着她微笑的慈祥的脸，这才明白她的苦心：她是想拉自己早点起来锻炼身体呀！

想起刚到彩云阁时，林思凡说小青脾气虽怪，但人却很好，心地善良，这才相信是真的。

太阳渐渐升高，空气已经有些炎热起来，两人开始往回走。

梅少君走在前面，一路上哼着轻快的曲子，蹦蹦跳跳地，像个快乐的少女。小青跟在后面，露出了会心的微笑。

梅少君正走着，忽然一股腥臭味扑鼻而来，她赶紧捂住鼻子，还没回过神来，一条碗口粗的五彩斑斓的大蟒蛇突然自杂草丛中钻出，向她游走而来。

她吓得双腿一软，"啊"的一声，瘫在地上。蟒蛇吐着信子，箭一般向她窜来。

眼看她就要丧生蛇口之际，忽然一根树枝斜刺里挥过来，"叭"地一声，打在蟒蛇头部。蟒蛇痛得在地上打了好几个滚。

梅少君回头一看，救她的人正是小青。

小青忙示意她站远一点。

梅少君连滚带爬地闪到一边，看着小青提着树枝与蟒蛇对峙着，搏斗着，心都提到嗓子眼上来了。

蟒蛇挨打之后，忍不住发起威来，翘着头，向小青猛扑几次，都被她敏捷地闪避过去。梅少君越看越奇。她知道小青懂武艺，但却没想到她这么大年纪却还有这么敏捷的身手。

小青闪动几次之后，终于抓住机会，狠狠一棍挥出，“叭”的一声，正中蟒蛇七寸。大蟒蛇顿时瘫软下去，再也抬不起头来。

小青又补了几棍，蟒蛇挣扎几下，头一偏，死了。

梅少君在一旁几乎看呆了。

从这以后，梅少君与小青的关系融洽了许多。每天早晨，梅少君都早早起床，跟小青去晨练，而且早晚还要给彩云奶奶的神龛上一炷香。

这样的日子过了一段时间，她郁闷的心情渐渐开朗起来，她的心境也开阔了许多。

只是，每当她给彩云奶奶上香时，每当她凝视画像上那双幽深忧郁的眼眸时，每当她想起彩云奶奶那凄美动人的爱情故事时，她心里就会有一种异样的悲哀的感觉。

她觉得自己的故事与彩云奶奶是何其相似呀！每当想到这里，她就不敢往下想，不敢想象这个故事的结局。只是，她脑海中那个想见见那个神秘鬼影，想见一见“彩云奶奶”的念头却越来越强烈了。

但是奇怪的是，那个高挑的身影再也没有于半夜时分在她窗前出现过了。

而她和林思凡之间的关系，她也感觉仿佛起了一丝说不明道不白的微妙变化。以前，他跟她约定是每个星期来看她一次，但到后来却变成每两个星期来一次，甚至有一段时间一连好几个星期都见不到他的人影。当然，他每次都有一个听起来似乎很充分不容梅少君怀疑的理由。

日子就在这种希望与失望、幸福与惆怅中悄悄地溜走了。

这天是一个星期天，按常规，林思凡是应该来彩云阁陪梅少君的。所以这一天梅少君一大早就化好了妆换好了衣服坐在门口等着。但一直等到日落西山，也不见林思凡那辆宝马车从那石子铺就的山村小道上开来。

她再也忍不住，晚饭也没吃便一个人上了楼，关了门倒在床上伤心哭泣起来。哭着哭着，便迷迷糊糊睡着了。

半夜时分，她忽然被一阵“梆梆梆”的木屐声惊醒。睁开眼睛一看，只见窗外明月当空，一个修长的人影正映在窗户纸上，裙裾飘扬，似曾相识，不是“彩云奶奶”又是谁?

这段日子以来，梅少君白天对着彩云奶奶的画像焚香跪拜，晚上对她的身影念念不忘，在心理上早已觉得和她很熟识了，所以此时陡然见到她的亡魂鬼影，却也并不觉得恐惧，反而多了一份亲切之感。

她急忙翻身下床说:“窗、窗外站的是彩云奶奶吗？”她的声音因心情紧张、激动竟有些颤抖。

窗外一个声音说：“梅姑娘，是我呀！”

“彩云奶奶，可以进来坐坐吗？”梅少君也不知哪里来的胆量，“吱嘎”一声打开了窗户。

窗外果然站着一个身材高挑秀发披肩的女子，一袭粉红色旗袍垂到脚踝，把她颀长的身段与迷人的风姿全部衬托了出来。

只可惜她是背对窗户，梅少君无法看清她那倾国倾城的相貌。

“人鬼殊途，不便打扰！”彩云奶奶顿了顿，又说，“梅姑娘，你不怕我吗？”

梅少君微微一笑说：“说老实话，刚开始时有点害怕。不过自从思凡给我讲了您的故事之后，我就不再害怕了……”

“讲我的故事？”彩云奶奶嘿嘿地笑了两声。

梅少君怔了一下：“难道他讲得不对吗？”

“那时他父亲都还只有十来岁，他又知道些什么呢？”

“那么，他说您为情轻生的故事是不是真的呢？”梅少君鼓起勇气问出了她最想问的问题。

“可以说是真的，也可以说不是真的。”彩云奶奶忽然轻叹一声说，“人世间的事本就是真真假假、假假真真、难以分辨的。”

“那么当时……？”

“林思凡只说对了一半，不错，我当时确实是上吊自杀，但却是被人所逼呀！”

“是谁逼你？”

"被林思凡的奶奶。她奶奶是有名的泼妇。她查到我被她丈夫金屋藏娇藏在彩云阁之后，就整天来这里吵骂我，甚至出手打我。最后，她给了我两条路选择:要么离开彩云阁离开她丈夫，要么就死在彩云阁里，否则她绝不放过我。"

"哦，我明白了，为了爱情，您选择了后面这条路，是不是？"

"是呀！"

"那思凡他爷爷呢，难道他不知道这件事吗？"

"知道，他当然知道。"

"那他为什么不站出来保护您？您是他毕生至爱的人啊！"

彩云奶奶冷冷一笑道："他保护我？他是泥菩萨过江——自身都难保呀。"

"为什么？"

"他爷爷是当时有名的才子，但却是一介穷书生，多亏他老婆娘家才撑起一份偌大的家业。他若与他老婆翻脸，立即就会被打回原形，变得身无分文无家可归。他又怎会为我而放弃那种高贵安逸风光奢华的生活呢？"

梅少君难以置信地叫了起来："不，不，一定不是这样的。他是爱您的，为了爱，一个人还有什么不可以付出的呢？"

彩云奶奶抬起手腕，似乎是在擦拭眼角的泪花。

良久，她才长叹一声说："梅姑娘，你把爱情看得太崇高太神圣了。你要记住，无论是过分怀疑爱情还是过分相信爱情，都是会要吃亏的呀，就像我一样。我每天站在你窗外，为的就是找机会告诉你一句话。"

"什么话？"

"不要过分相信爱情，也不要过分相信男人，更不要去依靠别人。"

梅少君大惑不解地问道："那我们到底应该相信谁依靠谁呢？"

"作为一个女人，最重要的是相信自己，依靠自己呀！"

"相信自己？依靠自己？"

梅少君脑海中灵光一闪，低下头来，凝神思索着这句话，似乎渐渐明白了一些什么，领悟了一些什么。

她再抬头时，窗外已无彩云奶奶的人影了。她知道彩云奶奶并非常人，来无影去无踪不足为奇。当下，她忙双手合十，对着天空虔诚而感激地拜了三拜。

躺回到床上，她却再也睡不着了。彩云奶奶的那句话和那声凄然的叹息，一直在她脑海中萦绕着，萦绕着……是的，作为一个女人，不能依靠别人，更不能做任何人的附属品。只有相信自己，依靠自己，她才会活得开心和幸福。她忽然完全明白了彩云奶奶那句话中包含着的所有意思。同时，她也下定了决心。

第二天一大早，她把一封长信交给小青，叫她转交给林思凡。自己收拾了一箱简单的行李，走出了彩云阁。

小青并没有挽留她，看着她那快乐、自信而又激动的模样，她欣慰地笑了。她把梅少君送出门，并握住她的手，慈祥而真诚地祝福她说："梅姑娘，祝你一路走好！"

握着她的手，听着她破天荒开口跟自己讲的第一句话，梅少君忽然怔住了：多么熟悉的声音呀，在哪里听过呢？是了，她忽然想起来了，昨晚那位彩云奶奶讲话不正是这种声音吗？她迷惑了。再一抬头，看见那对高跷依旧立在门边。她忽然明白过来，那半夜响起的梆梆声并不是木屐声，而是有人踩着高跷走路的声音。以小青的身高，再配上这一对高跷，不正是一副高挑的身材吗？

正在这时，她的手机响了，一接听，打电话给她的，居然是上次来过这里的那个女警文丽。

文丽在电话里说："梅小姐，上次你报警的那件事，我想我们可能忽视了一个细节，那就是那一对藏在门后的高跷。针对你反映的情况，我心里已经有了怀疑的对象，我想再去你那里调查一下，不知道……"

"不了，文警官，谢谢你，已经不需要了。"梅少君挂了电话，一抬头，看见了小青脸上欣慰的笑容。

她心中一动，忽然明白过来，明白了事情的来龙去脉，更明白了她的良苦用心。她不禁泪湿眼眶，紧紧握住了小青的手。

"孩子，走吧，往后的路还长着呢！"

梅少君含泪点头，深情地看了她一眼，毅然转过身，大步向前走去，走去。

前面，彩云满天，霞光万丈。

刑事侦查卷宗

狼口丧生案

案件名称：狼口丧生案

犯罪嫌疑人姓名：XXX

立案时间：民国33年8月

结案时间：2005年5月

（正卷）

诡绝狼杀

1

那年 9 月的一天，市公安局组织全体警员去博物馆参观纪念抗日战争胜利 60 周年图片实物展。

在市博物馆展厅里，一件悬挂在玻璃展窗内的披风，吸引了我的目光。

那是一件藏青色披风，上面绣着一只硕大的狼头，仰首向天，张嘴欲啸，极是传神。披风卷起一角，现出内里用真丝绣线描出的一行小字。仔细一看，是一行日文。

我请教旁边懂日文的同事，才知那日文若翻译成中文，意思就是：古田惠美子绣。

披风颜色已旧，看得出已经有些年头，上面绣着的那只金色狼头，却历久弥新，鲜艳得能看清根根毛发。被展厅里的电灯一照，便目放冷光，栩栩如生，仿佛活过来一般。

我不禁心头震撼，暗自赞赏作者绣功了得。

再看旁边纸片上的实物说明：真丝绣狼首披风，出自青阳绣女邝素芬之手，为日军中将木村圭佑所有。1944 年 8 月，木村命丧青阳山，坊间传言，木村是被这件披风所杀。新中国成立后，狼首披风被民间收藏者捐献给博物馆。

我不禁心下疑惑：

其一，披风上那一行小字说得明白，这件披风，乃是古田惠美子所绣。看这名字，便知是个日本女子，为何这说明上却又写着“出自青阳绣女邝素芬之手”？

其二，木村圭佑这个名字，我是知道的。抗战时期，日军三进青阳城，当时的最高军事指挥官就是木村圭佑。此人是个陆军中将，为人阴险狡诈，嗜杀成性，怎么会被一件披风所杀？再说，披风又怎能杀人？

参观完展览，正好在走廊里碰见博物馆馆长老蔡。

老蔡跟我算是熟人，一支烟递过去，就跟他说了心中几点疑惑。

老蔡一笑，点了烟，就坐在走廊边石凳上，将这件狼首披风的来历，跟我说了。

2

民国年间，青阳城通济桥头有一家素芬绣庄，庄主姓邝，叫邝素芬。

邝素芬九岁时，便师从长沙湘绣名家陈白霞学习绣工，十八岁艺成出师，回到家乡开了这家绣庄。

她精通湘绣各种绣艺技法，绣出的花卉、人物、走兽飞禽无不栩栩如生，呼之欲出，大受顾客青睐。

邝素芬最擅长的，还是双面绣。

所谓双面绣，就是在同一块底料上，在同一绣制过程中，绣出正反两面图像，轮廓完全一样，针法色彩完全相同，图案同样精美，都可以供人仔细欣赏的绣品。后来她经过钻研创新，又发明了双面异色、异形、异针的“三异绣”，技艺难度就更高了，除了有双面绣的一般要求外，还要照顾到双面针脚、丝缕，做到两面色彩互不影响，异色分明，天衣无缝。

她曾制作过一件名为《飞龙腾云》的双面异色立体绣，用含金和银的金线、银线与真丝花线，一面绣成腾飞的金龙，另一面则为银龙。蒸腾的云霞，闪闪的群星，火红的宝珠，都突兀在绣面上。既是绣品，又似雕塑，令人赞叹不已。清末民初时期，青阳曾兴起过一阵出洋谋生的风气，所以城中侨属众我。后来这件绣品被一位回乡探亲的老华侨带去美国参加纽约世界博览会，震撼了外国友人，获得极高评价，成为一时佳话。

抗日战争爆发后，民国 30 年 3 月和 9 月，青阳城先后两次沦陷，日军烧杀掳掠，袭卷而去，青阳几成空城，从此市井冷落，民生凋敝。

民国 33 年，日本陆军中将木村圭佑率千余日军，再次入侵青阳城，并在县政府大楼驻扎下来，分股至各地劫掠。

青阳城乡，弃尸遍地，一片惨状。

老百姓更是苦不堪言，日军每至一户，非搜出金银宝物不走，稍有不从，立即放火烧屋，大肆屠杀。

邝素芬亦如惊弓之鸟，为免遭日军毒手，整天以泥抹脸，扮作污秽丑妇，不敢出门。素芬绣庄，也是大门紧闭，不敢再开门营业。

这一天，邝素芬正在家里画绣稿，绣庄大门忽然被人当当叩响。

她心里一惊，手中画笔就掉下来，以为是鬼子兵找上门来了，细细一听，那叩门声音甚轻，且有节奏，很有礼貌的样子，并不似平日鬼子兵如狼似虎的砸门声，心下稍安，将门打开一条缝，向外一瞧，只见大门口站着一位年轻女子，身形婀娜，俊美姣俏，却并不认识。

姑娘瞧见她，就很有礼貌地说："大婶你好，我找素芬绣庄庄主邝素芬师傅。"

素芬上下打量她一眼，心里就一紧：这是哪家姑娘，也不看看现在是什么世道，这种扮相，就敢到处乱跑。

她忙将大门打开半边，将她拉进屋，复又将大门闩上，说："姑娘，我就是邝素芬，你找我有事吗？"

年轻女子怔了一下，往她脸上瞧了好一会儿，才发现原来她在自己年轻的脸庞上抹了泥灰，所以看起来像个老妇，就有些不好意思，忙向她行了一礼，说："邝师傅，我姓田，叫田惠美，家住丰华里，是特意来找你拜师，向你学习绣艺的。"

素芬就笑了，说："你也不看看现在是什么世道，逃命都还嫌来不及哩，还学什么绣艺哟。"

田惠美说："我未婚夫刚从南洋回来，我想学好绣艺，亲手绣一件衣服送给他。”

她掏出十个大洋放在桌上，“这是学费，请千万不要推辞。”

素芬见她是诚心学艺，就点了头，说：“也好，反正闲着无事，就破例收你这个徒弟罢。只是现在到处都是鬼子兵横行，你每日里过来绣庄，只走小巷，千万别走大街，要不然你这样漂亮的女仔，撞见鬼子兵可就糟了。”

田惠美点头称是。

就这样，这位叫田惠美的姑娘，就成了邝素芬的徒弟。

她每天上午来绣庄学习刺绣，中午在绣庄吃饭，下午离开。

邝素芬由刺绣的一些简单针法，如平绣、垫绣、扎针、戗针等入手，开始教她，接着又教她怎样选绣稿。绣稿的来源大体有两种，一种是自己创作的适合各类绣品的画稿，另一种是选用名家画作。

刺绣作品分为日用品和艺术欣赏品两种，一般来说，折枝小品适用于日用品刺绣，大幅画图适用于挂幅等艺术欣赏品或大件日用品。选好刺绣蓝本后，便要在底料上勾出画面轮廓，叫作勾稿。后面还有上绷、染线、配线、刺绣等纷繁复杂的程序，每一道程序都马虎不得。

师父教得认真，田惠美学得也快。

只两个多月时间，就已掌握刺绣的基本技法，能单独绣出些简单图案了。

邝素芬禁不住夸她心灵手巧，照这样下去，再不用多久，她就可以亲手为她的心上人绣出一件漂亮衣衫了。

3

又过了半月时间，这天下午，素芬正在绣庄教田惠美绣走兽，忽然听见远远的大街上传来几声枪响。素芬心里想，鬼子兵又出来杀人了。

没过多久，绣庄大门忽然被人拍响，一个男人的声音贴着大门喊：“阿芬，阿芬。”

素芬忙丢了手里的针线，起身开门，一个男人脚步踉跄地踏进屋来。

素芬见他脸色苍白，不由得心头一沉，就问："阿文，你怎么啦？"

这个阿文，全名叫伍启文，是素芬的丈夫，本在美国旧金山做工，年初回乡探亲，不想正遇上家乡闹鬼子兵，一时回不了美国。

眼见鬼子兵横行作恶，若不奋起反抗，只有死路一条，他便自己掏钱购买长短枪枝，在乡里召集数百壮丁，组成青阳抗日自卫队，抗击日军，保卫乡里。

阿文进屋后，瞧见屋里还有别人，便不说话，喘着粗气，走进里面房间。

素芬低头看时，只见丈夫走过的地方，竟滴下一行血迹，心里一惊，跟着走进里屋，却见阿文已手捂腰部，软倒在长椅上。

撩起他上衣下摆一看，却见他腰里中了一枪，鲜血直流。

素芬吓了一跳，就叫："阿文，你、你受伤了？"

阿文点头说："刚才我们在南门桥头伏击鬼子兵的中将木村圭佑，可惜没有成功，还死了好些兄弟，我也中了一枪，幸好还死不了。"

素芬忙拿出家里的小药箱，给他止血包扎。

阿文休息了一会而，缓过气来，说："鬼子兵很快就会找来，我不能待在城里了。"

素芬说："那我叫亚叔用船载你出城，到三社那边去躲一躲。"

她就到隔壁叫了亚叔，将阿文受伤的事情悄悄跟他说了，请他撑船走通济河将阿文载出城，再想办法将他送到三社乡下自己的娘家避一避。

亚叔跟阿文是堂叔侄关系，很是热心，忙将阿文从后门接出，走下通济河码头，上了船，避过日军哨卡，出城去了。

素芬送走丈夫，回到屋里，看见田惠美还坐在那里，就对她说："今天就学到这里吧，你先回去。"

田惠美刚走，绣庄大门就被人砸得砰砰直响。

素芬战战兢兢地打开门，门口站着一队荷枪实弹的伪军，领头的是个瘦高个子，两眼凶光闪闪，嘴里龅出两颗金牙，正是青阳城里臭名昭著的汉奸"龅牙灿"。

龅牙灿叫嚣道："邝素芬，快把跟皇军作对的抗日自卫队队长伍启文交出来。”

素芬说：“阿文没回来。”

龅牙灿哪里相信，带人闯进绣庄，里里外外搜了个遍，果然没有找到阿文。就趁机抢掠了几件金器，扬长而去。

素芬这才松下口气，幸好自己早就将屋里屋外的血迹清洗干净，要不然非被这狡猾的汉奸瞧出破绽不可。

过了几天，素芬在脸上涂上锅灰，扮作一个老妇，收拾了几件衣服，正要回三社娘家看望丈夫，忽见亚叔跌跌撞撞跑进门来，带着哭腔说：“不好了，阿文、阿文遭了鬼子毒手，尸体都被吊在县政府门前的旗杆上了。”

素芬的脸，当即就白了，急忙往县政府那边跑去。来到鬼子的驻扎地，远远地躲在一个墙角处，探头一瞧，果然看见县政府大门口的旗杆上吊着一具尸体，赤裸着身体，浑身血迹斑斑，仔细一看，正是自己的丈夫阿文。

她只觉一阵天旋地转，人就往后倒去。

幸好亚叔在一旁，将她扶住。

后来经过打听，才明白丈夫出事的经过。

原来阿文刚到三社不久，消息就走漏了。

木村圭佑派龅牙灿带着几个伪军，扮作中日亲善宣传队，假装到三社贴标语，实则暗地里侦察阿文具体藏在三社哪户人家。不想龅牙灿的身份被乡人识破，群情激愤之下，就拿起锄头铁锹将这几人打死在河中。

谁也没料到的是，龅牙灿狡猾过人，竟然装死骗过乡人，逃回城里，向木村圭佑报告了消息。

木村大怒，亲率一队日军，气势汹汹赶到三社，将村子团团围住，限令乡人十分钟内交出抗日自卫队队长伍启文，否则就放火烧村。

乡民不肯交人，正躲在外父家养伤的阿文不想连累乡人，就自己站了出来。

木村抓了阿文，却不解恨，下令屠村。

顿时火光大作，枪声乱响，三社被烧成一片焦土，近千人惨遭屠杀。

日军将阿文抓回城里，严刑逼问，要他招出其他抗日自卫队队员下落，阿文誓死不说。

木村恼羞成怒，亲手开枪，将阿文杀害，并剥光衣服，将其尸体吊在旗杆上，以震慑乡民。

素芬就有些怀疑，阿文去三社养伤的事，知道的人并不多，鬼子又是怎么收到消息的？难道是亚叔……

当晚，她带着香烛，悄悄来到县政府围墙外，隔墙祭奠丈夫。

刚烧着香烛，就听得墙内传出一个女人的笑声，竟十分耳熟。

她止不住心中好奇，就踩着一个树墩，攀上围墙向里张望，只见墙内二楼窗户里，正有一名日军军官搂着一名化着浓妆、穿着和服的年轻女子在喝酒调笑。

那军官正是木村圭佑，而那个女人，居然就是田惠美。

素芬惊得差点从墙上掉下来。原来田惠美竟是日本人，难怪她的中国话说得那么不地道。

对了，那天阿文受伤回家，正好被她看到。

莫非是她在门外听见了阿文跟我讲的话，知道了阿文的去向，然后告诉了木村？

素芬心头升腾起一股仇恨之火，回到家里，将一把菜刀磨得锃亮。

4

第二天上午，田惠美穿着一件碎花旗袍，打扮得花枝招展，照例来到素芬绣庄学习刺绣。

邝素芬手持菜刀立在门后，待她踏进一步，立即将她抵在墙上，寒光一闪，菜刀已架在她脖子上。

田惠美吃了一惊，说：“师父，你、你干什么？”

素芬怒目圆瞪，眼睛里几乎喷出火来：“别叫我师父，我没有日本徒弟。”

田惠美一怔，心里就明白过来，问：“你都知道了？”

素芬说："昨晚我到县政府围墙外祭奠我丈夫，看见你身穿和服，跟木村圭佑混在一起。"

田惠美说："不错，我的确是日本人，我的名字叫作古田惠美子，我小时候曾在中国待过几年，所以会说中国话。我是日本东京都的一名艺伎，被派到中国来慰问日本军队。不想被木村看中，他将我留了下来。我很早就开始关注你这间绣庄了，如果不是我跟木村提了要求，你这间小小的绣庄，早就被日本兵烧光了。"

素芬怒声问："我丈夫的事，也是你向木村告的密？"

古田惠美子说："是的，那天我躲在房门口，听见你跟你丈夫说的话，知道他躲在三社养伤。他是青阳抗日自卫队队长，也是木村的心头大患，如果我能协助木村抓到他，那可是大功一件。"

素芬心如刀绞，怒火中烧，咬牙道："我要杀了你替阿文抵命！"一手扼住她咽喉，一手擎起菜刀。

古田惠美子脸色煞白，闭目待死。

素芬瞧着她那不住闪动的睫毛，心中一软，菜刀连举三次，终是不忍砍下。良久，她丢下菜刀，眼里噙着泪花，说："你给我滚，别让我再看见你。"

古田惠美子仰着头说："不，我不会走的，我是来学习刺绣的。没有学会之前，我是不会走的。"

素芬盯着她咬牙切齿地说："我的刺绣手艺，就是烂在心里，也绝不会传授给日本人。"

古田惠美子叹口气说："如果你不肯再教我，那也行，但你得帮我绣一件东西。"

素芬问："什么东西？"

古田惠美子说："木村的妻子在日本病死了，木村对我很好，但这还不够，我不想做一辈子艺伎，我想成为他的妻子。木村的四十五岁生日快到了，他很喜欢中国传统文化，我本来想找你学会刺绣，亲手绣一件披风送给他，以增加他对我的好感。既然你不肯再教我刺绣，那就只好由你代劳了。"

素芬说："别做梦，我绝不会给日本人绣东西。"

古田惠美子脸上就露出恶毒的表情，眼里透着杀气，说："如果你不肯帮我达成心愿，只要我在木村枕边吹一口风，明天早上，你的绣庄，连同这条大街上所有店铺，就会被烧成一片灰烬。"

素芬惊退一步："你……"

古田惠美子盯着她问："你到底肯不肯绣？"

素芬的目光软下来，半晌才叹口气说："你想绣什么样的披风？"

古田惠美子知道她已经答应，就笑了，说："木村最喜欢狼这种动物。他说狼与别的动物迥然有别，它代表着自由的天性和征服世界的勇气。他常常把自己比喻成一头雄健的苍狼。你就在披风上绣一个狼头吧，他一定会喜欢的。"

素芬说："好吧。"

古田惠美子问："你要多久才能绣好？"

素芬说："至少要一个月时间。"

古田惠美子问："为什么要这么久？"

素芬说："我绣过走兽，但从没绣过狼，也没有现成的画稿。我们这里有座青阳山，山中常有野狼出没，我必须先潜入山中，仔细观察狼的形象，心中有数之后，再上绷刺绣，才能绣好。所以要想绣出一件上品的狼首披风，至少也得花一个月时间。"

古田惠美子点头说："好，那我就等你一个月。一个月之后，我来取那件狼首披风。如果你敢耍什么花样，我可以向你保证，你绝不会再在这条大街上看见一间房子，一个活人。"

素芬心中一寒，止不住激灵灵打个冷颤。

翌日一早，素芬带了些干粮，爬上青阳山，循着野狼出没的痕迹，一路寻去。

数日后，她神情疲惫地下了山。

回到绣庄，她立即关紧大门，将自己观察到的狼的形象生动地画下来，然后开始勾稿、上绷、染线、配线、刺绣……

一月时间，很快过去。

这天早上，古田惠美子依约来到绣庄，看见素芬坐在门边，目光呆滞，形容憔悴，仿佛刚刚生过一场大病，心里就有些着急，忙问："我要的披风，你可绣好？"

素芬一句话也不说，将她领进绣房。

绣房里挂着一件新绣的披风。

古田惠美子取下一看，只见藏青色的披风上绣着一只硕大的狼头，金色的皮毛，血红的大嘴，毛发如戟，目光犀利，针工细密，色彩丰富，将狼特有的野性与霸道、苍劲与威严表现得淋漓尽致。

古田惠美子几乎看得呆住，半晌才回过神来，说："果然是刺绣中的绝品。不过在我看来，却还少绣了一点东西。"

素芬问："什么东西？"

古田惠美子狡黠一笑，说："你忘了把我的名字绣上去。"她自己取了针线，在披风里面一角绣上一行日本文字：古田惠美子绣。然后丢下一百块大洋作为酬劳，拿了披风，扬长而去。

这件狼首披风，经古田惠美子之手赠与木村圭佑之后，一向酷爱中国文化的木村果然大为欢喜，每日里披着这件披风，骑着高头大马，领着鬼子兵，在城中纵横驰骋。劲风吹来，披风上下飘飞，猎猎作响，那金色狼头，便仰天欲啸，好像活过来一般，好不威风。

后来乡人知道这件披风竟是出自素芬之手，就有人在背后啐她口水，骂她竟然给杀死自己丈夫的仇人绣披风，实足是个女汉奸。

素芬听了，也不辩解，只是冷笑。

半月之后的一个晚上，木村又披着披风，骑着战马，领着一队鬼子兵在青阳街头劫掠财物，残杀乡民，突然从路边跳出一名女自卫队员，举起手枪，朝木村开了一枪。

木村极是狡猾，听见枪声，急忙滚下马鞍，子弹贴着他的头皮飞过。

女自卫队员一击不中，转身就逃。

木村气得哇哇大叫，带着几十名鬼子兵追上去。

女自卫队员熟悉地形，在街巷里东一弯西一拐，就来到青阳山下。她回身放了两枪，便往山上逃去。

木村见只有一名女自卫队员，根本没放在眼里，一面放枪，一面跟着追进山中。他这一上去，便再也没有下来。

是夜，青阳乡民听见青阳山上群狼狂嗥，嚎叫震天，十分吓人。

第二天一早，城中鬼子兵上山寻找木村，发现木村和他带领的那队日军，已全部死在山中。尸体几乎被撕碎，断臂残肢扔了一地，十分惨烈。后经搜索，发现有一名日军被咬断双腿，滚下山沟，捡回一命。

问起昨夜山中究竟发生何事，他却已神志不清，只能惊恐地说出一个相同的字："狼、狼……"

木村一死，青阳乡民额手称庆。但木村到底是怎么死的呢？众人却不得而知。

后来坊间便有传言，说素芬是"神笔马良"，能将走兽绣活，木村便是被披风上那匹狼跳出来咬死的。也有人说，素芬在披风上绣的是一头狼王，它能号令青阳山上所有狼兵狼将来袭击日军……

木村离奇丧命，城中日军人心惶惶。城外的抗日联防大队趁机反攻，激战数日，终于将鬼子兵赶出青阳城。

5

故事讲完，老蔡掏出打火机，重新点燃一支烟，抽了一口，又说："后来日军嫌这件披风晦气，就丢弃在山沟里，正好被住在山下的一位乡民捡到，保存下来，直到全国解放，才把它捐献给政府。前段时间因为筹备纪念抗战胜利60周年展览，我们才从仓库里将它找出来，我又查阅了不少资料，才搞清楚它的来历。"

我说："你觉得披风上面的狼跳出来杀死木村，或者披风上的狼王召集群狼袭击日军，这样的传说可信吗？"

老蔡笑道：“我当然不信。可是据当年知情的乡民回忆，木村确实是因为穿了这件狼首披风，在青阳山上招致狼群攻击而丧命的。但是当时到底发生了什么事，却不得而知。所以在展览上写实物说明时，我也只能含糊其辞地说木村是因为这件披风而丧命。”

我皱眉想了一下，说：“这个故事的谜底，也许只有故事中的那位刺绣高手邝素芬才能解开。”

老蔡说：“我早已打听过，邝素芬早在七十年代末就随第二任丈夫去美国旧金山定居了，与青阳这边早就断了联系。而且按时间推算，她现在至少已九十高龄，是否健在，还是个未知数。”

我点点头，陷入了沉思。

故事到此，就结束了。而我这篇小说，也只能写到这里，没办法再写下去，成了我生平第一篇没有完成的小说。

时间一晃，又过去好几年。

今年清明前夕，有一位名叫黎海的老华侨从美国回青阳探亲。

这位老华侨自小喜欢文学，平时爱写点短小说、散文、格律诗什么的。回乡后写了几篇回乡散记之类的小文章，在市文联主办的杂志上发表后，请了杂志编辑及几位家乡作家吃饭，我也刚好被一个相熟的编辑拉去作陪。结果一来二去，就跟黎海混熟了。

后来有一天，黎海到咱们局办事，经过我的办公室，顺便进来坐一下，无意中在我开着的电脑里看到了我这篇没有写完的小说，他当时就愣住了。

他说他母亲的名字就叫邝素芬，并且他母亲正是于七十年代末再婚后同他父亲一起携全家赴美定居的。

我的直觉告诉我，他母亲，很有可能就是我这篇小说的主人公邝素芬。

黎海又告诉我说，他母亲今年已经九十二岁，但仍然耳不聋眼不花，兴趣来了，还可以拿起绣针教说英语的孙辈们绣个小花小鸟什么的。

我顿时兴奋起来，忙问：“有什么方法可以联系到她老人家吗？”

黎海说：“我美国的家里有电脑，可以随时跟母亲视频对话。”

我们用报社的电脑接通他远在美国家中的电脑视频后，视频对话框里立即出现了一个满头银发精神矍铄的小老太太形象，还没说话，她老人家那开朗的笑声，就通话筒传了过来。

我先问候了她老人家，然后把自己拍到的那件狼首披风的图片发过去给她看，问她那件披风是不是她绣的。

她眯着眼睛看了，点头说是，正是她当年绣的。

我问她："传说当年正是这件披风，引来狼群，袭击了木村，是不是这样？"

她老人家又点点头，说："确实是这样。"

我再追问："这件披风，看起来并无特别，又怎么能引来狼群攻击日军呢？难道真是披风上的狼王发出了无声的号令？"

老人家又爽朗地笑起来，说："哪里呀，我又不是神笔马良，哪能绣什么来什么。其实呀，很简单的，我跑到青阳山上，潜伏了好几天，把狼王的一窝狼仔给掏了。绣那件狼首披风用的真丝绣线，全都是用狼仔血浸染过的，上面有狼仔的气味。常人虽然闻不出，但我想青阳山上的狼群，肯定是嗅得出来的……"

听老人说到这里，我已明白过来。当年那个将木村引上青阳山的勇敢的女自卫队员，自然就是邝素芬本人了。

后来，我打电话把这件事跟老蔡说了。老蔡笑了，说："咱们青阳这件历史悬案，总算有了最终答案。"

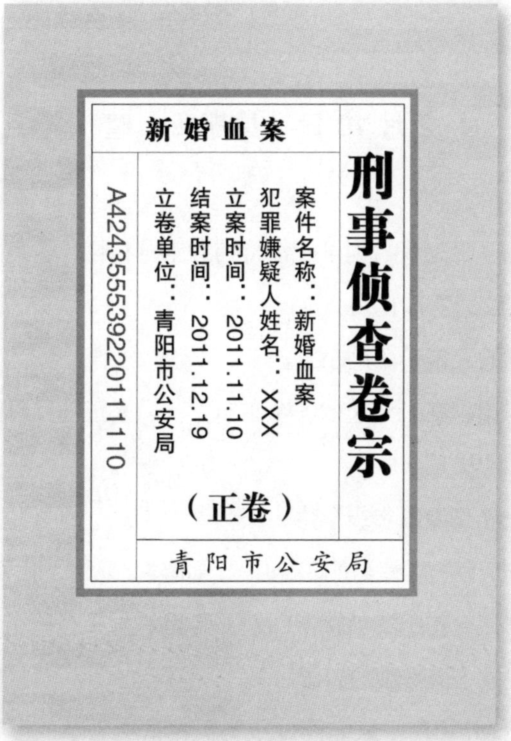

新婚血案

刑事侦查卷宗

案件名称：新婚血案

犯罪嫌疑人姓名：XXX

立案时间：2011.11.10

结案时间：2011.12.19

立卷单位：青阳市公安局

A4243555392201111110

（正卷）

青阳市公安局

悲情日记

2 月 10 日　星期四　晴

今天我很开心，因为我收到了一件特别的生日礼物，这也是自从父母亲离世以来，我第一次收到生日礼物。

送我生日礼物的，是弟弟高小志。

我叫高怡美，出生在长江边的一个小镇上，后来跟随父母亲搬迁到青阳市定居。今天是我 22 岁的生日。

弟弟小志是一名高中三年级学生。

八年前，父母亲在一场惨烈的车祸中双双罹难，只留下我和弟弟相依为命。为了照顾弟弟，刚读完初中我就辍学回家，既当妈妈又当爸爸，靠着父母亲的车祸赔偿，我们度过了最困难的日子。

从 18 岁起，我开始在一家酒店做服务员，依靠微薄的工资，供弟弟生活和念书。

小志也十分争气，从小学到高中，成绩都一直名列前茅。

我最大的愿望就是他能考上一所好大学，毕业后找到一份体面的工作，这样我们姐弟俩就算熬到头了。

服务员的工作十分辛苦，不但要经常加夜班，有时还会遭受客人的白眼和斥责，但是为了弟弟小志，再苦再累我也值得。

同事们都说我长得漂亮，这一点，我从一些男客人看我的目光中也能感受得到。

有道是哪个少女不怀春，其实我也十分羡慕那些爱情甜蜜出双入对的同事，说实话，明里暗里追求我的男人也有不少，其中有一个在装潢公司上班的白领职员，还曾经借着酒兴强吻过我，幸好被我及时推开。

没有一个男人会愿意我带着弟弟嫁给他，所以我跟小志说好了，一定要等他读完大学能够自立之后，我才嫁人。

每每这时，小志总会像个孩子似的扑进我怀里，把我抱得紧紧的，说："姐姐，你真好！如果小志能娶到你这样的女人，那就好了。"

我拍拍他的脸蛋说："那姐姐就嫁给你好不好？"

姐弟俩抱在一起，笑成一团。

这是弟弟第一次送我礼物。他送给我的生日礼物是一只文胸，是他在一家内衣专卖店挑的，粉红的颜色，十分漂亮。

他告诉我说他写的一篇稿件被报社采用，这是他用稿费为姐姐买的礼物。

我听了十分感动，小志也知道心疼姐姐了哦！

4月12日　星期三　阴

今天加班。

下晚班的时候，已经是夜里10点钟了。

幸好今天小志跟我说好他要去参加学校武术社的比赛活动，会很晚回家。要不然他放学回去，等到这么晚都不见我回家，一定会担心的。

我乘坐最后一班公交车，在青阳大道附近下车。

我家住在桔园巷，是父母亲留下的老房子，上下两层的小楼，距离公交车站台步行约需十五分钟，中间要沿着一条小路穿过松山公园。

松山公园范围很大，一条笔直的石头小路从中间穿过。因为已经是深夜，公园里只亮着几盏昏暗的小灯。

这里曾经发生过命案，所以一到晚上，就很少有人到此游玩，此时夜深人静，公园里就更难寻觅到一个人影。

我一个人走在石头铺就的公园小路上，四周只有我的高跟鞋“橐橐橐”的回音。

走到公园中心地带时，我忽然听到身后传来一阵窸窸窣窣的声音，回头一看，身后除了在风中摇摆的树影，就再无其他东西。

也许是风声吧，我自己安慰自己，同时也不由自主地加快了脚步。

没走多远，身后又传来一阵轻微的响动，这回我听清楚了，那是细微的脚步声，我心中一惊，正要回头张望，忽然从后面伸过来一双男人的手，一把将我紧紧抱住，使劲往假山后面的草丛中拖去。

我惊得全身发软，半晌才回过神来，张嘴欲叫，那人却将我按倒在草丛中，一手捂住我的嘴巴，另一只手伸到下面，撩起我的裙子，粗暴地扯下了我的内裤。

我害怕得几乎喘不过气来，拼命挣扎，却被对方压在身下，无法动弹。

我把眼睛睁得大大的，想要看清对方的脸，无奈灯光被假山挡住，草丛里漆黑一团，而且对方脸上好像也蒙了什么东西，我仅仅在黑暗中看到一个男人的轮廓，和闻到一股男人特有的体味，那种淡淡的味道，竟隐隐有些熟悉。

来不及多想，男人已经拉开自己的裤链，开始猛烈撞击我的下身。

巨大的恐惧，难言的屈辱，再加上从身体某个部位传来的钻心疼痛，使我感到一阵眩晕，很快昏迷过去，什么都不知道了。

待凉风将我吹醒时，歹徒早已经离去，我挪动一下身体，下身传来一阵钻心剧痛，用手一摸，全是血。

我伏在草丛中，放声大哭。

我不知道自己是怎样回到家的，幸好小志还没有回来。我一边哭，一边冲进浴室，将水龙头开到最大，使劲淋着自己，仿佛要把在公园遭受的凌辱都冲洗掉。可是我知道，就算把自己身上的皮肤擦烂，也永远无法将自己被玷污的身体擦洗干净。

无意中抬起头，看见浴室的洗漱台上放着小志用来剃胡子的刀片。我的心狠狠地痛了一下，我已经是一个被凌辱被玷污了的女人，我还能好好地活下去吗？想着想着，我的手不由自主伸过去，拿起刀片，看准自己的手腕，割下去……

忽然，屋外响起敲门声，小志在外面喊："姐姐，请帮我开一下门，我忘记带钥匙了。"

我心头一震，回应道："来了。"急忙穿好衣服，擦干净脸上的泪水，趿着拖鞋去开门。

小志进屋后换好鞋，抬头看我一眼，像是发现了什么，"咦"了一声，问："姐姐，你怎么啦？哭过吗？脸上好像有泪痕哦？"

我急忙摇头掩饰说："没有啦，刚刚淋浴时洗发水掉进眼睛里了。"

小志将信将疑地"哦"了一声，忽然叫道："姐姐，你拿我的刀片干什么？"

我一惊，这才发现刚刚准备用来割腕的刀片，竟然还捏在手里。

我怔在屋里，一时之间不知道该说什么才好。

4月13日　星期四　阴

早上我打电话到酒店，说自己身体不舒服，要请一天假。

小志上学去后，空荡荡的家里便只剩下我一个人，昨晚怕被小志看见而忍住的委屈的泪水，又不争气地流下来。

天气异常闷热，不知在家里呆坐了多久，我叹口气，擦干眼泪，信步走到二楼天台，想到楼顶透透气。

我们家的天台不大，四周砌着矮矮的围墙。

小时候，爸爸妈妈经常带着我和弟弟到天台烤玉米吃。

那时候我和弟弟都很想爬上天台周围的矮墙，去看楼下的风景，却总是遭到爸爸的斥责，说那样太危险了。

当初需要攀爬才能上去的围墙，现在看来，已只比我的膝盖高一点点。

我撩起裙子，跨了出去，坐在围墙上，风轻轻从背后吹来，仿佛要将我推去。

本来经过昨天一夜的辗转反侧，我已经说服自己，为了小志，我一定要坚强地活下去。但就在坐到围墙上双脚悬空的那一刹那，我仍然有一种要跳下去的冲动。

正在这时，身后忽然传来一阵急促的脚步声，回头看时，却是小志气喘吁吁跑上来。

我吃了一惊，问道："小志，你怎么回来了，今天不用上学吗？"

小志说："我请假了。"

他又看着我问，"姐姐，你坐在那里干什么？好危险的。"

我知道昨晚发生的事绝不能告诉他，更不能让他看出端倪，可是面对最亲的亲人的关心，我委屈的眼泪到底还是不由自主流了下来。

小志走过来几步，我以为他一定会追问我，谁知他却忽然扑通一声跪在我面前。

他的脸憋得通红，过了半晌，才声音哽咽地道："姐姐，对不起，请原谅小志好吗？"

我奇怪地问："小志，怎么了？发生什么事了？"

小志说："姐姐，其实昨天晚上在公园欺侮你的那个人……是小志……"

"什么？"我惊得差点从围墙上掉下去，"那、那个人是小志？"

小志低着头，不敢看我的眼睛，低声说："是小志……我昨天骗了姐姐，我根本没有去参加学校的武术比赛，而是一直躲在公园等你……"

"你、你为什么要……"

"对不起，小志喜欢姐姐。而且小志送给姐姐的生日礼物，姐姐昨天才拿出来穿，小志想看看姐姐穿着小志送的文胸的样子……"

"昨晚、昨晚那个人，真的是你？"

小志点点头，"嗯"了一声。

我的头一阵眩晕。我怕自己会从天台掉下去，赶紧从围墙上跳下来。

看着小志那吓得通红的脸，我心中一软，心头的郁结，也豁然打开。原来昨晚那个坏家伙，是我们家的小志。我心里满含苦楚，没有说话，默默地将他扶起。

我这时才发现，这个十八岁的少年，竟然已经比我高出一个头了。

我的小志，已经不是当初那个只知道跟在姐姐后面跑的小跟屁虫了，他已经成长大了，他已经长大成一个真正的男子汉了！

我摸摸他的头，流着泪说："小志，你要答应姐姐，以后再也不许这样了，要不然姐姐永远也不会原谅你的，知道吗？"

小志用力点点头，回答说："嗯！"

8月25日　星期一　晴

上个月，小志参加了高考。

考完之后，我问他考得怎么样。

小志自信地道："姐姐，我考得很好，不会令你失望的。"

我听了，既开心又有些担忧，开心的是小志终于可以上大学了，担心的是，大学四年高额的学费，绝不是我一个卑微的酒店服务员能够负担得起的。

想来想去，我决定将父母留下的这栋房子卖掉，供小志上大学。

按照惯例，高考后不久，就会公布考试成绩。可是这都快过去两个月了，还没有看到小志拿大学录取通知书回来，我不由得为小志担心起来。

今天下午，小志忽然打电话给我，叫我下班后早点回家，他有好东西要拿给我看。

我知道一定是他拿到大学录取通知书了，心里十分高兴。下班后急匆匆赶回家，果然看见小志坐在客厅等我。

他拿出一张纸递给我，我一看，果然是一张录取通知书，录取学校是省城的一所大学。

这可是一所在全国都很有名的大学呀！我高兴极了。

可是再一看上面填写的日期，发现这份录取通知书早在半个月前就已经寄出了，为什么小志现在才拿给我看呢？

小志拿着录取通知书，认真地说："姐姐，这张录取通知书其实早在十天前我就已经收到了。但是我一直没有拿给你看。现在我拿给你看，是想告诉姐姐，我没有辜负你的期望，我有能力凭自己的本事考上名牌大学。不过现在，这张录取通知书，我用不着了。"

说到这里，他忽然将录取通知书撕了个粉碎。

我大吃一惊，叫道："小志，你疯了吗？"

小志微微一笑，说："姐姐，我今天叫你早点回家，不是请你看我的录取通知书，而是有一份更重要的礼物送给姐姐。"

他递给我一个信封，我打开一看，里面竟然装着1500元钱。

我吓了一跳，问道："小志，你哪里来的这么多钱？"

小志有几分得意地说："这是我领到的第一个月的工资。"

我睁大眼睛问："你的工资？"

小志说："其实我早就考虑过了，如果我读大学，姐姐至少还要辛苦四年，家里的房子也要卖掉，到时姐姐住哪里呢？等到我大学毕业，姐姐都快成没人要的老姑娘了。我不能这么自私，不能把姐姐捆绑在我身上，我应该让姐姐放下肩上的担子，去追求自己的幸福。所以我不想去读大学，我想参加工作，我想为姐姐分担责任。我高中一毕业，就已经在报社找了一份校对的工作。我的人生目标是边工作边学习，努力争取成为一名报社记者。"

"我家的小志真的长大了哦！"

抱着比我高出一个头的弟弟，我流下了感动的泪水。

11月10日　星期三　晴

今天是我一生中最幸福的日子，因为今天我要结婚了。

自从小志参加工作以后，我肩上的担子一下轻了许多，拿小志的话说，姐姐终于可以放心地去追求自己的幸福了。

经过慎重考虑，我接受了一个男人的爱，与他交往半年之后，决定跟他结婚。

这个男人叫石川，在一家装潢公司上班，也就是曾经借着酒兴要强吻我的那个男人。这么多年来，他一直在锲而不舍地追求我。

石川比我大三岁，工作勤奋的他，现在已经是公司企划部部长助理，前途无量。石川在东方大道有一处房产，也是他过世的父母亲留给他的，为了结婚，他把房子装修得十分漂亮。

也许是真心为姐姐高兴，婚礼上，小志喝了许多酒，以至有些醉意，无法独自回家，石川只好把他扶到我们新家的书房躺下。

等我洗完澡时，石川已经在床上等着我。我穿着睡衣，害羞地钻进他怀里。我心里既甜蜜，又有点担心。如果石川知道我不是处女，他会生气吗?

但是石川似乎并没有在意这些。他脱下我的睡衣，把我重重地压在床上，动作粗鲁而急躁。

就在我幸福地把脸贴近他胸膛的那一刹，一种特别的让我刻骨铭心的气味钻入我的鼻孔，我的脑海轰然一声爆炸开来。

床前小桌上果盘里的水果刀，在电灯的照耀下，反射出刺目的光。

我的脑海刹那间一片空白……

11月12日　星期五　雨

等我再次睁开眼睛时，发现我竟然躺在医院的病房里，一名护士在病床前忙碌着。

我一惊而起，问护士："我、我怎么会在这里？"

护士同情地告诉我说："唉，在你举行婚礼的那天晚上，你弟弟用水果刀杀死了你丈夫，你因为目睹了整个行凶过程，受到强烈刺激而晕倒在屋里。你不知道，你已经昏迷两天了。"

“什么，小志杀了石川？这怎么可能？我目睹了整个过程？可是我什么都不记得了！”

护士说：“医生说你深受打击，得了选择性失忆症，所以那晚发生的事，你可能什么都不记得了。”

“不可能，这不是真的。”我一把抓住护士的手臂，“我弟弟，小志，你知道他在哪里吗？”

护士说：“好像在公安局的拘留所。”

我急忙换好衣服，跑出医院，乘坐出租车前公安局。

在拘留所里，我见到了戴着手铐的小志。我拉着小志的手焦急地问：“小志，你杀了石川，这是真的吗？”

小志的眼神有些冷漠，瞟了我一眼，又把眼神投向别处。

他冷冷地说：“是真的，是我杀了他。”

“为什么？”

小志忽然盯着我，眼睛里透出异样的光，说：“因为姐姐是小志的，我不想别的男人占有姐姐。”

我怔住了。蓦然想起小志平时对我的依赖，想起那天深夜在松山公园发生的事，还有他在我婚礼上故意喝醉酒的事。我这才觉察到小志对我的依恋，已远远超出了弟弟对姐姐的感情。

离开拘留所，我的脚步有些踉跄，差点在台阶上撞到一个人，抬头一看，居然是小志的高中同学贺小军。

他是小志的好朋友，他告诉我，他也是来探望小志的。

我木然地点着头，喃喃地道：“小志那孩子，平时连鸡都不敢杀，怎么会突然拿刀杀人呢？”

贺小军说：“这个很难说呀。小志可是武术高手呢，今年 4 月学校武术社举行的比赛，他还得过第一名呢。当他拿起剑的时候，可是很有杀气的，很多对手都怕他。”

4 月的武术比赛，他得了第一名？可他不是说那晚的武术比赛他没有去参加，而是躲在松山公园等我吗？

我急忙拉住贺小军问："你还记得那次武术比赛具体是什么日期吗？"

贺小军说："4 月 12 日，我记得很清楚呀，那天我得了第二名，比小志差远了。"

4 月 12 日，那不正是我在松山公园遇袭受辱的日子？这么说来，松山公园的那个蒙面人并不是小志。可是他为什么要承认那个坏人是他呢？

不用多想我也明白，懂事的小志那天深夜回到家里，看到我脸上有泪痕，手里拿着锋利的刀片，所以就起了疑心。晚上他偷看了我的日记，知道在我身上发生了不幸的事情。他怕我真的会为此而自杀，他怕失去他最亲最爱的姐姐，为了让我心里不那么难受，所以他跪在我面前违心地承认那个欺辱我的男人就是他。小志知道我这个做姐姐的一向爱他疼他宠他，只要他承认错误，我一定会原谅他。

想到这里，我的头像是被铁锤砸中，突然间剧烈地疼痛起来。

结婚之夜发生的事，像电影中的慢镜头一样，一幕一幕在我脑海中闪过：

石川身上熟悉而独特的体味，唤醒了我痛苦的回忆，我终于知道，跟我结婚的这个男人，才是曾经在黑暗中凌辱我的蒙面人……

我的手不受控制地拿起果盘里的水果刀，带着屈辱的痛和恨，狠狠刺进石川的肚子；

新房里奇怪的响声，惊醒了睡在隔壁房间的小志，小志默默地从我手里接过血淋淋的水果刀……

明白了真相的我，急忙转过身，朝公安局跑去。

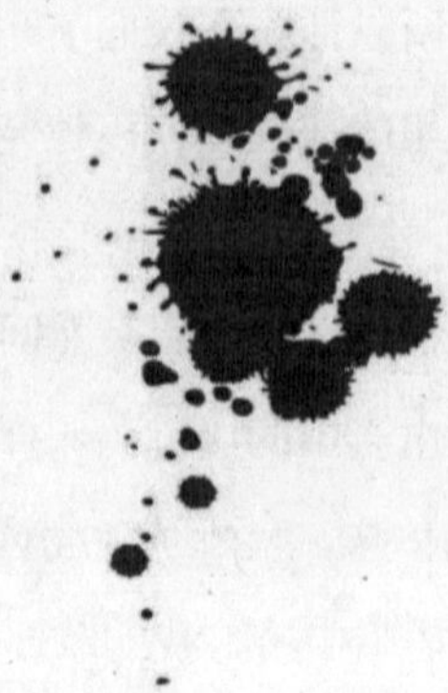

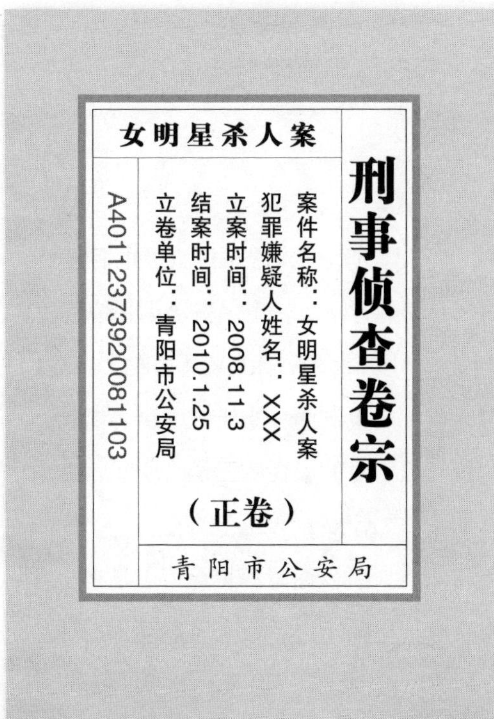
女明星杀人案
刑事侦查卷宗
案件名称：女明星杀人案
犯罪嫌疑人姓名：XXX
立案时间：2008.11.3
结案时间：2010.1.25
立卷单位：青阳市公安局
A40112373920081103
（正卷）
青阳市公安局

喋血保镖

戴标今年25岁，生得身材魁梧，胆略过人，而且还练得一身好功夫。他从部队特务连退伍后，受聘到青阳市一个保安培训基地做教官。

这一天，有位当红大明星要到青阳市来开演唱会。这位明星名叫谢青萍，因主演一部叫《春梦无痕》的电影而一炮走红，声名鹊起，后来又趁热打铁借势炒作，终于成了一位红极一时的影视歌三栖大明星，据说现在的出场费已炒到了几万块呢!

谢青萍的母亲是青阳人，所以谢青萍也算得上是半个青阳姑娘，她要来青阳市开演唱会的消息在电视里播出之后，全城轰动，一时之间，街头巷尾到处都贴满了她那青春靓丽的巨幅照片。

开演唱会的那天，由于规模空前，市公安局一下子抽不出足够的警力负责演唱会的保安,便在戴标他们那个培训基地抽调了150名保安过去,由戴标带队,负责全场保安任务。

戴标带着队伍提前两个小时到达演唱会现场市影剧院后，对里面所有设施和空间都作了一次安全检查，确认一切正常之后，才开门放行让观众进来。

演唱会上，谢青萍的表演不时博得阵阵掌声，场上高潮迭起，追星族们的口哨声，怪叫声，一阵高过一阵。但戴标却不敢有丝毫放松，时刻注意着，以防有什么不测发生。

整场演唱会有惊无险，除了中途有几个没有买票的街头小混混想强行进场被他们挡回去以外，并无其他事情。

但却没有想到当演唱会结束后，谢青萍在四个孔武有力的保镖护送下走出影剧院时，一下子被潮水一般涌来的要请她签名的追星族围住了。人潮涌动，她的四个保镖很快就被海涛般的人潮冲到一边。也许是这位大明星太累了，也许是她要清高，她对追星族们递到自己眼前的笔记本、照片等不屑一顾，连看也不看一眼。

她的行为激起了众多追星族们的反感情绪，一阵骚乱过后，忽然有四个不满的男青年围住了谢青萍，两人抬她的手，两人抬她的脚，竟一下子将她高高举了起来。其他人都唯恐天下不乱，一边拼命堵住那四个急欲靠近的保镖，一边怪叫着大声起哄。

谢青萍出道这么久，还真没见过这样的阵势，吓得大哭起来。四个保镖被人群堵住，无力来救，无可奈何。

戴标一见情况紧急，忙大喝一声，使出“沾衣十八跌”的功夫，如泥鳅一般，从人缝中快速向明星“溜”了过去。

来到那四个男青年面前，戴标犹豫了一下，因为这四个人并非蓄意闹事的歹徒，他也不便大打出手，便使出太极拳“推手”绝招，双手往一名青年胸口轻轻一推，他便立即飞了出去，摔在别人身上。

戴标再一个侧步，左肩轻轻往另一名青年身上一靠，他也站立不稳摔了出去。

另外两人见了，扔下明星就跑。

戴标也不追赶，忙伸手接住了几乎已经吓昏过去的明星，交给了终于满头大汗挤过来的四个保镖，然后便转身挤进了人潮中。

第二天，戴标正在训练场上教保安员练习三十六手跌拿技法，忽然看见办公室的接待员小张领着一个戴着墨镜、身材高挑、长发披肩的女郎走过来。

他仔细一看，那女郎正是谢青萍。她身后还跟着两个身材高大衣着体面的男子。

戴标认出他们是大明星四个贴身保镖中的两个。

小张指指戴标对谢青萍说："谢小姐，这就是你要找的戴标先生。"

谢青萍忙过来对他笑着说："戴先生，多谢你昨晚出手相助。"

戴标摇头笑道："举手之劳，不足挂齿。"

这时，她身后一名保镖上前说："听说戴先生是这里最厉害的武术教官，昨晚见你使了太极推手的绝招，果然名不虚传。"

"哪里，这里武术练得比我好的教官还有很多。"

"我刚才看见戴先生在教授三十六手跌拿技法，正好在下也比较喜欢这套擒拿技法，今天碰上了行家，想请戴先生指教几招，不知戴先生是否赏脸？"

他说起话来文绉绉的，但双目中却充满着一股强悍之气，显然是个武术高手。

他把话说到这个份儿上，戴标知道再推辞就显得自己是底气不足了，便爽快答应说："好吧，指教不敢，就当是切磋技艺吧！"

他们就在训练场上拉开了架势，戴标是主，对方是客，戴标让他先出手。

这三十六手跌拿法，其技法特点主要包括锁、扣、拧、裹、绕、点、缠、绊、跪、踢、靠、撞、扳等法，因其中摔法居多，故称跌拿。主要包括"金丝缠腕"、"冷月折梅"、"挑灯看剑"、"白蛇缠身"等三十六手，实战价值很高。

那名保镖也不客气，冲上来一招"白蛇缠身"便将戴标摔在地上，接着一个直拳击向戴标脸部。

戴标双手一伸一绕，用"金丝缠腕"拿住他手腕。

他吃了一惊，忙用脚来踩戴标肚子。

戴标左腿提膝至胸前，他刚好踩在戴标腿上。戴标右脚趁机踢出，将他踢倒在地。

训练场上灰尘满地，他穿的又是西服，所以倒地站起后满身尘土，十分狼狈。

围观的人都笑了。

他红着脸冲戴标一抱拳说："我认输了，戴先生果然是好功夫。"

戴标摇头笑道："哪里哪里，我也被你摔了一跤，彼此平手未分胜负。"

他的脸更红了，说："刚才戴先生'金丝缠腕'拿住我手腕若紧接着来一招'冷月折梅’，那我这只手臂就算是废了。多谢戴先生手下留情！”

戴标见他已识破，只得摇头笑道：“哪里哪里！”

谢青萍走过来，笑盈盈地说：“戴先生，你就别再谦虚了，你的精彩功夫刚才大家都看见了。”她看戴标一眼，又说：“我今天来这里除了想向戴先生道一声谢之外，还想跟你商量一件事。”

“什么事？”

“我想请戴先生做我的私人保镖！”

“请我做私人保镖？”戴标怔了一下，看了刚才跟他动手的那位大汉一眼，忽然明白过来，原来他刚才是在试自己的功夫。

谢青萍说：“戴先生请放心，做我的私人保镖，在待遇方面绝不会比你现在差。而且我在青阳市买了房子，以后不拍戏的时候，都会住在青阳市。你不用这么快答应我，这是我的电话号码，想清楚后再给我答复，好吗？”

谢青萍走后，戴标的心情很久没有平静下来。

他知道对于他来说这无疑是一个绝好的机会，并不是说跟着谢青萍可以赚更多的钱，他的意思是跟着谢青萍走南闯北，会使自己增长不少见识，对自己的前途更有帮助。

经过一个晚上的深思熟虑，戴标终于在第二天早上拨通了谢青萍的电话。

三天后，他办好原单位的辞职手续，成为了大明星谢青萍的一名私人保镖。

谢青萍手下本来有四个保镖，但因未受过正规保安业务训练，所以谢青萍并不太信任他们。她一直在留心寻找一个比较得力可靠的保镖，最后终于找到了戴标。所以那四个保镖阿军、阿超、阿星和阿虎，都成了听从戴标吩咐的手下。

谢青萍居住在青阳市碧桂园小区的一幢别墅里。别墅修建得高雅而豪华，面积也相当大，包括一个私人花园和游泳池。

戴标的任务就是带人在别墅内巡视，负责整座别墅的保安工作。但事实上，谢青萍在家里居住的日子非常少，一个像她这样红透半边天的大明星，片约和演出邀请几乎天天都有。

每逢她外出演出之时，戴标和其他四个保镖就要跟在她身边，几乎是寸步不离，负责保护她的安全，应付突发事件。

有一段时间，她演武打片时跌伤了腿，便待在别墅里休养。

有一天，她忽然把戴标叫进她房间。戴标进去后才看见她正盯着一份今天的报纸在皱眉头。她示意戴标关上房门后，站起身说："阿标，我最近遇上了一件麻烦事。"

戴标问："什么事？"

她叹了口气说："这件事得从一年前说起。那时《春梦无痕》这部电影才刚刚开始拍摄。我在剧中担任二号主角，一号主角由当时红极一时的影星林诗仙担任。有一天晚上，我去林诗仙的房间跟她讨论剧情，却不想无意之中看见她被一个男人用水果刀杀死在席梦思床上。那个凶手我认识，是我们剧组的武术指导刘子贵。我早就听说刘子贵跟林诗仙关系暧昧，而且他学武术走的是李小龙的路子，主要靠服用兴奋剂来提高体能，久而久之，精神便有些反常，常有出人意料的举动。导演早就想叫他走人，但因他确实是个武术奇才，设计的武打动作常有创新之举，很受观众欢迎，才勉强留下他。但却没想到竟由此种下祸根。当时，我从门缝里看到那血淋淋的场面，几乎吓晕过去。等清醒过来后，我拿起电话报了警。后来，刘子贵被判了死刑，缓期两年执行。当他被警察从法庭被告席上带下去时，他完全失去了理智，杀气腾腾地瞪着我大叫着说我诬陷他，还说他绝不会放过我。但他最终还是被带了下去。"

戴标看着她，有些疑惑地说："难道现在有什么变故吗？"

"是的。两天前，他越狱逃了出来。你看，报纸上都刊登了这条新闻。"

戴标很快明白了她的意思："你是怕他来报复你？"

"是的。"谢青萍心有余悸地点点头说，"我永远也忘不了那天在法庭上他看我的凶狠眼神。我知道他越狱之后，第一件事就是来找我。"

戴标说："那我和阿军他们以后加强别墅的保安，不让他进来便是了。"

谢青萍摇摇头说："那样太被动了。"

"那该怎么办？"

"我有一个记者朋友，他已经帮我探听到刘子贵的住处。他就住在群生旅馆408房。”

“那咱们快报警，让警察来抓他。”

谢青萍摇摇头说：“不行，以他的身手，几个警察根本抓不住他。”

戴标知道谢青萍是个极有心计的女人，她既然这么说，心里一定已经有了应付的法子，便问她道：“萍姐，你说我们应该怎么办呢？”

谢青萍看他一眼，沉吟着说：“刘子贵功夫很好，我看除了你，再也没人是他对手。”

戴标恍然大悟：“你是叫我出面对付他？”

“正是。只有你先将他制服之后，再押往公安局交给警方。这样才万无一失。”

戴标点点头说：“好吧，我去试试看。”

晚上8点钟，戴标骑着一辆摩托车来到东山区，找到群生旅馆。

踏上四楼，他找到了408房间。房门并未关上，他看见里面有个三十来岁满脸络腮胡戴着一副大墨镜遮住了大半边脸的大汉盘腿坐在沙发上，正在练习吐纳功夫。

谢青萍向他详细描绘过刘子贵的样子，他知道这个人就是自己要找的人了。

戴标走进房间的脚步声惊动了他，他忽然开口说道：“是谢青萍叫你来的吗？”

戴标吃了一惊：“你怎么知道的？”

因为他戴着墨镜，戴标无法看见他的眼睛，但仍可以感觉到他那充满杀气的目光正在自己身上扫视着。

那人冷冷地说：“我早就知道，就算我不去找她，她也一定会来找我的。她叫你来杀人灭口是不是？”

“萍姐叫我来把你押回公安局。”

他忽然冷笑起来：“是吗，就凭你？”

“对，就凭我！”话音未落，戴标整个人就已闪电般朝他扑过去。

刘子贵双手在沙发上一撑，一个鹞子翻身，人已跃到窗前，戴标扑了一个空。

房间里灯光本来就不太明亮，他戴着大墨镜从始至终都没取下。

戴标猜想他的视线一定很模糊，这是自己进攻的好机会。他轻喝一声，从沙发上跳起来，一招“神鹰觅食”，直朝他扑去。

但对方闪避的速度出乎意料的快。由于戴标志在必得，去势太猛，收势不住，整个身子竟硬生生地朝着玻璃窗撞过去。

“砰”的一声，铝合金窗户玻璃被撞碎，他跌出窗外，身体就要向楼下坠去。

他情急生智，手一伸，扯住了随风飘飞的窗帘。

哪知窗帘承受不了他的体重，“哧”的一声，被他撕下一大块，就在他悬空的身子就要往楼底下摔去的时候，手臂忽然被一双粗壮有力的大手抓住了。借着这股力量，戴标右手赶紧扣在窗台的铝合金上，深吸一口气，翻进了窗户。

多惊险呀！戴标吓出一身冷汗。

关键时刻出手救他的人竟是刘子贵，这一点大大出乎他意料。

刘子贵站在一边看着他，虽然仍戴着那副冷漠的大墨镜，但他还是从他脸上看到了一丝笑容，一丝友好的笑容。

通过刚才的几下较量，戴标知道他的武功绝不在自己之下。

他并不是一个不识好歹的人，当下冲他一抱拳说：“刘先生，多谢救命之恩。今天我就不再为难你，不过下次见面是敌是友就很难说了。”

回到别墅，戴标把失手的经过原原本本告诉了谢青萍。她有些失望，但也没有多说，只叫他今后注意一点，防止刘子贵进来捣乱。

回到自己的房间里，戴标怎么也睡不着。直觉告诉他，刘子贵看起来并不像个杀人凶手呀！但世途凶险，人性复杂，他也不敢太相信自己的直觉。

深夜十二点半，他带人第三次将别墅巡视一番，确认无异常情况后，才敢放心大胆进屋睡觉。

迷迷糊糊中，他被一阵异常的声音惊醒。侧耳一听，这声音竟是从谢青萍卧室里传来的。他吓了一跳，忙披着一件衬衣，伸手抄起枕头下的一根短铁棍，飞快地向她房间冲去。

他看见她卧室的门正开着，已觉出情况不妙，也顾不及许多，大喝一声冲了进去。卧室里除了谢青萍以外，果然还有一个人，一个戴着一副大墨镜满脸络腮胡的大汉。这个人居然就是刘子贵。

戴标知道刘子贵一定会找到这儿来，但他做梦也没有想到他竟会来得这么快。而且整个别墅外围和内里的保安设施都十分严密，他却还能无声无息地闯进来，这又是何等可怕的对手。

谢青萍正穿着睡衣站在床边发抖，显然是在睡梦中被幽灵般的刘子贵惊醒来的。

戴标忙挡在刘子贵面前，大声喝道："刘子贵，你想干什么？"

刘子贵冷笑一声说："你放心，她是我的摇钱树，我不会对她怎么样的。"

"你说这话是什么意思？"谢青萍问。

"贱人，你不要以为诬陷我，把所有的一切推到我身上就万事大吉了。我老实告诉你，你那天晚上的丑事全被安置在房间顶壁上的闭路电视录下来了。这盘录像带一直被当时剧组的摄影师偷偷保存着。他是个胆小怕事的人，一直不敢把录像带曝光。我越狱出来后去看望他这位好朋友时，他终于忍不住把这件事告诉了我。我花了一万块钱把带子买了下来……"

他的话还没有说完，谢青萍就脸色苍白全身颤抖地叫了起来："刘子贵你，你、你到底想怎么样？"

刘子贵道："你把我诬陷成杀人犯，现在警方到处都在通缉我。我现在只有两条路可以走，一条是把录像带交给警方证明自己的清白……"

"不要不要！"谢青萍忙摇头叫道。

"第二条路就是你给我三百万现金，让我去香港躲避风声。我把录像带还给你。"

"三百万？"谢青萍脸色苍白地道："我这一时半会哪儿能筹到那么多现金？"

刘子贵咬牙道："老子只要你三百万，已经算是便宜你了。你她妈连这点钱都不肯出，那就洗干净屁股等着身败名裂坐牢监禁的那一天吧！"

"不，不！"谢青萍忽然捂着脸大叫起来，"我不要坐牢！我不要坐牢！"

"那你就用三百万来买那盒带子吧！三天之后的这个时候，我在湖心公园湖心亭等你，过期不候。如果报警，会有什么样的后果，相信你比我更清楚！”

他说完，大步而去。

戴标想看看他到底是用什么方法畅通无阻地进出大门的，便疾步跟了上去，但院落里早已没有他的人影。他皱皱眉头，心中暗暗惊叹：多么敏捷的身手！多么可怕的对手！

他回到谢青萍的卧室，阿军阿虎他们四个人听见响动也都赶来了。

谢青萍的身子仍在不停地颤抖，仿佛是世界末日来临一般。

“萍姐，怎么了？”戴标有些疑惑地问。

她忽然一把扑在戴标怀中，伤心哭泣起来，“阿标，你说我该怎么办？你说我该怎么办呀？”

戴标忙推开她的身子递给她两张纸巾，说：“萍姐，告诉我到底发生了什么事？我们会帮你的！”

她拭拭眼睛说：“阿标，这次你一定要帮帮我，要不然我就、就会身败名裂永世不得翻身了。”说着说着，她又几乎要哭起来。

戴标说：“你放心，萍姐，不管发生什么事，我都会帮你的，我们大家都会帮你的。”

“是这样的，阿标，现在有一盒录像带在刘子贵手上。这盒录像带是原来剧组一个摄影师利用装在我房间里的闭路电视系统拍摄到的，里面是我在自己浴室洗澡的镜头。若被曝光，我一定会身败名裂的。”

说到这里，她已经泣不成声了。

戴标听了气得直咬牙，道：“这个刘子贵实在太可恶了。萍姐，你放心，我们会帮你想办法拿回那盒带子的。他不是约了你三天后见面吗？到时我陪你一起去。”

她这才停止哭泣，点点头说：“那好吧，阿标，有你跟我一起去我就放心了。”

三天后的傍晚，太阳还没落山，戴标便开着谢青萍的小车载着她出发了。

这一次他们作了充分的准备，他身上除带了一根宾铁短棍外，还带了一根九节鞭，以防万一。而且他们提了两只密码箱，里面最上层放着几张百元大钞，下面却全是白纸。如果情况有变，也可以用它来敷衍一阵儿。

他们显然来得太早，在湖心亭从傍晚一直等到深夜时分，仍不见刘子贵的影子。

湖心亭上的游人渐渐散尽，最后只剩下了戴标和谢青萍。

夜凉如水，冷风阵阵，谢青萍双手抱着自己的双肩，不知是因为寒冷还是害怕，竟打起哆嗦来。

戴标见了，忙脱下西服披在她身上。

说实话，戴标心里也有些焦急和烦躁，但他暗暗告诫自己绝不能表现出来。他知道这时候刘子贵一定坐在附近的某间大排档里一边喝酒一边看着他们，他绝不能有半点示弱的表现。

当时针指向十二点整时，刘子贵的身影终于出现，还是那副遮去了半边脸的大墨镜，还是那一脸的络腮胡，在这冷风阵阵的夜晚看来，却有种说不出的丑恶与狰狞。

他全身上下都透着一股逼人的杀气，走到距戴标他们两三米远的地方停住脚步，冷冷地问："钱呢？带来了没有？"

谢青萍拍拍密码箱说："全在这两个箱子里。录像带呢？"

他掏出一盒录像带在她面前晃了晃道："我是一个讲信用的人，你交钱，我就给带。一手交钱，一手还带！"

"好吧，就依你！"谢青萍上前一步，在将两只沉甸甸的密码箱拖到对方跟前，同时也从对方手上接过了那盒关系到她命运前途的录像带。

她退后几步，急忙掏出打火机，将录像带点燃了。直到录像带在她手中化为了一堆灰烬，她才松了口气，脸上露出了一丝得意的笑容。

但刘子贵的情况却不妙，因为他不知道密码，根本无法打开密码箱。他在密码箱上鼓捣了一阵，才发现自己上当了。

"快把密码告诉我！"他气急败坏地吼道。

谢青萍看着他冷笑一声道："就算我把密码告诉你也没有用。"

"为什么？"

“因为里面全部是废纸。”

“他妈的，你敢耍老子！”

刘子贵终于明白过来，怒吼一声，扔掉手中的密码箱朝谢青萍猛扑过来。

谢青萍吓得花容尽失，慌忙后退。

戴标忙挺身而出，九节鞭呼地扫出，刚好扫在刘子贵的双腿上。

他猝不及防，扑通一声倒在地上。

戴标忙飞身扑上，一招“白蛇缠腰”，想要将他擒拿住。不想对方右脚不知何时已伸进他跨下，对方双腿一剪，他便一个踉跄，栽倒在地上。

但戴标并不惊慌。倒地的同时，弯臂曲肘，借助倒下去的那股力量顺势一个下砸肘砸向对方的咽喉。

刘子贵眼明身快，就地一滚，躲过戴标这致命一击的同时，滚到谢青萍脚下，一伸手，抓住了她的脚踝。

谁也没料到就在这时谢青萍竟毫不惊慌，她忽然自腰后抽出一把雪亮的匕首，猛地在刘子贵手臂上刺了一刀。

刘子贵大叫一声，伸开了手。戴标忙冲上前来，用膝盖猛地跪在了他的腰肋上，同时双手擒住他的一只手臂往后一扳，他顿时动弹不得。

谢青萍见戴标制服了他，不由得喜形于色，冲上来用力在他脸上踹了一脚。

她穿着一双尖尖的高跟鞋，这一脚直踹得刘子贵满脸血肉模糊门牙脱落。

刘子贵又痛又急又怒，大声呻吟了一声，吐出一口血水。

他语言含糊声音痛苦地叫道：“谢青萍，我与你无冤无仇，你为什么要一而再再而三的陷害我？”

谢青萍蹲下身来拍拍他的脸冷笑道：“刘子贵，我也不想这样做，谁叫你看到了不该看到的事情呢？那天我去杀林诗仙，本来一切设计得天衣无缝，谁叫你刚巧躲在门缝里看见了呢？”

“所以你就陷害我，说我是杀人凶手？”

“正是。刚巧那段时间你服药练功过度，有些神志不清，我指证是你杀了林诗仙，居然没有一个人怀疑！”

“哼，真是最毒妇人心！林诗仙与你并无深仇大恨，你为什么要向她下毒手？”

“哼，她若不死，《春梦无痕》一号主角又怎能轮到我来当？我又怎能一炮走红，成为一代红星呢？”

“但你绝对想不到林诗仙房间的天花板上竟会隐藏着一架微型摄影机吧？我那位搞摄影的朋友本是想偷拍林诗仙的，却不想歪打正着把你杀人的经过全都拍了下来。”

“那又怎么样？现在还不是被我烧成了灰烬。哈哈哈！”谢青萍说到这里，忽然忘形地狂笑起来。

原来那并不是一盒拍摄到谢青萍洗澡的带子，而是摄录着她杀人经过的带子，难怪她会那么紧张！明白了真相的戴标，心在她的狂笑声中沉沦。戴标这才彻底清醒过来，原来自己被这个魔鬼一般的女人骗了，自己被她利用了！原来她才是杀人凶手！

戴标真是做梦也想不到，这个看似善良仁慈可敬可爱的大明星背后竟有这样一段不光彩的往事。而自己，自己这个糊涂蛋，竟在无意之中成了她的帮凶。

想着想着，他按住刘子贵的手渐渐松开了。

刘子贵似乎明白了什么，忙一用力，挣脱了他的控制。

谢青萍大吃一惊，忙叫道：“阿标，快抓住他，我给你十万块奖金！”

戴标盯着她冷冷地道：“你的钱太脏了，我不敢要！”

她看着他吃惊地道：“阿标，你、你怎么了？你想干什么？”

戴标一步一步逼近她道：“我想送你去公安局。”

她跳了起来，又惊又怒：“你、你疯了！你是我的保镖呢！”

“是的，我是你的保镖，但只负责保护你正当的安全，并不保护你杀人行凶做违法的勾当！”戴标逼近她，义正辞严地道。

“好，好，算你有种！”

她咬牙切齿，忽然一跺脚，手中的匕首闪电般向他甩过来。

距离太近，戴标闪避不及，匕首深深地插在了他肩膀上。

他身子一晃，差点倒下去。

谢青萍见一招得手，转身想逃，却不想被刘子贵拦住去路。

她还欲反抗，忽然咔嚓一声，手腕上竟多了一副铿亮的手铐。给她戴上手铐的正是刘子贵。

她大吃一惊，盯着他道："你、你……？"

刘子贵笑了笑，忽然伸手扯掉了贴在脸上的络腮胡，又摘掉那副大墨镜，竟露出一张方方正正一脸正气的脸膛。

"你、你不是刘子贵！不是……！"谢青萍像看见鬼一样惊叫起来。

"刘子贵"笑笑说："不错，我的确不是刘子贵，我是市公安局刑侦大队大队长范泽天。真正的刘子贵早在两个月以前就已经在狱中自杀了。他自杀之前，给我们写了一封信。在信中详细说明了他被人诬陷的经过，及你杀害林诗仙的过程。这封信引起了我们的重视，尽管我们都知道他有些神志不清，但他把这件事叙述得有条有理，我们宁可信其有，不可信其无。局里把调查这个案子的任务交给了我。我知道你的身份已今非昔比，已经成了身价不菲的大明星，架子大得不得了，想见你一面都不容易，就更不用说叫你协助我调查案子了。于是我只好冒充刘子贵跟你打交道，那盒录像带当然是纯属虚构出来的，谁知你做贼心虚露了馅儿。怎么样，跟我回公安局接受调查吧！"

谢青萍脸如死灰，还要耍赖，忽然从湖心亭外闪出一排早已埋伏在此的公安干警，她恨恨地瞪了戴标和范泽天一眼，绝望地流出了眼泪……

当谢青萍被带下去之后，范泽天走过来跟戴标握了握手，笑着说："小伙子，功夫不错嘛！"

戴标脸上有些发烫，说："范队长，我以前不明白真相，给你添了不少麻烦，真不好意思。"

"不知者无罪。你明白真相后，不为金钱所动，义正辞严，令人好生敬佩。"

戴标脸红红的，有些不好意思地低下了头。

范泽天拍拍戴标的肩膀说："小伙子，最近我们局里治安队要向外招聘一名队长，不知你有没有兴趣前往一试？"

戴标抬起头来，看看天空，然后笑了笑说："我考虑考虑吧！"

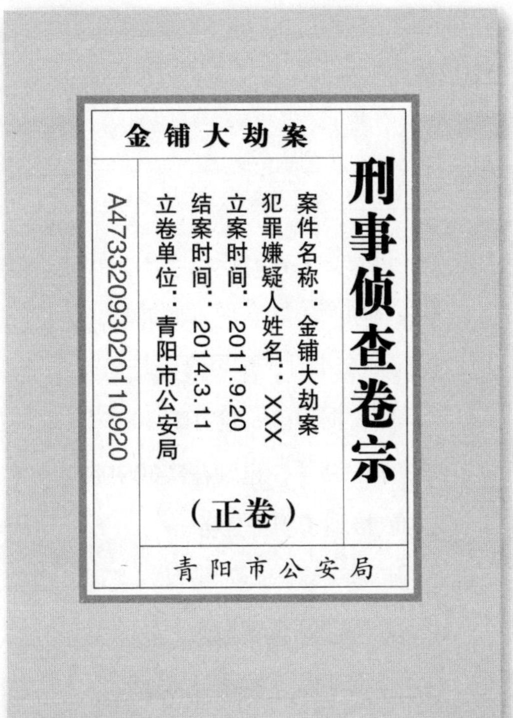
金铺大劫案
刑事侦查卷宗
案件名称：金铺大劫案
犯罪嫌疑人姓名：XXX
立案时间：2011.9.20
结案时间：2014.3.11
立卷单位：青阳市公安局
A47332093020110920
（正卷）
青阳市公安局

神枪绝杀

因为枪法出众，赵铎一进特警队，就做了一名狙击手。接下来，等待他的便是枯燥乏味的射击训练和苛刻严厉的心理素质磨炼。滚烫的水泥地面上，端着 85 式狙击枪，一趴就是好几个小时，那可真不是盖的。

赵铎的枪法神到什么程度？据说能一枪打断 300 米外的一根牙签。

有的狙击手，刻苦训练了一辈子，也没在实战中放过一枪。但赵铎是幸运的，刚进入特警队没多久，就接到了狙击任务。

那是一名持枪歹徒，在抢劫一家银行时被保安发现，情急之下，挟持了一名银行女职员与警方对峙。谈判无果，情况危急，警方只好出动特警队协助处理。

歹徒与警方已经对峙六个多小时，情绪异常激动，人质随时都有危险，负责现场指挥的蒋局长给狙击手赵铎下了命令：一有机会，就地歼灭。

赵铎观察好地形，立即在银行对面一幢三层高的居民楼顶隐蔽下来。枪口伸出天台围墙，悄悄向歹徒瞄准。

可是歹徒的反侦查能力很强，手里的仿 64 式手枪并不是顶着人质的太阳穴，而是贴着人质右前侧脖子。若是顶着太阳穴，赵铎可以开枪击穿他拿枪的手掌，步枪子弹从歹徒手心穿过后，不会伤到人质。但如果歹徒的手枪是贴着人质脖子的，那步枪子弹穿过他的手掌后，仍有可能击伤人质。而且歹徒异常狡猾，将银行的不锈钢栅门拉下来挡住警方，只将人质露出半个身子，自己却躲在墙后。

赵铎能看见歹徒时隐时现的身影，却很难瞄准其致命部位。

关键时刻，警方的谈判专家想了个法子，借给歹徒送水之机，故意把一瓶矿泉水扔到了门边。

歹徒不知是计，上前半步，伸出一只脚，用脚尖来勾水瓶。就在这一刹，他的上半身已不知不觉暴露出来。

蒋局在无线耳机里命令赵铎："开枪！"然而这时，众人期待的枪声并未响起。歹徒捡到水，立即又缩了回去。

错失良机，蒋局气得不行，正要骂人，却见赵铎提着长枪，从藏身的居民楼里大摇大摆走出来，径直往银行里走去。

歹徒瞄见他，大声威胁道："别过来，你再上前一步，老子就要杀人了。"说着，将枪口狠狠往女人质脖子上一戳，女人质顿时吓得哭起来。

蒋局急忙喝令赵铎退开。

赵铎这小子，假装没听见，掀开不锈钢栅门，大步闯进去。

后面的同事都惊呆了，不知这小子到底要干什么。

歹徒躲在女人质后边叫嚣："别过来，老子真的要杀人了！"

赵铎没当回事地撇撇嘴，突然一个箭步冲上去，一枪托打在歹徒手臂上。

歹徒痛得一缩手，女人质趁机跑开。

赵铎将她护在身后，说："快跑！"

歹徒手里没了人质，气急败坏之下，躲到柜台后边，举起手枪作射击状。

后面冲进来的警察急忙隐蔽在大门两边。赵铎却全然不惧，又是一枪托下去，早把歹徒的手枪打落，然后飞起一脚，将他踢翻在地。

后面的同事一拥而上，将歹徒制服。

蒋局脸都气歪了，上来对着赵铎就是一顿骂："你干什么？找死吗？要是人质有个闪失，怎么办？"

赵铎就笑："你放心，人质不会有事的。"

"为什么？"

“因为那家伙手里拿的是一把假枪。”

“假枪？你怎么知道？”

“因为我从瞄准镜里看见他用他的枪点烟呢。”

赵铎说完，背着枪，头也不回地去了。

蒋局立在原地，愣了半天，也忍不住笑了。

谁也没想到，赵铎这小子竟一战成名，从此后，咱们蒋局就记住了这个胆大心细的小伙子，每遇紧急任务，需要狙击手到场，必点名叫他前往。

赵铎也不负众望，数年来，十余次出战，四次开枪，每一颗子弹都命中目标眉心，使一个个负隅顽抗穷凶极恶的歹徒当场毙命，将一场场危机化解于无形。

他的事迹经过报纸报道后，老百姓都亲切地称他为“神枪手”。

但是后来的一次任务，却使他再也不能平静地拿起自己的狙击枪。

那一年冬天，已经逼近年关，特警队突然接到出警任务。

有一个姓孙的小包工头，领着十几号人给一个姓罗的大包工头干了一年活儿，年关时节，姓孙的小包工头自己垫出十几万元给手下的民工们发了工资，但等他回头找姓罗的大包工头结账时，那个无良老板罗某却跟他玩起了失踪。

屋漏偏遇连阴雨，这时小包工头孙某的儿子又被检查出得了重病，光手术费就得十几万。他所有的积蓄都给工人发了工资，哪里还拿得出钱来？

孙某数次找罗某讨要工程款无果，最后一怒之下，拿着一把水果刀闯进罗某的家，将他那正在摇篮里睡觉的八个月大的儿子给劫持了，要罗某立即结账还钱。

接到报警后，警方立即赶到现场，一面跟孙某谈判，一面派人去找大包工头罗某。

可是罗某听到风声，早已躲起来，只剩下做不了主的老婆在家。

孙某从上午等到下午，还不见罗某，人就急了，几次威胁警方说要是再见不到罗某，就要让他绝后。

负责这次现场指挥的，又是咱们蒋局。

蒋局一看孙某已经丧失理智，人质随时都有生命危险，当即命令狙击手赶到现场待命。

赵铎端着他的85式狙击枪在对面一间小学三楼厕所窗户边隐蔽下来，枪口早已瞄准孙某。

只是孙某左手抱着孩子，右手持刀，刀锋贴着孩子的脖子，如果贸然开枪，子弹稍微射偏，没能让孙某当场毙命，对方手中的刀稍稍一拖，这孩子就没命了。

所以蒋局虽然已经下达"就地击毙"的命令，但没有百分之百的把握，赵铎仍然不敢开枪。

双方又耗了一个多小时，孙某突然暴躁起来，向警方发出最后通牒，如果二十分钟内见不到罗某，就要让他儿子见血。

警方顿时紧张起来，谁也不知道姓罗的那家伙藏到哪里去了，二十分钟根本不可能找到他。

就在这时，孙某怀中本来一直在乖乖睡觉的孩子，突然哇哇大哭起来。孙某忙把水果刀拿在左手里，右手向后伸去，不知是要拿什么东西。因为他左手抱着孩子，手里虽然拿着刀，但刀锋距离孩子已经有五六寸远了。

赵锋果断地扣动扳机，子弹呼啸而出，"噗"的一声，射入孙某眉心……

后来赵铎听处理现场的同事说孙某倒地后，孩子跌落在他身上，只是微微有一些擦伤，这才放心。

那位同事又告诉他："你知道孙某最后那一下，是想拿什么东西吗？他想去拿后面桌子上的奶瓶，那孩子肯定是饿坏了……"

赵铎一听，当时就呆住了。

同事拍拍他的肩膀说："不用难过，如果不是抓住这个机会，咱们还真拿他没辙。"

赵铎木然地点点头。从不抽烟的他找同事要了根烟，坐在地上闷声不响地抽起来。

他知道孙某也有孩子，在这种时候，一个怕孩子饿着、肯冒险回身给孩子拿奶瓶的已经做了父亲的男人，怎么可能会忍心杀害一个无辜的孩子呢？也许这件事，还有更好的解决方法。

他想，一个狙击手的职责，到底是杀人还是救人呢？

作为一名狙击手，他也许比常人更应该尊重生命，无论是人质还是嫌犯的生命，都要尊重。

一名嫌犯，到底该不该死，应该是法院的事，不该由自己来决定。

法院判错了，嫌犯还可以上诉，如果自己扣错扳机，就再没有改正的机会了。

从此后，赵铎的训练状态一直不佳，瞄准人形靶的时候，竟迟迟不敢开枪，这对于一名狙击手来说，无疑是致命的缺点。

半年多后，赵铎自己提出申请，退出了特警队，回到了原来的分局刑侦大队。

回到刑侦大队后，经过一段时间的调整，赵铎很快恢复到了以前的工作状态，手里拿着一把 64 式手枪，五发子弹 50 米外能打出 50 环以上的成绩，颗颗子弹都能穿透靶心。

不过当上刑警后，他每次出任务，拔枪时都比以往更慎重，大多数时候，都是依靠自己空手夺白刃的功夫制服嫌犯。

因为工作出色，屡破大案，没两年时间，赵铎就升了官，被派到下面一个镇派出所当所长。上任伊始，这位赵所长就雷厉风行，一举打掉了镇里民怨极大的两个流氓团伙，受到了群众的拥戴。

就在他当上所长的第二年春天，市区发生了一起金铺劫案，两名保安被三名歹徒用仿 64 式手枪打死，价值约七百多万元的金器被劫。经过调查发现，这起劫案的主犯是一名叫朱大鸣的刑满释放人员，他当过侦察兵，有极强的反侦查能力，而且枪法很好。

警方公布了他及两名从犯的头像，发布了通缉令。

有一天，赵铎所在的派出所接到群众举报，说发现一名疑似朱大鸣的男子，背着一个牛皮包进了青阳山。

考虑到朱大鸣手里有枪，而且很可能还有同伙接应，赵铎一面命人向市局报告请求支援，一面带人火速赶到青阳山。

青阳山方圆数十里，后援未到，赵铎手下人手太少，不能展开全面围剿，只好派人先堵住下山的路，自己领着十几号人，每两人一组，沿山路进山搜索。

赵铎带着一名刚分来的警校毕业生小吴，一头扎进大山深处。前行不远，脚下的羊肠小道分成了两条岔道。赵铎犹豫一下，让小吴走左边一条岔道，自己走右边一条小路。因为右边的小道更加隐蔽，遇见嫌犯的可能性更大。

他嘱咐小吴，如果发现嫌犯，千万不能逞强蛮干，一定要发信号等待支援。

赵铎沿着那条岔道走了一个多小时，忽然看见前面山路拐弯处一块大石头后面闪过一条人影。赵铎做过狙击手，眼睛特毒，一眼就认出那就是通缉令上挂了号的朱大鸣，立即掏出手枪，打开保险，喝道："朱大鸣，你已经被警方包围，赶快弃枪投降！"

石头后面没有动静，只能听到一声细微的手枪子弹上膛的声音。赵铎知道只能跟这家伙正面交锋了，用枪指着石头后面，一步一步走过去。走到距离大石头约五六米远时，巨石后边突然闪出一个人，举枪便朝赵铎射击。

赵铎也不含糊，枪口一抬，同时扣动扳机。然而就在这一刹，他忽然发现朱大鸣不知什么时候竟然悄无声息地劫持了一名上山干活儿的村妇，人质在前，他却正躲在人质后边。赵铎暗叫不好，就在扣动扳机的同时，下意识地将枪口一偏，子弹呼啸着从人质耳畔飞过。

经此一缓，朱大鸣的子弹，已电光石火般射进赵铎胸膛。赵铎倚着一株小树倒在地上，挣扎着要向歹徒开第二枪，朱大鸣早已丢下人质，从他身边跳过，向山下逃去。后来他赶在市局援兵到来之前硬闯下山，开枪将把守路口的两名民警击成重伤后，仓皇逃走了。

当进山搜索的同事听到枪声，赶到赵铎所处的位置时，赵铎已经快不行了。临终前，他指着被自己鲜血染红的土地说："把我的骨灰，埋在这个地方……"

赵铎牺牲后，战友们遵从他的遗愿，将他的骨灰埋在了他牺牲的地方。每年祭日，总有同事前来祭奠。

一转眼，三年时间过去了。赵铎的坟上，长满了青草。而朱大鸣做下的那宗金铺劫案，虽然已经抓获其一名同伙，但案子一直没有告破，警方抓不到朱大鸣和另一名案犯，那价值数百万元的金器也始终没有下落。

这一天，青阳山上忽然来了一个长发遮脸、戴着墨镜的女人。她在山上转了一圈，然后在朱大鸣当年开枪杀害赵铎的那块大石头后面停下来。晚上，她左右侦察，瞧见四野无人，便从背包里拿出一把折叠铲，在那块大石头下面使劲挖起来……

第二天早上，有早起上山干活儿的村民发现大石头下面被人挖了一个坑，坑边死了一个女人，长发，戴着墨镜，眉心中枪，血流满地。村民吓坏了，赶紧下山报警。

市刑侦大队大队长范泽天带人赶到现场后发现，死者哪里是个女人，分明就是几年前金铺劫案的主犯朱大鸣，只不过他男扮女装，旁人一时瞧不出来。而被朱大鸣挖掘过的泥坑里，有一个脏兮兮的牛皮包，包里装着金铺被劫的全部金器。

但是让警方不解的是，击毙朱大鸣的那颗手枪子弹，是从哪里来的呢？有人说可能是他自己的手枪走火，也有人说可能是同伙黑吃黑，可是现场并没有发现其他人的脚印，住在附近的守林人在昨天夜里也没有听见枪声。如果是同伙黑吃黑，那他打死朱大鸣后，为什么不拿走埋藏在地下的金器呢？

市局出动不少警力，多方调查无果，遂成悬案。

后来人们发现，朱大鸣中枪的地点，距离神枪手赵铎的墓地才十来米远，再联想到几年前赵铎射向朱大鸣的那颗弹头一直没有找到，坊间便有一种传说，说打死朱大鸣的，就是神枪手赵铎三年前射出的那颗子弹。

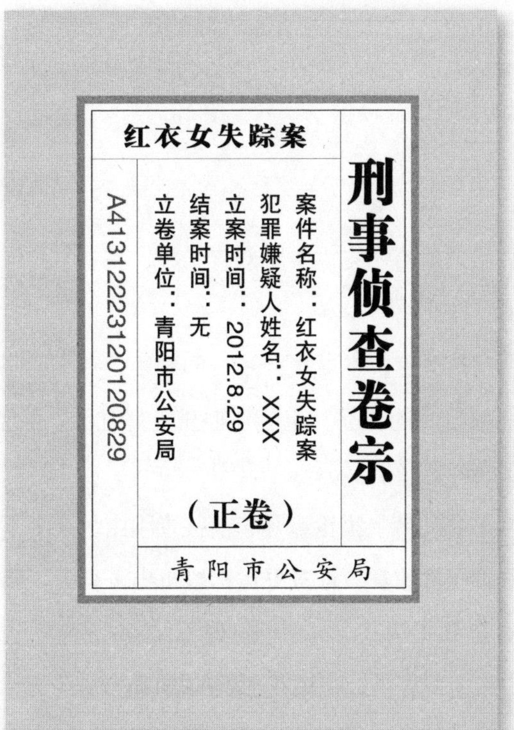
红衣女失踪案
刑事侦查卷宗
案件名称：红衣女失踪案
犯罪嫌疑人姓名：XXX
立案时间：2012.8.29
结案时间：无
立卷单位：青阳市公安局
A41312223120120829
（正卷）
青阳市公安局

火狐艳情

余子非喜欢打猎。他有一支虎头牌双管猎枪，一有空儿就开着自己那辆二手奥拓，跑到青阳山打野鸡。

余子非是一位三流画家，在城里开了一间画廊，专卖名画仿作，生意马马虎虎，偶尔卖出一幅自己的作品，也能让他乐上好几天。除了画画和做生意，他也就打猎这点儿业余爱好了。

这天上午，余子非又带上猎枪，开车前往青阳山。天刚下过一场小雨，山林里空气清新，透着丝丝凉意，许多野禽都趁机出来觅食。余子非在山间转了一大圈，放了几枪，猎到了两只山鸡和一只野兔，看看天色不早，正准备往回走，忽然在湿漉漉的山路上发现了一行梅花形状的脚印。

他认得那是狐狸的脚印，不由得心头一喜。青阳山向来多狐，只是近些年来环境恶化，狐狸之类的野兽已渐渐绝迹。如果这回能打到一只狐狸回去，倒是可以在那帮酒肉朋友面前炫耀一番。想到这里，他不由得握紧猎枪，沿着那行梅花脚印，一路追寻过去。

行不多远，小路上的梅花脚印忽然消失了。他暗觉奇怪，抬眼一瞧，忽然发现距离自己不足十米远的灌木丛中，竟然燃烧着一团通红的火焰。他吓了一跳，定睛看时，才发现那不是一团火焰，而是一只狐狸，一只红如烈焰的火狐。

他心中一阵狂跳，火狐亦名赤狐，乃是狐中极品，十分罕见，以前他只在网上见过火狐的照片,想不到今天竟能叫自己遇上。他连忙举起猎枪,轰然一声,瞄准那团“火焰”开了一枪。

火狐“吱”地惨叫一声，中枪倒地，滚进旁边杂草丛中。

余子非急忙追上，扒开草丛一看，地上只有一团鲜红的血迹，火狐却不见踪影。他知道火狐已经受伤，定然逃不远，于是就睁大眼睛，在附近的草丛里搜寻起来。足足找了半个小时，也没瞧见火狐的影子。正自气馁，忽然隐隐听到不远处传来一声呼喊：“救命啊——救命啊——”听起来像是一个年轻女子的声音。

他不由得皱皱眉头，循着声音走过去。沿着山路转个弯，就看见前面的小路边躺着一位红衣女子。她的一只脚被一块石头压着，竟然无法站起。

余子非吃了一惊，跑过去问：“姑娘，你怎么了？”

红衣女子俏脸苍白，神情痛楚，呻吟道：“我是跟朋友一起上山郊游的，不想因为贪看风景，跟同伴走散，寻到这里，又被山坡上滚落的石头砸中脚踝，一时站不起来了。”

余子非忙把压在她脚上的石头移开，再看她的脚踝处，竟已被砸得血糊糊的，鲜血染红了裤管。他将女子扶起，女子受伤的左脚一落地，便痛得“哎哟”一声，一个趔趄，差点儿摔倒。

余子非说：“我看你伤得不轻，要不我带你上医院看看吧。”

女子担心地说:“这里离城里有一百多公里呢，我现在可是一步也走不了。”

余子非犹豫一下说：“要是你觉得没什么不方便的话，让我背你下山吧。我的车就停在山下，我送你到城里去。”

女子眼含羞涩，轻声说：“那可真要多谢你了。”身子向前一倾，就软软地靠在他背上。

余子非只觉一缕似有若无的兰香飘然入鼻，心旌一荡，脚下一不留神，身子晃了晃，差点摔倒。

陌生的红衣女子“呀”了一声，他这才恍过神来，将她稳稳地背在背上，一步一步朝山下走去。

他的二手奥拓就停在山下路边。他把红衣女子放进车里，然后开车回到城里，直接把她送到了医院。

医生检查过后说红衣女孩脚上伤势较重，为了防止感染，最好住院观察两天。

红衣女孩还在犹豫，余子非却已跑到楼下，为她办好了住院手续。将她在病房安置好，一直忙到天黑，他才驱车回去。

第二天早上，余子非让画廊里的小伙计起早炖了一锅鸡汤，自己用保温瓶提着，送到医院。

女孩受伤的脚踝已经裹上石膏和纱布，正静静地倚床而坐，眼睛望着窗外的浮云，目光如淡淡青烟。

余子非心中一动，如果手中有画笔，他真想把这宁静空灵的病中女孩画出来。

直到喝完余子非送来的鸡汤，向他说“谢谢”的时候，女孩略显苍白的脸上，才现出一丝淡淡的笑。

通过交谈，余子非知道这女孩名叫红姝，家在外地，大学毕业后只身来到这座城市打拼。当听说余子非是位画家，红姝略显意外地看了他一眼，说：“你一点儿也不像画家，因为你的头发一点儿也不长。”

余子非不由得笑了，他不得不承认，在他们画家这个圈子里，留长发的人确实比较多。

红姝的一句玩笑，顿时将两人距离拉近。

在医院住了两天，医生说红姝的脚伤已无大碍，余子非便给她办了出院手续，并且开车送她回家。

红姝租住在人工湖边的一幢单身公寓里。房间不大，但收拾得特别干净。墙壁上挂着几幅摄影作品，其中一张照片，拍的竟是一只火红的赤狐，密林深处，狐身魅影如一抹红云飘过，能抓拍到这样的镜头实属不易。红姝说墙上这些照片，都是她自己拍的。

几天后，余子非接到了红姝的电话。

红姝在电话里说，为了答谢他的救命之恩，想请他吃顿饭。

余子非就笑："救命之恩？没那么夸张吧。"

他开车来到商业街左岸名城西餐厅，红姝已坐在一个靠窗的位置等他。

吃饭的时候，红姝点了一支红酒。她吃得不多，酒却喝得不少。苍白的脸颊飘起一抹红云，双手托腮，漫不经意地望向窗外。她的秀眉像远山一样，淡淡地烟远过云，眉目间所传达出来的，是一种古典忧悒、让人心生怜意的美。

余子非瞧着她，就有些发呆。不由自主地放下手中刀叉，拿出随身携带的笔记本和钢笔，伏在桌上飞快地勾勒出她的轮廓。

红姝从遥远的思绪中回过神来，看见他为自己画的速写，别的地方都被虚化，唯有画中人物那一双眼睛，却是经过细致描划，那忧伤缥缈的眼神，仿佛看见的都是虚空。红姝淡淡地笑了，说："你画得真好！"

余子非趁机提出邀请，说："红姝，你不但长得漂亮，而且身上有股特别的气质，做我的模特，让我为你画几幅画吧。"

红姝抿一口红酒，用几乎让人觉察不到的动作点一下头，算是答应了。

余子非的画廊开在并不繁华的青云街上，前面一间门面，是卖画的店铺，有一个小伙计在打理，后面一间屋子，就是他的画室。

余子非将红姝领进画室的时候，正是这天下午时分，太阳光透过白色的窗帘照进来，在屋子里投下一片暗红的光晕。

红姝坐在沙发上，拿起一本余子非自费出版的画册，随意地翻着。

余子非站在画架前，双唇紧抿，神情专注，一会儿抬头细细地看她，一会儿埋头在画布上徐徐涂抹。

太阳落山的时候，画作终于完成。

红姝过来一看，不由得一呆。

余子非画的，并不是现在的她，而是她脚上裹着石膏绷带斜坐在医院病床上的场景。病房里雪白的环境和她烟远的眼神，使得整个画面看上去有一种说不出的空灵脱俗之感。

余子非说："抱歉，我一直忘不了那天早上给你送鸡汤时看到的你在病床上的孤独身影，所以就画了出来。"

红姝笑道："我从来没有见过有人能把病号和病房画得如此宁静美丽，这幅画可以送给我留作纪念吗？"

余子非说："当然可以。"

余子非发现自己爱上红姝，是在她第三次来做模特儿的时候。

那一天，红姝本来约好上午九点过来，但他一直等到十点多，仍然不见她的影子，心里着急，正想给她打电话，忽然听到有过路的行人说，前面青云街与环北大道交叉的十字路口，一辆泥头车撞死了一个人，一个穿红衣服的年轻姑娘。

"穿红衣服的年轻姑娘？"

余子非脑海里蓦然跳出红衣女孩红姝的身影，发疯般跑出去。

十字路口已围了不少人，他气喘吁吁地挤进去一看，果然有一个红衣女子被压在泥头车轮胎下，鲜血染红一大片街面，场景十分惨烈。

不过，还好，是个陌生女子。他舒了口气。

回到画廊，却发现红姝正坐在画室等他。

他问她什么时候来的，红姝说："我早就来了呀，你没看见吗？"

余子非走过去，忽然用力将她拥入怀中，带着哭腔说："刚才有人说十字路口撞死了一个穿红衣服的女人，我差点疯了，跑过去一看，还好不是你……我知道你是最喜欢穿红衣服的呀！"

红姝忽然明白他如此用力拥抱自己的原因，没有说话，也没有挣脱，就那样静静地，由他抱着。那一天，余子非第一次吻了红姝，她的嘴唇冰冰的，凉凉的，带着一种薄荷的香味。

在爱上红姝之前，余子非其实有过一次感情经历。上大学的时候，他发疯般爱上了班里的一位女生，但是直到毕业那天，他也没有勇气向她表白。离开学校后，他在心里暗暗发誓，如果老天爷让他们再次相遇，他一定要把埋藏在心底的爱，彻底向她倾吐。

毕业几年后，他果然在这座城市再次遇见那位女生，但是这时候，她已是别人的妻子。从那以后，他就告诉自己，无论什么时候，都不要错过机会！

第二天，余子非到周大福买了一枚钻戒，然后开车到来红姝的住处。在此之前，他并没有给红姝打电话，他要突然出现在她眼前，以最让人惊喜的方式将这枚求婚戒指送给她。

他站在红姝的房门前，心怀忐忑地敲了敲门，却无人应门。今天是星期天，她应该在家呀！正自疑惑，忽然听到“吱”的一声叫唤，一道红光自打开的窗户里闪进屋去。

他心头一跳，尽管只是电光石火的那么一瞬，但他已然看清，那居然是一只火狐。心中一个念头尚未转过，门已打开。

余子非走进屋，红姝背对着他，坐在屋里。

他的一只手伸进口袋，握着那只玫瑰形状的戒指盒，手心早已渗出汗珠。他走到红姝面前，正要鼓足勇气将戒指掏出，却忽然看见红姝的脸色，比以往愈发的苍白，眼圈红红的，脸颊上明显带有泪痕，显然是刚刚哭过。

余子非吓了一跳，忙问：“怎么了红姝，谁欺侮你了？”

他不问还罢，这一问，红姝竟愈发悲伤，双肩轻轻耸动，又流下泪来。

余子非更加着急，扶住她的肩膀问：“到底发生什么事了？”

红姝伤心泣道：“我妈出事了。”

余子非问：“出什么事了？”

红姝泪眼婆娑，看着他问：“你开车过来的时候，经过白石路，有没有看到那里有个路边菜市场？”

余子非一怔，点点头说：“看到了，那里有一个露天菜市场，很多人都在那里卖菜和买菜。”

红姝说：“你有没有看到那里有一个卖狐狸肉的摊子？”

余子非说：“看见了，一个家伙在那里现宰现卖，后面放着几个铁笼，里面还关着几只狐狸。”

红姝又问：“你有没有看见那笼子里关着一只火狐？”

余子非挠挠头说：“这倒没注意。”

红姝伤心恸哭：“笼子里关着的那只火狐……就是我母亲。”

“什么？”余子非以为自己听错了，睁大眼睛说，“那只火狐，是你……母亲？”

红姝垂下眼帘，睫毛扑闪，声音也低沉下来，说：“余大哥，实不相瞒，我并非人类，乃是一只已经修炼成精的火狐。只因那天你打伤了我的脚，将我惹恼，便化为人形想找你报仇。不想与你相处半月时间，处处得到你的照顾，心中渐生感激之情，一时竟无法对你下手……”

余子非差点儿惊呆，看着她喃喃地道：“你、你不会是在给我讲《聊斋》里面的故事吧？”

红姝摇头说：“非也，我说的都是真的。请君想想，世间若无鬼魅狐仙，又何来聊斋故事？”

余子非的头脑渐渐从混乱中清醒。他想起那天在青阳山打伤一只火狐，最后躺在路边的却是这位红衣女子。他想起昨天上午自己坐在画廊等候红姝，但红姝进入画室，自己却浑然不觉。他想起刚才敲门无人应答，但看见一只火狐自窗口闪入之后，房门应声打开。他还想起了她那缥缈的眼神和不食人间烟火的清丽气质……

最后，终于，他不得不承认，自己无意中扮演了一回现实版聊斋中的男主角。

“这么说，你、你真是一只……”

红姝含泪点头，忽然跪在他面前，泣声道：“我母亲误入猎人圈套，眼看就要成为屠夫刀下亡魂，您若能救我母亲一命，红姝愿意以身相报。”

余子非扶起她说：“我要怎样，才可救得你母亲？”

红姝说：“你去菜市场，找屠夫买下那只红狐，然后载到青阳山放生，就算是救了我母亲一命。”

余子非说：“这个好办，我马上就去。”

他“噔噔噔”跑下楼，开车来到那菜市场，果然看见那个卖狐狸肉的摊位后面的铁笼子里关着一只火狐。就喊：“老板，这只火狐，我要了。”

满脸横肉的屠夫看他一眼，脸上堆起生意人的假笑，说：“先生，您可真会挑。好嘞，我这就给您宰了它。”

余子非忙摆手说："不，不，我不要肉，我要活的。"

屠夫收住刀说："也行，省得俺动手。"

余子非拿出钱包问："要多少钱？"

屠夫说："八万。"

余子非以为自己听错了，问："这么贵？"

屠夫说："据捕到这只狐狸的老猎人说，这可是一只千年红狐，吃了它的肉，不敢说长生不老，至少也能延年益寿。要您八万，一点也不贵。"

余子非想起红姝那双婆娑泪眼，和跪地哀求楚楚可怜的模样，一咬牙说："行。这只火狐我要了，但我身上没带这么多现金，你等会儿，我这就去银行取钱。"

屠夫咧嘴一笑："行，您可得快去快回，迟了被别人买走，可别怨俺。"

余子非从银行取了钱，买下火狐，直接把车开到青阳山，打开笼子，火狐回头朝他望望，闪身钻进山林深处，再也看不见踪影。

余子非忽然听见背后传来抽泣声，蓦然回首，却见红姝正站在山道边，朝着红狐隐身的方向挥手道别。

回到人工湖边的单身公寓，余子非终于鼓足勇气将揣在口袋里的求婚戒指掏出来，双手递到红姝面前。红姝痴痴地看着，竟再次流下泪来。她说："你的心意，我早已明了。只是你明明已知我乃异类，为何还要如此垂爱红姝？"

余子非含情脉脉地注视着她，说："红姝，无论你是人是狐，我都爱你，此情对天可表，如果我说了半句言不由衷的话，就叫我天打雷劈，不得好……"刚说到这里，就再也说不下去。因为他的嘴，已被两片凉凉的软软的嘴唇堵住。两个相爱的人儿，就这样忘情地吻在了一起。

吻着吻着，不知过了多久，余子非的呼吸忽然变得粗重起来。他双手揽住红姝腰肢，缓缓向后退去，退去。他身后，就是红姝屋里那张柔软的床……一夜浪漫，难以言述。

余子非睁开眼睛，已是第二天早上。

他伸手一摸，床的另一边，已经冰凉。叫一声"红姝"，无人应答。

他心中升起一种不祥之兆，急忙穿衣下床，一边呼喊着红姝的名字，一边找遍了房间的每一个角落。屋子里收拾得干干净净，唯独已不见房子的女主人。

回过头，发现枕头下露出半截信封。急忙打开一看，里面有一张信笺，上面写着一行娟秀字迹：

人狐殊途，有缘再见！

留在信封里的，还有昨晚他亲手给红姝戴上的那枚求婚戒指。

红姝走了！他脑中轰然一响，人就呆住。他开着车，发疯般赶到青阳山，对着山林大喊红姝的名字。回答他的，只有山野回荡着的古怪的风声。

一夜之间，余子非仿佛苍老了十岁。从此后，他闭门谢客，躲进画室，日夜作画。在他画布上出现得最多的，是一位红衣少女的身影。

他的画技突飞猛进，很快跻身于一流画家之列。

大约过了半年多时间，报纸上登出新闻，说本地警方破获了一桩系列诈骗案，抓获了一个诈骗团伙。

他们最惯常使用的诈骗手法是由一名面目娇好的年轻女子出面，声称自己是修炼千年的精怪，以色相或情感媚惑男人，骗取男人的同情和信任，然后再说某条鱼、某只鸟或某只狐狸，是自己的母亲，怂恿受骗对象高价买走放生。行骗三年有余，竟骗得赃款多达数百万元。最令人称奇的是，受骗对象众多，却罕有报警者。

余子非看了新闻，人就有些发呆。上网查看有关这条新闻更详尽的内容，结果在网上找到了记者拍摄到的这个诈骗团伙的照片，共有两男一女。但那女的，不是红姝。

余子非就拿出那只没有送出的求婚戒指，心里想，这只钻戒也值两三万块，如果她真是骗子，为何会给我留下？难道……

从此后，余子非就常常对着那枚求婚戒指发呆。

他一遍又一遍地问自己：我遇上的，到底是狐精，还是骗子呢？

帝 京 奇 案

刑事侦查卷宗

案件名称：帝京奇案

犯罪嫌疑人姓名：XXX

立案时间：不详

资料来源：《青阳县志》

（正卷）

帝京裸尸

青阳城西临长江，东靠青阳山，水陆交通发达，市井繁荣，历来便是商贾云集藏勋纳贵的繁华之地。在历史上，曾经有那么一个混乱时期，某位流亡的皇帝在此建都，并将青阳城改名为帝京，军事实力一度扩张到两湖两广及川贵一带，皇朝在此延续了四代共数十年光阴。

据说当时的皇宫，就建在今天青阳市朝天口一带，那个占地数千平方米的古建筑群,我曾在一张民国时期的老照片上看到过,十分雄伟。可惜“文革”时,毁于一场大火，今天我所能看到的，只有遗址上几条用石头雕刻的巨龙，及县志上记载的有关这个皇朝的惊心动魄的故事。

1

望江楼并不是帝京最大的酒楼，但却是最热闹的地方。因为来这里，不仅可以品尝到上好的酒菜,还可以听说书先生说书。当然,别的地方也有说书先生，但他决不是帝京第一名嘴“快嘴书生”梅瘦竹。

梅瘦竹说书和别人不同，他讲的是新人新事，是发生在本朝本代、街头巷尾的奇闻趣事。这样的故事，当然比那些老得掉牙的历史影子更能吸引人。

这一年夏末秋初，天地间已有了丝丝凉意，但望江楼里的气氛却永远是热的。当酒楼里的角角落落都坐满人的时候，“快嘴书生”梅瘦竹便也该出场了。

今天，照例是由他那十来岁的小徒弟乖乖儿先出场，拿着一块大红布往说书台上轻轻一罩，奉上一杯热茶，然后端端正正站在一边，恭请师父出场。

梅瘦竹人未出场，“咳——”的一声却先传了过来。于是，本来热闹嘈杂的酒楼内顿时安静下来。

一件洗得发白的长衫，一把四季不变的折扇，一个精神矍铄的瘦老头，这便是“快嘴书生”梅瘦竹。

梅老先生往台前一站，目光一扫，折扇合拢，先声夺人，朗声道：“诸位看官，近来帝京出了一桩奇案，诸位可知否？”

台下众人连连摇头。

梅老先生微微一笑，道：“那好，今日老朽就给诸位讲一段‘青壮男子离奇毙命，帝京名捕束手无策’的公案。此案尚属官府机密，从未外传，老朽费了九牛二虎之力才从当差的友人处探知。在此演绎成书，以饱诸位耳福。”

话未说完，已有人连连鼓掌，催促道：“快讲！快讲！”

梅老先生微微有些得意，清清嗓子接下去说：“话说本朝今年五月初五端午节这天，帝京北郊雷公山下有个叫雷老七的老汉，一大清早便提了个桶去雷公河边打水，准备让老婆子煮粽子吃。谁知一桶水提回家，却被老婆臭骂了一顿。”

坐在下首的小徒弟乖乖儿接口问道：“好好的，他老婆为什么要骂他呢？”

梅瘦竹接着说：“原来，老婆子嫌他提回来的水不干净，不但水面飘着淡淡的血丝，还透着一股血腥味。雷老七就再回到河边打水，暗想：他娘的，好好的河水，怎么会有血腥味呢？信步沿着河边向上游寻去，不出十步远，便看见一处芦苇丛中有白晃晃的东西十分惹眼，扒开芦苇走近一看，天哪——”

讲到这里，梅瘦竹忽然停顿下来，端起茶杯不急不慢地喝了起来。乖乖儿急忙托了个茶盘，走下台去。

台下的听客们都明白，这是快嘴书生讨赏钱的惯用伎俩，心中既好气又好笑。无奈，好奇之心已被勾起，只好乖乖掏出或多或少的几个铜板扔在茶盘里，都伸长脖子欲听下文。

乖乖儿端着盛满赏钱的茶盘走到师父面前，梅瘦竹捏捏嘴角的两撇八字胡，微微一笑，又精神抖擞地朗声说了下去：

“诸位看官，你道这雷老七在芦苇丛中看见了什么，原来竟是一具光溜溜白晃晃的裸尸。”

“裸尸？”众人都睁大了眼睛。

“请诸位猜一猜，这雷老七看见尸体的第一反应是什么？”

梅瘦竹故意卖个关子。

坐在最前面的一个大腹便便的家伙猜道：“一定是他胆小，吓晕过去了。”

梅瘦竹喝口茶，摇摇头，笑而不答。

另一个汉子猜道：“他一定转身就跑，赶紧去报官。”

梅瘦竹仍旧摇了摇头，笑了笑说：“雷老七的第一反应就是，在裤裆里撒了一泡尿。”

台下哄堂大笑起来。

笑声过后，梅瘦竹接着说：“官府接到消息后，迅速派衙役赶到现场。死者为一青年男子，相貌英俊，身强力壮，死因简单明了，一剑穿心。死亡时间大约为前一晚后半夜。死者身份也很快查明，乃兵部尚书原大人的公子原无忌。”

众人大吃一惊。

原无忌在帝京里并非无名之辈，不但家势显赫，英俊风流，而且拳脚功夫十分了得，曾在昆仑山下单手伏虎，威名远播。其大名谁人不知，他怎么会赤身裸体暴尸荒野呢？

梅瘦竹似乎看穿了众人的心思，说道:“此中缘由，也许只有凶手才会知道。”

“那么，凶手究竟是谁呢？”有人问道。

“此案眼下尚未告破，凶手仍逍遥法外。衙役从现场找不到任何蛛丝马迹，官家层层上报，已传到朝廷，惊动天子。现如今，此案落到帝京府衙总捕头陆天沉手中，皇上责令其限期破案。”

乖乖儿惊道：“这位陆天沉，可是那位当差二十余年，破案无数，来去无踪号称神州第一名捕的陆天沉陆大爷？”

“正是。”

台下众人都松口气，纷纷道好。

梅瘦竹冷冷一笑，摇头叹道：“世事无绝对，神捕也有不神之时。就连大名鼎鼎的陆神捕接到此案，也不由得大皱眉头。”

有人问：“这是为何？”

梅瘦竹道：“诸位客官有所不知，据老朽探知，今年四月至今，帝京各处命案频出，死者均系青壮男子，死时均不着寸缕，死因皆是一剑穿心，死后都暴尸荒野。死者中既有豪门官宦，也有平头百姓，既有武林豪客，也有风流侠少。加上原无忌，已有十八桩命案了。帝京圣地，天子脚下，三月之内，连出十八起离奇命案，这可是本朝自太祖皇帝开朝立代以来从未有过之事。皇上闻之，龙颜大震，一面下旨相关人等严守机密，以免风声传出，人人自危，民心动荡，危及社稷，一面责令帝京府衙全力缉拿凶手，限期破案。但是，据传时至今日，陆捕头和他那一帮兄弟虽忙得焦头烂额，却是瞎子点灯白费劲，连凶手的影子也没见到。昔日帝京神捕，如今一筹莫展束手无策，再也神不起来了。”

“哦——”听到此处，台下众人总算明白了来龙去脉，但一颗悬着的却再也放不下来了。

梅瘦竹端起茶杯道：“这段公案至此便暂告一段落，至于后事如何，待老朽再去打探之后，再来向诸位细说分解。”

梅瘦竹让徒弟收拾好赏钱和行头，向台下弯腰一揖，正欲告退，忽听有人喊道：“梅老先生请留步。”

梅瘦竹一怔，抬头一看，忽见从台下听客中站起来三个人。为首一人四十余岁，浓眉、虎目、方鼻、阔嘴、黑脸膛，额下蓄着一把胡须，却根根直起，如钢针一般。他左下是一少年，约双十年华，剑眉星目，腰悬长剑，一脸寒霜；右下是一虬髯大汉，脸如紫铜，双目圆瞪。三人虽身着长衫布衣，却目如闪电，气质不凡。

梅瘦竹不敢怠慢，忙拱手相迎，道：“三位官人有何见教？”

中年汉子踱步过来，掏出一锭银子，往桌上一按，道:“这是我等一点心意。”

梅瘦竹受宠若惊，忙道：“不敢不敢！小老儿受之有愧！有愧！”

中年汉子道：“在下想用这锭银子堵住一样东西。”

梅瘦竹一怔，道：“不知客人想堵什么东西？”

中年汉子冷冷地道：“你的嘴。”说完，再也不看他一眼，拂袖出门。

少年和那虬髯大汉看了梅瘦竹一眼，也跟了出去。

梅瘦竹怔在那里，半晌才回过神来，伸手去取银子，却拿不起来，原来那中年汉子轻轻一按，竟将银锭嵌入桌面。梅瘦竹脸色一变，顿时汗如雨下。

乖乖儿嘟囔道：“师父，此人是谁？竟然如此无礼！”

梅瘦竹呆呆望着三人离去的背影，半晌，才长叹一声，道：“如果为师没有猜错，他就是陆天沉。”

快嘴书生梅瘦竹的确没有猜错，那轻轻一按便将银锭嵌入桌面的中年汉子，的确就是号称神州第一名捕的帝京府衙总捕头陆天沉。

据传，当前帝京有两大武林高手，一个是剑客高杰，他手使一柄无情剑，剑出无情，外号“无情剑客”；另一个便是“神腿”陆天沉。陆天沉使一根特制的精钢飞链，链长七尺，重五十三斤。飞链一出，神鬼莫测，武林宵小无不闻风丧胆，俯首就擒。

跟在陆天沉右首的虬髯大汉，是帝京府衙中大名鼎鼎的辣手捕快杜五。

陆天沉左首的冷面少年，则是陆天沉的义子，帝京小神捕陆一飞。他四岁随义父习武，七岁成为当代第一剑术高手天山怪侠的入室弟子。十年苦修，十七岁艺成下山，到帝京府衙当差，手使一柄三尺七寸长的如风剑，罕逢敌手。短短三四年间，他屡破奇案，少年功成，名满帝京，成为了陆天沉最得力的助手。

但是，正如梅瘦竹所说，世事无绝对，神捕也有皱眉时。眼下这十八桩震惊朝野的连环血案，就把这三位帝京里的破案高手给难住了。

陆天沉已派出衙门里所有捕快，四处侦缉，自己也带着陆一飞和杜五整天身着便装，出没在街头巷尾、茶楼酒肆，希望能查探出一点眉目来。可是时间一天天过去，案情却没有丝毫进展。

而最要命的是，种种迹象表明，这一系列连环血案至目前为止，仍然没有停止，帝京各处仍然随时都有可能发现赤身裸体、一剑穿心的青壮年男子的尸体。

走在回衙门的路上，他们三人谁也没有开口说话，心头显出少有的沉重。

日薄西山，一个毫无收获的日子又即将过去。

陆天沉看看天色，叹口气说："飞儿，时间不早了，先回家吃饭吧。"

他看看杜五，这位与他情同手足的钢铁汉子自跟他一起着手调查这宗连环命案以来，吃没吃好，睡没睡好，明显消瘦了不少。这可是曾与他并肩作战出生入死的好兄弟啊。

他拍拍他的肩膀，道："老五，今天是蒹葭的生日，我特意让她烧了几个好菜，一起过去喝一杯吧！"

杜五呵呵一笑，道："好啊，我心里可老惦记着你收藏的那坛上好的陈酿女儿红呢。"

2

青山，流水，小屋。

没有人会想到名满天下的帝京府衙总捕头陆天沉，竟然会住在帝京里最偏僻最幽静的玉泉湖边。也许只有看透了都市繁华和人世沧桑的人，才会喜欢这样清静的世外桃源；也许只有内心无比寂寞的人，才能耐得住这无边的寂寞。

陆天沉、陆一飞和杜五走进小屋，一股香喷喷的味道随风飘来，屋子中央的小桌上已摆满了丰盛的饭菜，荤素有致，热气腾腾。

听见脚步声，一个十八九岁、一脸阳光般灿烂笑容的少女迎出来，欢叫道："爹、杜五叔、一飞哥，你们回来了！"

这少女便是陆天沉的掌上明珠陆蒹葭。

菜是好菜，酒是好酒。酒过三巡，桌上的气氛欢快起来，热闹起来。

饭后，陆天沉和杜五在院子里灯下对弈，陆蒹葭在厨房里收拾碗筷。

陆一飞走进厨房，说："葭妹，我来帮你洗碗吧！"

陆蒹葭笑着摇头说："不用了，一飞哥，我自己来就行了。"

陆一飞又说："那我帮你倒水吧。"

陆蒹葭道："不用了，你累了一天，早点回房休息去吧。"

陆一飞道："我、我睡不着。"

陆蒹葭问："为什么？"

陆一飞嗫嚅着，却说不出话来。

陆蒹葭忍不住扭过头来，奇怪地看了他一眼，却见他正站在自己身后，含情脉脉地看着自己。她的脸腾地一下红了。

陆一飞吞吞吐吐地道："葭妹，我、我……"

陆蒹葭低着头，一边心不在焉地洗着碗，一边问道："一飞哥，你有什么事吗？"

陆一飞犹豫半晌，才下定决心似的，鼓足勇气红着脸说："葭妹，今天是你的生日，我、我有件礼物想要送给你。"他从贴身的衣兜里掏出一块晶莹剔透的玉佩递到她面前。

陆蒹葭急忙擦干手上的水渍，接过一看，眼里不由得露出欣喜的目光。

陆一飞说："这块玉佩是我们家祖传之物，是我的亲生父母在世时留给我的，现在送给你，希望你喜欢！"

陆蒹葭把玉佩捧在手心里，双颊飞红，含羞带笑，说："只要是你送我的东西，我都喜欢！"

陆一飞满心欢喜，本想和她多说几句话，又怕被杜五看见遭他取笑，只好忍着心头千言万语，恋恋不舍地步出了厨房。

陆蒹葭手捧玉佩，心头甜丝丝的，满心欢喜翻来覆去地看着，忽然发现玉佩背面刻有一行小字，拿到灯下一看，原来是"缘定三生"四个字。

3

朝阳新出，从山间吹来的晨风已透着丝丝凉意，仿佛是在告诉人们，秋天的脚步越来越近了。陆天沉和陆一飞出门时，陆蒹葭特地给他们多加了一件衣服。

父子俩来到衙门,远远地便看见门口围了不少人。两人心头一惊,疾步走近。

杜五正带着一帮捕快在那里等着他们。

陆天沉问：“老五，什么事？”

杜五道：“大哥，又出人命了。城西定安桥下又发现一具男尸，赤身裸体，一剑毙命，作案手法与前十八起人命案完全相同。”

陆一飞忙问：“尸体呢？”

一名捕快回道：“我们知道陆爷一定会要亲自去现场验尸查看，所以没敢动尸体，只是留了些兄弟封锁现场，我赶紧回来报讯。”

陆天沉点头道：“很好！”目光转向陆一飞和杜五：“咱们过去看看！”

定安桥位于城西定安河上，离此大约十里之遥。三人打马而去，一炷香的工夫便到了。

整座定安桥都已被捕快团团围住，百步之内禁止闲人进入。一名捕快迎上来，叫道：“陆爷，您三位来了！”

陆天沉人未下马，便问：“尸体呢？”

捕快回道：“在桥下。”

陆天沉道：“带路。”

捕快带着三人走下定安桥。因时至初秋，定安河的河水已不太深。尸体就躺在第三个桥墩下，下半身泡在浑浊的河水中，上半身搁在河边杂草上，地上有一摊已经凝固的血迹。

死者情形与以前发现的十八具尸体完全一致。从血液的凝固度推测，死亡时间应为昨晚后半夜。除此之外，现场再也找不到其他任何线索。

陆天沉与陆一飞、杜五对望一眼，双眉紧皱，一言不发。

三个人的心里比以往发现任何一具尸体时都要沉重，因为他们都认识这个躺在桥墩下的人，非但认识，甚至还跟他有些交情。

此人名叫徐梦痕，帝京武林世家六合门掌门人徐有贞之独子，自号帝京风流第一少，一手六合剑法使得神出鬼没。以他的武功，放眼武林，能如此干净利落一剑刺穿他心脏的人，几乎没有。如果一定要说有，那也只有一个。

那就是他自己。

一个像他这样风光无限的风流侠少，当然不会往自己的胸口刺一剑。那么，杀他的究竟是什么人呢？

看着徐梦痕的尸体，陆天沉、陆一飞和杜五的心情已不是沉重，不是悲伤，而是恐惧，一种发自心灵最深处的神秘而难以言喻的恐惧。看来，隐藏在他们周围的那个看不见的凶手，要远比他们想象中的狡猾得多，厉害得多，可怕得多。与这样的对手较量，谁也不敢保证明天早上躺在山头桥下路边河滩的尸体会不会是自己。

一股寒意从每个人的脚底升起。

良久，杜五叫过身旁一名捕快吩咐道："你马上去一趟六合门，告诉他们，徐梦痕在定安桥出事了。"

"是！"那名捕快答应一声，快步而去。

"慢着！"陆天沉忽然叫住他，看看杜五，说："老五，六合门与咱们交情不浅，徐有贞徐老爷子那边，只怕还得麻烦你亲自跑一趟。"

杜五点头道："我明白。"翻身上马，疾驰而去。

陆天沉又在尸体周围仔细搜索了一遍，连一根野草一个脚印也不放过，但仍未发现任何蛛丝马迹。他显得有些失望。也许，这儿根本就不是作案现场，只不过是凶手杀了人，随手将尸体抛在了这里罢了。

那么，第一作案现场又在哪里呢？凶手为什么又要挑清一色的青壮年男子下毒手呢？为什么……为什么……也许有太多的"为什么"得不到合理的解释。

他走上定安桥，踱到中间，举目远眺，凝神沉思。

陆一飞知道义父已查看完毕，便挥手对众捕快道："先把尸体送回六合门。"

"是！"四名捕快纵下桥头，动手去抬徐梦痕的尸体。

"哎哟！"忽然，一个捕快跳起来叫道。

陆一飞一惊，道："怎么了？"

那名捕快脸色都变了，颤声道："他、他还有脉搏！他、他好像还、还活着！"

4

六合门徐府坐落在皇叔街，高墙厚瓦，气派不凡。

徐梦痕被抬回家时，居然还有脉搏，虽然脉象微弱，气若游丝，但毕竟还没有死去。

活着，对于六合门的人来说，就是最大的希望，对于陆天沉来说，就是最重要的线索。

徐梦痕刚刚服了陆天沉珍藏的少林还魂丹，苍白无血的脸上，渐渐显出了淡淡的颜色。

徐老夫人看到儿子突遭不测，生死未卜，心如刀绞，几次晕倒。幸好有她未过门的儿媳肖玉儿在一旁搀扶着，才不致出事。

肖玉儿系江南形意门掌门人肖大海之女，也是徐梦痕的未婚妻。

江南形意门与帝京六合门本是世代仇家，而到了徐梦痕与肖玉儿这一代，这一对江湖侠少与武林玉女，却一见钟情，倾心相爱。现在两人好不容易冲破重重阻力，历尽种种艰辛，才有机会走到一起，已经定好婚期，准备下月初三拜堂成亲，却没有料到在这成亲前夕，徐梦痕竟会遭遇如此不幸。

此时，肖玉儿只有按捺住内心无限的痛楚，一边好言宽慰婆婆，一边不住地扭过头去，悄然拭泪。

半个时辰后，徐梦痕的脸上终于现出一丝红润之色。

徐老爷子对着陆天沉三人一揖到地，悲声道："小犬惨遭不幸，若非三位及时援手，只怕早已身在鬼门关。三位对犬子的再造之恩，老朽没齿不忘。"

陆天沉急忙还礼道：“徐老爷子休要客气，武林救急平常事。再说令公子遭遇不测，乃我等失职，实在惭愧。”

徐老夫人急忙上前询问：“我儿情况如何？”

徐老爷子长叹一声，满脸悲痛之情，道：“小命是保住了，不过几时能醒转过来，却还难说。”

肖玉儿上前道：“两位老人家切莫心急，我已着人去东灵山清虚观请无极道长了。”

东灵山清虚观无极道长乃帝京名医，只是脾气有些古怪，一般人等非但请他不动，就连见上一面也难。徐老夫人是清虚观的香客，一年上头在道观内送了不少香火，与无极道长也算有几分渊源。

道长一听徐老夫人有请，很快就赶到了六合门。

他看看徐少爷的伤势，又把把脉搏，叹口气，摇摇头，又点点头，低头踱步沉思片刻，才道：“对方出手狠毒，令公子能捡回一条命，一赖他自身武功高强，有强劲真气护体；二是刚才及时服下神丹，护住了元神；第三嘛，多亏他身上有不同于常人之处。”

众人问；“有什么不同于常人之处？”

无极道长指着徐梦痕的伤口说：“对方剑招狠毒，虽只一剑刺出，却欲刺穿他的心脏。一般说来，常人的心脏在胸口偏左一点点，但徐少爷的心脏却与常人有所不同，长在了偏右的位置。所以对方这一剑虽然穿胸而过，却并未刺中徐少爷的心脏。”

徐老爷子握住他的手，急道：“那么犬子他……”

无极道长轻轻摇了一下头，道：“令公子虽已保住性命，但由于伤势实在太重，再加上身体失血过多，只怕一时难以醒转过来。贫道这里有一颗九转大还丹，你们先撬开他的牙关喂他服下。贫道再开两副药方，让他慢慢调理，以观后效。至于何时痊愈，就要看令公子的造化了。”

送走无极道长，徐老夫人回到房中，忽然一把抓住肖玉儿，咬牙怒斥道：“贱人！你这个贱人！是你害了我家梦儿！是你害了我家梦儿！老身就说，六合门与江南形意门世代为敌，不共戴天，形意门的人，怎么会心甘情愿嫁到我们六合门来呢？原来、原来你是来做奸细的……你是凶手！你是凶手……”

肖玉儿脸色煞白，瘦弱的身子晃了几晃，几欲摔倒。她无助地摇着头，强忍泪珠，惊怯地道：“不、不……我不是……”

“你、你还敢狡辩！”徐老夫人疼子心切，怒不可遏，扬起右手，“叭、叭”两声，肖玉儿脸上便印上了两个鲜红的手掌印。

肖玉儿哀怨地看看躺在床上的徐梦痕，银牙紧咬，极力忍住让自己不要哭出声来。

徐老爷子见有陆天沉等人在场，不免有些尴尬，瞪了夫人一眼，怒道：“放肆！都什么时候了，还有闲心在这儿吵吵闹闹！已经在床上躺了一个了，还嫌不够吗？唉，真是家门不幸！家门不幸！”

徐老夫人一见老爷子发火了，再也不敢吭声。

徐老爷子道：“别站在这儿丢人现眼，快去看看梦儿！”

徐老夫人悻悻而去。

肖玉儿噙着泪，低着头，刚欲退下，陆天沉忽道：“徐老英雄，在下有几句话想问问令媳，不知方便不方便？”

徐老爷子道：“陆爷不必客气，有什么话尽管问她。”

陆天沉把肖玉儿叫出门口，道：“肖姑娘，徐少爷发生这样的事，谁也意想不到。不过事情既然已经发生，就得把真相追查出来。如果本捕言语有不敬之处，请多包涵。”

肖玉儿点点头。

陆天沉盯着她问：“昨晚后半夜，你在哪里？”

肖玉儿一怔，涨红着脸道：“陆捕头是怀疑我？”

陆天沉道：“本捕并没有这样说。请回答我刚才的问题。”

肖玉儿道：“昨晚我一直待在六合门，哪儿也没去。”

陆天沉问：“有谁可以证明？”

肖玉儿道：“有几个丫鬟一直在我身边。”

陆天沉道："很好！"又问："徐少爷昨夜在家吗？"

肖玉儿道："没有。吃过晚饭之后，他说有些心烦，想独自一人出去走走。结果这一去，一整晚都没回来，今天一早就……"说着，她的眼圈又红了。

陆天沉问："你知不知道他昨晚去了哪里？"

肖玉儿摇头道："我不知道，他也没说。"

陆天沉想了想，又问："他近来有什么反常之举吗？"

肖玉儿道："没有。"

陆天沉歉然一笑，道："我问完了，多谢肖姑娘。"

陆天沉、陆一飞和杜五告辞的时候，徐老爷子亲自将三人送出大门。

陆天沉说："徐老爷子放心，吉人天相，徐少爷会好起来的。如果他苏醒过来，请通知我们，要想缉拿凶手，还得令公子帮忙才行。"

徐老爷子道："一定！一定！"

回来的路上，杜五皱眉道："难道真如徐老夫人所说，肖玉儿就是谋害徐梦痕的凶手吗？"

陆一飞放慢坐骑奔驰的速度，思索着推理道："我觉得似乎不大可能。原因有四，其一，以肖玉儿的武功，根本不可能如此干净利落地在徐梦痕的胸口刺上一剑；其二，谁都知道六合门与江南形意门是世仇，徐梦痕出了这样的事，别人最先怀疑的对象一定是她。如果在这种情况下，她还要动手杀徐梦痕，并且东窗事发后并不急于逃离六合门，那她就是天底下最愚蠢的凶手；其三，她对徐梦痕的感情，完全出自真心，不像虚情假意逢场作戏；其四，也是最关键的一点，徐梦痕遇害，显然与前十八起命案有关联，凶手应该是同一个人。如果说肖玉儿有理由杀徐梦痕，那她又有什么理由杀害其他人呢？所以我认为肖玉儿不可能是谋害徐梦痕的凶手。义父，你看呢？"

陆天沉马蹄沉沉，目视远方。良久，他才道："这一切，只有等徐梦痕清醒过来才能明白。现在，下任何结论都为时过早。"

5

谁是凶手？谁是这桩连环夺命奇案背后的真正凶手？凶手为什么要单挑年轻英俊的男子下毒手？隐藏在这一系列夺命奇案背后的真相是什么？答案似乎已触手可及。徐梦痕成了现在能解开这个谜的唯一一把“钥匙”。

时间在焦虑中过去了半个月，徐梦痕仍然昏迷不醒。不过值得庆幸的是，这半个月来，帝京各处再没有发现裸男尸体。

衙门的人比六合门的人更关心徐梦痕的伤情，比他们更担心更焦虑。帝京府衙每天都派人去六合门探问徐梦痕的伤情。

徐梦痕经过无极道长的精心救治和家人的悉心照顾，情况已有明显好转，脉搏和心跳都已恢复正常。看来，完全醒转过来只是迟早的事情。

这天下午，陆天沉、陆一飞和杜五三人分头在帝京各处搜寻线索。傍晚时分，在望江楼碰头，一边喝茶听快嘴书生梅瘦竹说书，一边商讨案情。

快嘴书生梅瘦竹出场后，一见陆天沉在座，不敢怠慢，急忙向他拱了拱手，施了一礼。然后，折扇一收，往台上一拍，朗声道：“诸位客官可知，数月之前，皇宫之内发生了一件天大的奇事？”

台下喝茶饮酒的人被他问得面面相觑，继而又纷纷摇头，表示全不知情。陆一飞忍不住笑道：“这快嘴书生不知又要卖弄什么了。”

只听梅瘦竹道：“数月之前，当今皇上忽然下旨，将皇后娘娘给废了。昔日的皇后娘娘，现如今正在冷宫里受着折磨呢。此事轰动朝廷，诸位难道未曾闻得一点风声？”

“没有，没有。”有人摇头大叫。

乖乖儿在一旁脆声脆气地问师父：“好好的皇后娘娘，皇上为什么忽然要将她废了呢？”

梅瘦竹道：“原因其实很简单，只不过是因为皇后娘娘不能为皇上生个龙子罢了。”

乖乖儿又问道："皇上废了旧皇后娘娘，又未听说选出新的皇后娘娘，那后宫里岂不是还没有正宫娘娘？"

梅瘦竹看了徒弟一眼，似乎有点嫌他多嘴，揶揄道："正是。不过你小子不用咸吃萝卜淡操心，皇后娘娘的宝座怎么轮也轮不到你，除非你能为皇上生出个大胖小子。"

台下顿时哄笑起来。

梅瘦竹顿了顿，道："好了，诸位客官！闲话休述，先用这段本朝轶闻，引出一段关于宫闱中留与不留的话头，请诸位听老朽慢慢道来。倒茶！"最后这两个字是冲着他徒弟乖乖儿说的。

乖乖儿机灵过人，立即为师父添满了杯中茶水。

梅瘦竹喝了一口茶，咂一下嘴巴，道："诸位都知，皇上有三宫六院七十二妃，其实到底有多少后宫佳丽，谁也无法统计。总之，朝廷每年都要在各地征选美女，充实后宫，取悦皇上。年复一年，旧人未去，新人又来，有人说皇帝后宫之中有粉黛三千，确是实言。皇上睡的床叫龙床，皇上穿的衣叫龙袍，同样，皇上与妃嫔们睡觉，也不能叫睡觉，那得叫行幸。"

他看看众人，接着说："皇上行幸之事，也专门有敬事房的太监安排。每到晚间，太监用一个玉盘托着一些刻有妃嫔贵人们芳名的象牙牌，跪呈皇上，供其挑选。皇上选定对象之后，太监立即去通知被召幸的妃嫔，让其沐浴施香。完毕之后，赤身裸体，太监用毛毯包裹着她，将其扛到皇上的龙床之上。"

台下的听客都听入了神，有人问："为什么妃嫔要赤身裸体见皇上呢？"

梅瘦竹道："这样可以防止居心不良之人行刺皇上。当然，如果是皇上特别宠爱的妃子，有时也有可能是皇上屈驾前往其住处，共度良宵，但这种情况少之又少。"

乖乖儿问："那又何谓留与不留呢？"

梅瘦竹道："一夜龙凤交欢之后，次日早上，执事太监就会按原来的方法，用毛毯包裹着被皇上行幸过的妃子。送回前，会问皇上留与不留。如果皇上说留，当值太监就在记事簿上记下。当然，皇上大多数时候都会说不留。如果是不留，那事情就更简单了，执事太监用手指按一按妃嫔屁股后面的某个穴位，让皇上射入妃嫔体内的精水顺流而出，就完事了。”

台下听者意犹未尽，有人笑问：“太监按的是什么穴位？”

梅瘦竹笑着说：“这个老朽就不得而知了，这位仁兄若有兴趣，不妨去向敬事房的公公们打听打听。”

台下众人又哄笑起来。

天将晚，离开酒楼时，杜五呵呵笑道：“这个快嘴书生，讲得可真有意思。”

陆天沉却皱皱眉头，冷笑道：“无稽之谈，不足为信。”

6

次日清晨，天低云垂，忽然有人来报：“六合门又出事了！”

陆天沉三人大惊，急忙飞马赶往六合门。来到徐府，但见挽联高挂，白幡低垂，上下一派悲凉肃穆的气氛。

他们料想是徐梦痕出事了，心头一震，疾步入内。徐府的大堂已改为灵堂，一副柏木棺材横放在灵堂中央，徐老爷子和徐老夫人正坐在灵前垂泪，下人们披纱戴孝，端着祭品进出忙碌。

陆天沉正要开口，徐老爷子已迎上来，抓住他的手，含泪道：“陆捕头，我们家玉儿……”

三人大出意外，齐声问：“是肖姑娘出事了？”

徐老爷子道：“是的，是玉儿出事了。自从梦儿昏迷之后，玉儿日夜守在他身旁精心照顾。谁知，就在梦儿逐渐好转，康复有望之时，玉儿她、她却……”

陆一飞问：“肖姑娘她是怎么出事的？”

徐老爷子道：“据玉儿身边的丫头讲，昨晚玉儿照例守护在梦儿身边。时至半夜，忽然一位神秘的黑衣蒙面人破窗而入，欲杀梦儿。玉儿奋力保护，与其交手，无奈对方武功极高，玉儿不是对手。就在对方挺剑欲刺梦儿之时，玉儿不顾一切扑过去，用自己瘦弱的身躯护住了梦儿。等老夫听到打斗声赶到时，神秘黑衣人已跃窗而逃。玉儿倒在血泊之中，再也没有醒来……”

陆天沉皱眉道：“我们可以看看肖姑娘的遗体吗？”

徐老爷子没有说话，只是含泪点了点头。

陆一飞和杜五轻轻抬开尚未合拢的棺材盖，肖玉儿正安详地躺在棺材里。剑伤赫然印在胸口，一剑穿心，干净利索。

陆一飞“呀”地叫出声来。

杜五惊道：“难道昨晚那神秘黑衣人，就是连环夺命案的凶手？”

陆一飞点头道：“完全有可能。”

正在这时，忽听内屋传来一声怪叫，接着便是“叭”的一声，似乎是花瓶陶瓷一类的器皿被打碎了。

陆一飞吃了一惊，可侧耳细听，却又再听不到任何声音。

徐老爷子看出他心中疑惑，忙尴尬地道：“那是犬子他……”

陆天沉一怔，忙问：“徐少爷他醒过来了？”

徐老爷子目光一暗，与夫人对望一眼，面露难色，长叹一声，道：“经此一闹，小犬醒倒是醒了，只不过……”

陆一飞忙问：“只不过怎样？”

徐老爷子眼中闪过一丝痛楚，欲言又止，叹口气说：“此事一言难尽，老夫带三位一看便知。”

陆天沉三人疑惑地随他步入内屋，来到徐梦痕的住处，房门已被一把大锁从外面锁住。三人不由得大吃一惊。

徐老爷子命人将铁锁打开，推门而入，忽然一只花瓶横飞过来，若不是徐老爷子人老身手不老，闪避得快，只怕已被砸得头破血流了。

扔花瓶的人，正是徐少爷。众人定睛一看，只见他衣衫不整，披头散发，满脸污秽，神情木讷，正手舞足蹈地在屋子里走来走去，嘴里还喋喋不休，念念有词。

仔细一听，他说的是：“……啊，仙女姐姐！我看见仙女姐姐了！多漂亮的仙女姐姐……”忽又话音一转，惊叫道：“啊，你、你是谁？别过来！别、别杀我！别杀我！”

他越说越激动，越说越惊恐，最后竟忽然举起一把凳子，砸向门口。

徐老爷子急忙退出房间，关上房门。

众人暗暗心惊，陆天沉急问："徐少爷他……"

徐老夫人又伤心落泪道："他一醒转过来，就变成了这样……早上我们请无极道长来看过，道长说他身心受创，惊恐过度，一时恢复不了，暂时精神错乱，神志失常……"

陆天沉三人明白过来，顿觉心中一沉：糟糕，徐梦痕疯了！

7

世事变幻，鬼神难料。

坐在望江楼喝茶休息时，陆天沉、陆一飞和杜五这三位帝京府衙的高手眉头紧皱，心事重重，谁也不愿开口说话。

喝过两壶茶，杜五忽然道："你们有无感觉到，今日望江楼似乎与平日有些不同。"

陆一飞喝口茶说："只不过少了一个人罢了。"

杜五四下看看，问："少了什么人？"

陆一飞道："快嘴书生梅瘦竹。"

杜五点头道："正是，我说这酒楼怎么如此清静了呢，原来是少了那家伙在此聒噪。"

正说着，梅瘦竹的小徒弟乖乖儿忽然慌慌张张地跑进来："诸位爷，不好了不好了！我见太阳都晒屁股了师父却还没起来，便去敲他的房门。敲了半天没人应，我趴到窗台上一瞧，天哪……"

杜五急得直跺脚，催促道："我的小祖宗，你倒是拣要紧的说呀。你师父他到底怎么了？"

乖乖儿浑身颤抖，声音也哆哆嗦嗦地："我师父他、他……被人、被人杀死了！”

“什么？”酒楼里的人一听这话，全都呆住了。

有几位胆小的没能控制住自己，手一哆嗦，把酒杯摔在地上了。

陆天沉心中一惊，但神色未变，起身问：“张掌柜，梅瘦竹住在何处？”

张掌柜也懵了，哆嗦道：“他、他借居在小店后面的一间偏房里。”

陆天沉道：“带路！”

张掌柜战战兢兢地带着他们穿过大堂，拐过几道弯，来到梅瘦竹的住处。隔窗一瞧，梅瘦竹正横躺在自己的床榻上，身上斜盖着一条被子，鲜血染红了床单和被褥。

陆一飞急忙一脚蹬开房门，一探梅瘦竹的鼻息，显然已断气多时。揭开被褥，一股浓重的血腥味扑鼻而来。从未见过如此血腥场面的张掌柜忍不住弯下腰去，把昨晚吃下去的饭菜都呕吐出来了。

梅瘦竹全身上下，只穿一件内衫，显然是于睡梦中被杀。

陆一飞用剑尖轻轻挑开他染满鲜血的衣衫，伤口赫然出现。陆天沉、陆一飞和杜五三人脸色齐变。

伤在胸口，一剑穿心，干净利索。

8

月光如水，溪流无声。

吃罢晚饭，陆一飞独自一人坐在屋后山坡下的小溪边，把困扰自己的众多疑点翻来覆去地思考着。

正在百思不解之时，一双温柔的纤手悄悄蒙上了他的眼睛。他轻轻捉住那双温软的手儿，心中立即涌起一股柔情蜜意。

他轻轻问道：“葭妹，你怎么来了？”

陆蒹葭调皮地在溪水中投了一块石子，溅起一串清凉的水珠落在他身上、脸上，宛如情人的眼泪，那么调皮而又那么令人心醉。

她倚在他身边坐下来，莞尔一笑："一飞哥，我知道你为什么烦恼。连环命案的事，我已听杜五叔说了。你把你心中的疑惑告诉我，也许我可以帮你想办法解决。"

陆一飞看她一眼，苦笑道："连义父也一筹莫展，你会有什么办法？"

陆蒹葭嘟起小嘴："你小看人？你没说出来，怎么知道我没办法呢？"

陆一飞无奈地叹口气，道："那好吧，我把我的想法告诉你。你知道吗，我们今天去六合门，发现徐梦痕疯了。徐老夫人说已请清虚观无极道长诊断过，说是精神错乱，一时好不了。"

陆蒹葭扭头看着他问："这难道也有什么不妥吗？"

陆一飞道："可是我已派人到东灵山清虚观问过，守门的小道士说，最近皇上肾病复又加重，再三下旨请无极道长去宫里给他治病。无极道长嫌麻烦，正装病在床，已三天未出过门呢。"

陆蒹葭柳眉轻皱，思索道："这么说来，是徐老夫人说谎骗你们了？"

陆一飞道："我也是这么认为。但她为什么这样呢？"

陆蒹葭道："如果我没有猜错，一定是徐梦痕清醒过来之后，知道官府的人一定会来向他调查情况，他不想将真实情况告诉你们，但你们于他有恩，又不便当面拒绝。"

陆一飞道："可是，他为什么如此呢？如果他将掌握的线索告诉我们，官府很快就可以抓到凶手，帮他报一剑之仇和杀妻之恨。"

陆蒹葭沉思着说："也许他正是不想让你们帮他，才不惜装疯骗人。"

陆一飞大为奇怪，道："这又是为什么呢？"

陆蒹葭道："个中原因其实很简单。武林人士最讲究血债血偿，快意恩仇。六合门是武林中有名有望的大门派，而徐梦痕也是武林成名高手。六合门连连出事，威风扫地，若还要靠官府的人来帮他们报仇雪恨，那——"

陆一飞经她点拨，恍然大悟，接口道："你的意思是说，徐梦痕装疯卖傻，隐瞒线索，只是为了不让官府插手，他要自己亲自追凶，手刃仇人，一来报仇雪耻，二来借机重振六合门在武林中的威名。"

陆蒹葭点了点头，又补充道："而且肖玉儿死在六合门，他若不拿到凶手的人头，江南形意门的人会善罢甘休吗？"

陆一飞忍不住赞道："葭妹，果然是虎父无犬女。你的心思如此缜密，推理如此精确，不到衙门做捕快实在太可惜了。"

陆蒹葭有几分得意地说："我若去做捕快，你和爹这两大神捕还不都得回家种地呀！"

陆一飞忍不住哈哈大笑起来，拿起放在草地上的长剑，起身道："葭妹，谢谢你提醒了我。你快回屋里去，我要出去一趟。"

陆蒹葭关切地问："这么晚了，你还要去哪里？"

陆一飞道："如果你说得没错，那么徐梦痕很快就有行动，他一定会出来寻找仇人。到目前只有他一个人与凶手交过手并且还活着，所以有关凶手的情况，也只有他最清楚。我只要一路跟着他，就不难找到杀人凶手。"

陆蒹葭笑道："哈，你果然聪明多了。不过徐梦痕武功超群，而且那神秘黑衣人也不好惹，你可要小心。"

陆一飞拍拍手中长剑，笑笑道："你放心，我手中这把如风剑也还从未遇到过对手。我走了，如果义父问起我，你替我说一声。"

陆蒹葭点点头，显得有些不舍，道："我知道了。你要早去早回！"

9

风云变幻，月亮已悄然隐入云层，地面逐渐变得模糊起来。

陆一飞已在六合门大门前的柳树梢头隐匿了一个多时辰。他不知道自己还要等多久，也不知道这样等下去会不会有结果。他只知道，自己必须这样等下去。

人生就是这样，有些事你可以做也可以不做，而有些事，你却必须去做。

等人的时候，时间总似乎过得太慢，尤其是在等一个你根本不知道他到底会不会出现的人。

夜凉如水，三更鼓响。徐府那两扇紧闭的大门忽然"吱嘎"一声轻轻打开一条缝，一条人影从门内闪身出来。白衣飘扬，玉树临风，正是帝京第一少徐梦痕。

陆一飞急忙屏住呼吸。

徐梦痕四下望望，随即展开轻功，如飞而去。

陆一飞知他武功高强，听觉灵敏，不敢跟得太紧，与其保持着相当距离。

夜深人静，街灯已熄。街上绝无行人，只有徐梦痕与陆一飞如一阵风一样，一前一后相继从街上飘荡而过，了无痕迹。

徐梦痕横穿三条街道，来到一条小巷里，在一爿小店前停住脚步。

陆一飞也急忙止步藏身，悄悄抬头一看那间店铺的招牌，竟是“笑婆婆绞面店”。这是一间专为街市上小媳妇、大姑娘绞面毛、穿耳环、去皱纹、化装易容的普通小店。这样的小店在街市上随处可见，从事这种营生的多为上了年纪的婆婆婶婶。而据陆一飞所知，笑婆婆绞面店是同行中手艺最高生意最好的。但他却实在猜不透，徐梦痕堂堂一个大男人，跑到这种地方来做什么呢？

正暗自疑惑，徐梦痕上前拍响了绞面店的大门。拍了十余下，门没开，一旁的窗户却打开了半边，一个睡眼惺忪的老妇人探出头来，一边打着呵欠一边嘟囔道：“谁呀？三更半夜的！”

徐梦痕忙施礼道：“婆婆，在下深夜来访，是想请婆婆做一桩生意。”

笑婆婆脸上却一点儿笑容也没有，一副老气横秋的样子，满脸不高兴地摆摆手，道：“太晚了，明天再来吧。”

徐梦痕道：“在下实在是有急事在身，不得不深夜打扰婆婆清梦。”他掏出一锭银子托在掌心，“这点心意，请婆婆笑纳。”

笑婆婆一见这锭银子少说也有十余两，立刻没有了一丝睡意，忙不迭地道：“好说好说，公子这桩生意，老身做了。”

笑婆婆将徐梦痕迎进店，复又关上门。

陆一飞又悄悄靠近一些，隐身于墙角一隅，耐心等候徐梦痕出来。

只一炷香的功夫，绞面店的门又开了，不见徐梦痕出来，却从里面走出一位蓝袍人物，面相俊朗，身负长剑，犹似一位意气风发的书生。

蓝袍书生出门之后，向东而去。

陆一飞眉头轻皱，暗自纳闷，为何不见徐梦痕出来呢？待看清那蓝袍书生的轻功路数时，忽然醒悟过来，这蓝袍书生不正是徐梦痕易容而成的吗？心中意念一转，人已飞身向前，无声无息地跟上了“蓝袍书生”。

“蓝袍书生”徐梦痕身轻如燕，健步如飞，越行越疾，向着东直门方向掠去。

陆一飞不远不近，紧随其后。

徐梦痕很快便来到了东直门外的香花街。

香花街似乎永远是帝京里最热闹最繁华的街道，不论白天还是黑夜。因为这条街道两边，各开着十八家妓院。

在这些妓院之中，最有名的是胭脂楼。在这条街上，最红的姑娘便是胭脂楼的红胭脂。

陆一飞看见徐梦痕迈步走进了胭脂楼，不由得目瞪口呆。他做梦也没有想到，未婚妻肖玉儿尸骨未寒大仇未报，这位徐少爷居然就来香花街寻花问柳。

陆一飞见他半夜出门，化装易容，行踪诡秘，原本以为他是为追凶，所以一路跟踪，却不想他是为狎妓而来，不由得大感失望。

可转念一想，莫非徐梦痕所追踪的杀人凶手与胭脂楼有关联？想罢，觉得既然追踪到此，进去看看也无妨，便硬着头皮走进去。

胭脂楼很大，姑娘也很多。陆一飞找了一个无人注意的角落坐下来，一群打扮得花枝招展浓香扑鼻的姑娘立即像发现猎物一般紧紧围住了他。

陆一飞是第一次来这种烟花之地，尽管极力装成老手，还是不免脸红耳赤，坐立不安。他一面手忙脚乱地应付着姑娘们的挑逗，一面用眼角余光注意着徐梦痕的动向。

只见这位蓝袍书生装扮的徐大少爷大马金刀地往大堂中央一坐，那满脸脂粉唇似猪血的老鸨就满脸媚笑地迎了上去，嗲声嗲气地说：“哎哟，大爷，我瞧您怎么这么面生呢，是头一回来胭脂楼吧？大爷贵姓呀？”

徐梦痕随口应道：“免贵姓王。”

老鸨立即将半个香喷喷的身子倚在他身上，媚声娇气地道：“哟，原来是王公子呀。既然王公子是头一次来咱们这胭脂楼，那我就先给您介绍几个好姑娘……”

徐梦痕摆手道：“本公子不要别人。”

老鸨一脸媚态：“哎呀，王公子不要别人，难道是看上了我这个做妈妈的不成！”

徐梦痕故意从头到脚打量她一遍，笑笑道：“在下的眼光还不至于如此差劲。今天在下专为红胭脂而来。”

老鸨一怔，道：“哎呀，王公子，您真是不凑巧。我们胭脂姑娘今晚已被人包下了。”

徐梦痕问：“别人出多少银子？”

老鸨道：“纹银五十两。”

徐梦痕掏出一张银票放在桌子上，道：“我出一百两行不行？”

老鸨面露喜色，却故作为难地道：“这个……实在叫我为难，因为包她的那位大爷大有来头……”

徐梦痕连眉头也没抬一下，又掏出一张银票，道：“如果我出二百两呢？”

老鸨见好就收，急忙收起桌上的银票道：“公子勿怒，胭脂姑娘的确已被人包了，不过刚才是被别人包了，而现在却是叫王公子您包了。您跟着我上楼去，看我怎样把那个寒酸家伙从胭脂姑娘的床上扔出去。”

徐梦痕眉头一松，点头道：“很好，事成之后，重重有赏。”

见他已随老鸨上楼，陆一飞便问身边的姑娘道：“谁住在胭脂姑娘的隔壁？”

一个姑娘回答道：“是玲珑姑娘。”

陆一飞道：“你去把她叫过来。”

姑娘有点不高兴。陆一飞问道：“有没有办法把那个男人从玲珑姑娘的床上赶下去？”

那姑娘道：“只有一个办法。”

陆一飞问：“什么办法？”

姑娘道：“用银子把他砸跑。”

陆一飞忍不住哈哈大笑起来，道："你告诉我她在哪个房间，我这就去用银子砸那个男人。"

那姑娘翘着小嘴道："二楼左手边最后一个房间。不过，如果你的银子砸不跑那个男人，你可以去三楼右手边的第三个房间。"

陆一飞问："为什么？"

姑娘吃吃地笑道："因为那是我的房间。"

陆一飞看了她一眼，忽然觉得有点喜欢这个小姑娘了。

他蹬上二楼，很快就找到了。房门被人从里面闩住了，不过这难不住他。

房间里看上去布置得很精致，但床上却显得有些凌乱，一个全身赤裸肥胖男人正一边扯着一位十八九岁的小姑娘的裙子，一边气喘吁吁地把她往床上压去。

小姑娘一边流泪一边拼命挣扎，但却无济于事，在这铁塔似的大汉面前，她就像一只可怜的小鸡，只有任其蹂躏，任其宰割的份。

陆一飞看了，感到就像吞了一只苍蝇一样恶心。他冲上去，很快就把那欲火焚身嘴脸丑陋的家伙从小姑娘的床上赶了下来，他用的是拳头。然后，他点了他身上的几处穴位，把他就像扔一只死鸡一样塞进了小姑娘的床底下。

小姑娘衣衫不整，瑟缩在床角里，睁着一双泪水涟涟的大眼睛，怯怯地看着陆一飞。

不知为什么，陆一飞一看到这双水灵灵的大眼睛，便心头一震。他忽然想起了那个时时刻刻都令他牵肠挂肚，也时时刻刻牵挂着他的人，心中顿时升起一种甜蜜的感觉。

小姑娘一边颤抖着向后挪动着身子，一边惊恐地哀求道；"大、大爷，别、别过来……求求您了……我、我只卖艺，不卖身……"

陆一飞看着她，忽然笑了笑，向后退了两步，然后问道："你叫玲珑？"

小姑娘无声地点了点头。

陆一飞微笑着道："你不用害怕，我不会伤害你的。我没别的意思，我只是想借你这间房间用一用。"

玲珑姑娘的眼睛立刻睁大了，问："你、你说你要借我的房间？"

陆一飞点点头道："如果我出二十两银子，请你离开这间房子一个人去外面待一会儿，你愿意吗？"

玲珑的眼睛睁得更大了，也许她还从来没有遇见过这么奇怪的客人，更没有客人向她提出过这样奇怪的要求。半晌，她似乎才终于听懂他的话，穿好衣服，带着满腹的疑惑走了出去。出去时，还不忘回手关上房门。

陆一飞松了口气，扭头打量着这间房子，忽然似乎发现了什么，轻轻移开梳妆台，在与红胭脂隔邻的墙壁上找到了一条缝隙，尽管很小，但对于他来说却已足够。他轻轻吹开落在墙缝中的灰尘，然后把眼睛凑上去，隔壁房间里的一切便尽收眼底了。

灯光下的胭脂姑娘顾盼生辉，光艳照人，一袭红纱轻裹着起伏玲珑婀娜曼妙的胴体，奇峰隐约，肌肤如雪，引人遐思。果然不愧是香花街上的名妓花魁。

房中有桌，桌上有酒，还有明眸巧笑，细语啁啾。

徐梦痕看上去已经醉了，美酒醉人，美人更醉人。他醉眼蒙眬，看着那张锦帐红被的大床，眼神中透出暧昧的意味，轻抚着她的纤手，道："胭脂姑娘，在下远道而来，今晚能在这张象牙床上借宿一晚吗？"

胭脂姑娘的脸看上去比胭脂还红，低眉歉然一笑，道："王公子，胭脂虽为风尘中人，但也有自己做人的准则，那就是万般皆可，但绝不留客在此过夜。所以公子美意，胭脂实难从命。"

徐梦痕掏出一张银票放在桌上，道："现在呢？"

胭脂正色道："如果王公子认为在桌上放几张银票便可令胭脂破例，那王公子未免也太小看胭脂了。"

徐梦痕脸一红，收回银票，显得有些尴尬。

红胭脂嫣然一笑，又道："不过规矩是死的，人却是活的。小妹虽立誓不留客人在此过夜，却没说不可以陪客人在胭脂楼以外的地方过夜。小妹在香花街以外的地方还有一处陋室，若王公子有心，不妨前往，小妹在此洗沐洁芬之后，一定在彼处恭候大驾。"

徐梦痕一怔，道：“果真如此？”

红胭脂莞尔一笑，拿出一张薛涛纸，提笔写了一行小字，递给他道：“届时，纸上所写之处，会有马车专候。你不用说话，自会有人送至温柔乡。”

美人垂青，佳人有约，徐梦痕不由得惊喜万分，手捧纸条，如奉法旨，连连点头道：“在下一定依时赴约！一定依时赴约！”

红胭脂送他至门口，目光依依，万分不舍，柔声叮嘱道：“天黑路远，王郎一定要来，以免佳人久等，倍感寂寞。”

徐梦痕再三点头，依依惜别，遵嘱下楼而去。

陆一飞在隔壁探听得明明白白，只恨无法看清那纸上字迹。

他急忙回身将玲珑姑娘的梳妆台摆回原处，出门之时，看见玲珑姑娘正蹲在门口打瞌睡。夜风吹来，令她缩成一团。

他心中好生过意不去，将自己身上所有银子全掏出来，也不过二十余两，想起徐梦痕一掷千金的豪爽，未免在心中暗暗感叹。

他把银子全数给她，并叮嘱道：“今晚之事，你知我知，千万不可对别人说起，以免惹来杀身之祸。还有，此地非久留之地，若有机会还是早日离开为妙。”

玲珑看着他，似懂非懂地点了点头。

陆一飞走出胭脂楼，看见徐梦痕看着手中的纸条，向南而去。

他低头想了片刻，仍旧悄然跟上。

10

徐梦痕脚下生风，很快便步出了香花街，仍旧朝南而行。

香花街的嘈杂与喧嚣越离越远。

穿过黑暗无人的大街，翻过狭窄潮湿的小巷，街市已被甩在身后。

陆一飞估计徐梦痕要去的地方是郊外，不由得暗暗称奇。红胭脂说在纸条上标明的地方有马车等候，徐梦痕显然就是前去寻找那辆马车。

真的会有马车在等他吗？马车为什么要停留在如此偏远的地方呢？是红胭

脂在捉弄他，还是真如她所说，她在香花街以外的地方等候他共度良宵？如果她果真需要男人，却又为何要立下如此奇怪的规矩呢？

徐梦痕为什么要易容之后，才去见红胭脂呢？是怕她认出他吗？难道他们以前见过面，难道徐梦痕以前就来找过胭脂？即便如此，再次见面，也无须化装易容，更名换姓呀！

陆一飞脚下狂奔，脑子却转得更快，个中疑点一一在他脑海中浮现。他决定今晚无论如何也要将此事弄个清楚明白。

果然不出所料，徐梦痕一路奔波，从大红门出了城，到了郊外。

野外，天底云暗，荒无人家，一片黑莽莽的森林挡住去路，一条坎坷不平的小路蜿蜒伸向森林深处。

陆一飞四下看看，觉得这个地方有些陌生。

树林被无边的黑夜笼罩着，显得死一般静寂，偶尔传来猫头鹰的叫声，更是让人心惊肉跳头皮发麻。

徐梦痕看看手中的纸条，认清路线，没有犹豫，沿着林中小道，向着树林深处飞奔而去。

树林里面比外面更加黑暗，阴风阵阵，荆棘丛生，道路更加崎岖难行。但陆一飞身为捕快，平日办案缉凶，常常黑夜行动，走多了夜路，练就了超凡的眼力，所以在此种环境之下追踪目标也并不感到吃力。

两人一前一后，无声无息，在树林中穿行了五里多路。忽然，“扑腾”一声，一只飞鸟自林中惊起，鸣叫一声，飞掠而去。

徐梦痕似有所觉，忽然止步，身子未动，眼睛却已将四下情形探视得明明白白，右手绕到背后轻轻握住斜插在肩头的长剑，沉声道：“朋友，你已跟着在下行了这么远的路，不觉得累吗？在下正嫌路途寂寞，不如现身一见，并肩同行如何？”

陆一飞隐身于树后灌木丛中，心中一惊，自己一路追踪，小心翼翼，不想还是让他发现了。而且听他的口气，似乎早已有所察觉，自己却浑然不知，不由得暗叫惭愧。手提长剑，正欲现身，忽然树梢轻轻一动，一条人影如飞鸟掠过，落在徐梦痕跟前。

陆一飞大吃一惊，原来徐梦痕发现的人并不是他，而更让他心惊的是，一路上，自己竟然一点儿也没察觉到在这场追踪中，居然还有第三个人存在。

来者身材魁梧，黑衣黑裤黑色紧身服，黑巾蒙面，只有两只精光四射亮如鹰隼的眼睛露在外面。

徐梦痕盯着他道："阁下想必就是夜袭六合门的神秘黑衣人了？"

黑衣蒙面人点头道："正是。上次失手，让姓肖的那个贱人替你死了一回，今天你再也不会那么幸运了。"

徐梦痕怒目而视，咬牙道："反正想要在下这条命的人不止你一个，在下就以自己这条命来搏你这条命，今天不是你死，便是我亡！"

"好！"话一出口，黑衣蒙面人身形一转，忽然像旋风一般，身体陡然拔高三尺，一柄软剑如毒蛇出洞，自腰带中悄然出鞘，手腕一抖，在半空中挽出剑花，分刺徐梦痕前胸三处大穴。

徐梦痕拔剑，侧身，顺势格挡。但闻"丁丁丁"三声脆响，长剑交鸣，夜空中火星连闪，刺目惊心。

陆一飞屏住呼吸，暗中凝神观察，只见黑衣蒙面人软剑形如毒蛇，一剑刺出，幻化不定，遇强则软，遇弱则强，剑剑不离对方心窝，招招欲置人于死地。

徐梦痕不愧为武林侠少第一高手，一柄长剑舞得泼水不进，黑衣蒙面人虽连出怪招狠招毒招，但剑尖总是在距他身体三四寸远的地方，被他挡了回去。

黑衣蒙面人剑势凌厉，以攻为守。

徐梦痕则以守为攻，防守反击。

两人剑来剑往，顷刻间，已斗了三十余招。

徐梦痕渐渐已摸清对方底细，就在对方一剑使老，旧力用尽，新力未生之际，忽然欺近一步，挺剑直刺对方咽喉。

两点之间，直线最近。徐梦痕的剑，就是走的直线，速度快得完全出乎对方意料。

黑衣蒙面人回剑自救不及，忽然剑出险招，手腕一翻，反刺对方心窝。

如果徐梦痕不撤剑自救，固然能一剑刺中对方咽喉，但自己的胸口也有可能会被对方刺一个窟窿。

徐梦痕的招式没有丝毫改变，似乎根本就感觉不到对方的软剑已直抵胸前。也许在他看来，只要能为心爱的人报仇，即使与对手同归于尽，也是值得的。

剑势去如闪电。

做出选择的是黑衣蒙面人，因为他忽然意识到自己犯了一个错误，一个致命的错误——他发现自己的剑远不如对方的剑快，对方剑尖已触及自己的咽喉，但自己的剑尖却还距对方身体一寸有余。就是因为这一寸的距离，也许结果就会完全不一样。

他只有选择后退。当对方剑尖嵌入他的肌肤时，他忽然向后一仰，顺势凌空一个翻身，人已跃上身后一棵大树，将身子隐藏在了枝浓叶茂的树梢上。

徐梦痕长剑刺空，在瞬间失却对手，但又在瞬间发现了对手的藏身之所。他虽然没有看到对手，却看到了对方被风吹起的衣角。

对方占据了最高地点，也占据了最有利的地形，看来随时准备对他凌空一击。徐梦痕知道，此时挺身追击并非明智之举，对方居高临下，自己处于劣势。

他目光一扫，已看到身后有一棵参天古柏，立即向后退却，背靠大树，凝视对方藏身之处，只待对方现身，他便全力进攻，给对方致命一击。

风吹叶摆，衣角飘动，人却始终未动。徐梦痕只有等待，等待对方进攻。

对方毫无动静，他却忽然感觉到身后似乎有些异样，一个念头尚未来得及在脑海中形成，自己胸前忽然冒出一个鲜红的剑尖——对方已不知何时绕到他背靠的大树后面，一柄利剑从古柏的另一侧刺过来，穿过树干，刺穿了他的心脏。

徐梦痕惊恐地垂下头，看着自己的鲜血沿着对方的剑尖，一点一滴淌下。也许直到此时他才明白，他一直全神贯注凝视和防范着的，只不过是一块黑布而已。

陆一飞看得目瞪口呆，一股寒意顿时笼罩全身，还未回过神来，忽听黑衣蒙面人冷声喝道："朋友，既然来了，又何必藏头露尾？"

树林中除了黑衣蒙面人和徐梦痕，就只有陆一飞了，黑衣蒙面人的这句话显然就是对着陆一飞说的。

陆一飞一惊，心中暗叫不妙。深深吸了口气，正待跃身出来，黑衣蒙面人却突然自古柏中拔出软剑，身如狸猫，快似闪电，连人带剑，向他这边扑来。

陆一飞大吃一惊，正待拔剑相迎，黑衣蒙面人却突然中途变招，长剑一晃，斜斜刺向距陆一飞不足一丈远的一株大树背后。

“啊！”的一声惨叫传出，紧接着从那大树后面跃出一条人影，捂着屁股上的剑伤，仓皇向树林纵深逃去。

陆一飞不由得倒吸一口凉气，他做梦也没有想到在这近在咫尺的地方，居然还隐藏着一个人。这树林子里，究竟还潜藏着多少他看不见的对手呢？刚才这个人，又是什么来头呢？

他来不及细想，便看见黑衣蒙面人已向着那人逃走的方向急急追去，兔起鹘落之间，便已隐入树后，不见踪影。

陆一飞急忙跳出来，抱起倒在血泊之中的徐梦痕一看，却是伤势严重，血流如注，眼见已性命难保，不由得心头一凛。

徐梦痕脸色苍白，奄奄一息，勉强睁开眼睛看他一眼，复又无力地合上双眼，吃力地道：“原来是陆兄弟。”

陆一飞道：“正是在下。徐兄你……”

徐梦痕微微咧开嘴，苦笑道：“这回真的被他刺穿了心脏，看来是劫数难逃了。”

陆一飞问：“他是不是第一次杀你的那个凶手？”

徐梦痕微微摇了一下头，道：“不是。”

陆一飞问：“这个神秘黑衣人究竟是谁？”

徐梦痕道：“我也不知道他是谁，但我知道他绝不是第一次杀我并且把我抛在定安桥下的那个人，因为那个人用的并不是软剑……”

陆一飞问：“那么，第一次杀你的那个人究竟是谁？”

徐梦痕道：“我不知道，我今天晚上出来就是为了找他，却不想……”

陆一飞问：“接二连三有人要杀你，是不是你曾经得罪过什么人？”

徐梦痕轻轻叹道："我也不知道……也许、也许……是我亵渎了仙女姐姐吧……"

陆一飞一怔，他已经是第二次听他说起"仙女姐姐"，忙问道："仙女姐姐是什么人？"

徐梦痕脸上露出了一丝奇异的微笑，神情似乎有些陶醉，似乎陷入了一生中最美好的回忆之中。良久，他的嘴唇动了动，刚想说些什么，却咳嗽一声，一口鲜血涌出，喷了陆一飞一身。

"把、把我……葬在玉儿身边……我、我对不起她……"

他用尽全身力气说完这句话，忽然头一歪，眼睛再也没有睁开。

陆一飞伤感地放下他渐渐变凉的身体。忽然想起红胭脂写的那张纸条，也许能从那上面找到什么线索，可是搜遍徐梦痕全身也找不到，显然是被那黑衣蒙面人顺手拿走了。

正在这时，忽然远远地随风传来一阵"丁丁当当"的打斗声，也许是黑衣蒙面人追上了刚才那个偷窥者，两人正在交手。

陆一飞忙抱起一些树枝，暂时掩盖好徐梦痕的尸体，然后提起长剑，循声追去。

打斗声越来越激烈，已似近在耳边。从声音上判断，黑衣蒙面人的对手似乎也不是弱手，两人斗了这么久，居然还未分出胜负。

陆一飞飞身掠上树梢，居高临下，向四下搜寻，终于在不远处的几棵大树中间的空地上，隐约看见了两条缠斗在一起的人影。

陆一飞刚隐约辨清身份，打斗之声突然停止。一条人影倒下去，黑衣蒙面人的软剑正插在对方胸口。

陆一飞定睛朝那人脸上瞧去，不由得大吃一惊，原来被黑衣蒙面人刺于剑下的大汉，竟然是辣手捕快杜五。

情势危急，他来不及细想，"呛啷"一声，如风剑破鞘而出，人从树梢飞扑而下，连人带剑，直刺黑衣蒙面人。

黑衣蒙面人一见他出现，大出意外，不由得呆了一呆。就在这一呆之间，如风剑已如风而至，直指他的咽喉。他悚然一惊，提剑封挡显然已经来不及，只好顺势侧身躲闪。如风剑刺中他的肩膀，深入两寸，鲜血溅出。

黑衣蒙面人大叫一声，无心应战，拖剑败走，掠上树梢，如飞而去。陆一飞跟着跃上树梢，却哪里还找得到对方的影子。

他只好跳下树来，回到杜五身边一看，杜五前胸被刺，一剑穿心，干净利落。他急忙抱起他，连唤“杜五叔！杜五叔”，却没有回音。伸手一探鼻息，早已断气。他抱紧杜五的尸体，想到平日二人亲如叔侄，今天却眼睁睁看着他死在别人剑下，忍不住心中悲愤，仰天长啸三声，低下头来，已是泪流满面。

正在他悲痛万分之时，忽然一阵杂沓的脚步声由远而近，一群人手持火把，抬着一具尸体，疾步走了过来。树林里刹时亮如白昼。

他凝神一看，来的竟然全是帝京府衙的捕快，他们抬着徐梦痕的尸体。人群中让出一条道路，一个人从人群后面走过来，正是帝京府衙的总捕头陆天沉。

陆一飞大感意外，道：“义父，你怎么来了？”

陆天沉看着他，脸上没有任何表情。

陆一飞哭道：“义父，杜五叔他……”

陆天沉走过来，看见杜五的尸体，脸色变了一变，虽然没有说话，但两行悲泪却潸然而下。良久，他强忍住心中悲痛，看看徐梦痕的尸体，又看看杜五的尸体，问：“凶手是谁？”

陆一飞道：“我不知道，对方是一个神秘黑衣人，我根本看不清他的脸。”

陆天沉道：“可是我刚才已派兄弟四下看过，这片树林里除了杜五和徐梦痕，就只有你一个人。”

陆一飞一怔，不明白他为什么会这么说。

陆天沉忽然道：“把你的剑给我。”

陆一飞不明所以，看看义父，疑惑地将手中长剑递过去。陆天沉拔出他的剑看了看，剑尖尚有些许血迹。

陆一飞忽然明白了义父的意思，心渐渐沉下去。但他一个字也没有说。他知道，即便说了也不会有人相信。现在所有人看到的事实是，树林里一共只有三个人，两个人死了，而他一个人还活着，并且他的剑尖血迹未干。

他隐约觉得自己似乎掉进了一个看不见的圈套。

陆天沉看了他一眼，目光复杂而严肃。他缓缓转过身去，向前踱了两步，忽然右手一挥，一条长约七尺的精钢飞链如猛龙出洞，在半空中挽了一个圈套，带着呼呼风声直直向陆一飞的脖子套去。

陆一飞脸色微变，知道这是义父最拿手的缉凶招式，叫作“星云锁链”。他并没有躲闪，因为他明白，义父飞链一出手就没有人能躲得开，而且他根本就不想躲开。

飞链迅疾如蛟龙，瞬间套住他的脖颈。陆天沉绝不手软，再一用力，链圈缩小，紧如铁锁，陆一飞顿时有种喘不过气来的感觉。

陆天沉对身旁的缉捕手道：“快将他绑了。”

缉捕手一听要绑小神捕，不由得面面相觑，不敢动手。

陆天沉脸色一沉，喝道：“他是杀人疑犯，还不动手？”

四名缉捕手应一声，对陆一飞抱拳道:“小神捕，冒犯了！”四人一拥而上，将他五花大绑捆了个严严实实。

11

天色微明，阴霾未散。

回到府衙，陆天沉吩咐将陆一飞松绑之后，关入大牢。

待众人散尽之后，陆天沉隔着牢门，用宽厚慈祥的目光看着呆在大牢之中的陆一飞。良久,他的眼睛湿润了。他的声音有些沙哑,轻轻唤了一声:“飞儿！”

陆一飞回过头来，双目含泪，跪在义父跟前。

陆天沉伸手进来扶起他，道：“飞儿，为父知道你没有杀人，你不是凶手。你受委屈了！”

陆一飞道：“飞儿虽然不知义父为什么要这么做，但飞儿知道义父这样做一定有您的原因。”

陆天沉含笑点头，欣慰地道："好孩子，你明白就好。"

他将两名看守支出去之后，说道："为父之所以这样做，其一，按当时现场的情况判断，你确是最有嫌疑之人。在场几十名弟兄，个个眼亮心明，为父若不捆你，何以服众？其二，若连环命案的真凶得知我们已抓到'凶手'，以后行动之时难免得意忘形，留下蛛丝马迹。这样将更有利于我们尽早破案。所以就只好暂时委屈你在大牢待几天，为父答应你一定全力追缉凶手，一旦将其抓获，立即还你自由和清白。"

陆一飞听罢此言，心里豁然开朗，郑重点头道："义父放心，您的良苦用心，孩儿明白了。只是杜五叔他……"

陆天沉长叹一声，沉声道："血债血偿，我不会放过凶手。至于他的后事，为父自会安排。"

陆一飞道："孩儿这就放心了。"

陆天沉含笑点头，满意而去。

走出大牢门口时，两名看守还在。陆天沉沉下脸来，吩咐道："严加看守，不得有误。若无我手令，谁也不许靠近，否则格杀勿论！"

12

月上中天。

陆一飞已是第三次从那扇小小的窗户中看见月出，也就是说他已在这狭窄阴暗潮湿的牢房里待了三天了。他不知道外面发生了什么事，但他知道义父一定很忙，否则绝不会不来看望他。他并不在意，他知道义父绝不会将他忘记；他也知道，那个牵挂着他的人绝不会将他忘记。所以，他过得很好。

他站在窗前，默默地看着窗外的月亮。月亮很圆，圆得就像恋人的脸。他想起了陆蒹葭的脸，那是一张永远阳光灿烂充满笑容的脸，那是一张令他魂牵梦绕的脸。此时此刻，她又在干什么呢？

陆一飞很快就知道了答案。因为这时他刚好看见陆蒹葭从外面闯了进来，陪她一起进来的还有两名看守。只不过两名看守是被她打昏了拖进来的。

陆一飞又惊又喜，道："葭妹，你怎么来了？"

陆蒹葭从看守身上搜出钥匙，打开牢门，道："一飞哥，此地不宜久留，有话出去再说吧！"

陆一飞依旧立在牢房大门之内，并不迈步。他看着她，正色道："葭妹，你的好意我明白。但我行得端走得正，原本是无罪之身，若今晚就此越狱而逃，就等于承认自己是杀人凶手，今后还有何面目立足于世？"

陆蒹葭道："你出去之后，可以自己追查凶手，若能将凶手绳之以法，将真相大白于天下，不也可以还自己一个清白吗？"

陆一飞摇头道："千万不可。义父让我屈身于大牢，自有他的深意。我若越狱而逃，单独行动，岂不是让他的计划前功尽弃功亏一篑？"

陆蒹葭用一种深邃而复杂的目光看着他，叹道："一飞哥，也许事情并不如你想像的那么简单。你最亲最近最信任的人，往往也是最容易欺骗你最容易伤害你的人。"

陆一飞一怔，盯着她道："葭妹，你这是何意？难道你发现了什么？你一定有事情瞒着我，对不对？"

陆蒹葭苦笑一声，不敢看他的眼睛，低下头来："世事多变，人心难测。一飞哥，你若想自己不受到伤害，就千万不要轻易相信别人。你最能相信的永远只有你自己，什么事情都要靠自己去努力。不错，我的确有事瞒着你，但我只能告诉你这么多，也只能帮你这么多。你要好自为之。"

陆一飞浓眉微皱，似乎从她的话中隐约悟出了一点什么。良久，他终于下定决心，点点头道："好吧，葭妹，我听你的。靠别人不如靠自己。出去之后，我一定把真正的凶手找出来。"他轻轻扶住她的双肩，深情地注视着她："相信我，葭妹，我不会让你失望，更加不会让义父失望！"

陆蒹葭这才轻轻地笑了，递给他一个包袱，道："这包袱里有我亲手给你缝的衣服，你换上。你的如风剑我也放在里面了。想我的时候，就摸摸这件衣服。"

陆一飞把包袱捂在胸口，问："葭妹，我们什么时候还能见面？"

陆蒹葭凄然一笑："有缘自会相见。若缘尽情绝，相见不如不见。"

陆一飞一怔，觉得她似乎话中有话，充满玄机，想要细问，又知她绝不会明言，不由得心下伤感，颇为惆怅。呆了半晌，他深深地看她一眼，握一握她冰凉的纤手，然后跃出大牢，纵上墙头。

"一飞哥！"陆蒹葭忽然叫住他，仰起头来，却已泪光闪闪，"一飞哥，你答应我，无论发生什么事，都不要伤害我爹，好吗？"

陆一飞一笑，道："傻瓜，我怎么会伤害义父呢？你放心，一旦我将真凶捉拿归案，一定回来见你。"言罢，轻轻一纵，跃出高墙，消失在了茫茫夜色中。

陆蒹葭望着他身影消失的方向，呆了片刻，泪如泉涌。远远地，她听见身后传来了嘈杂喧嚣的声音。

陆一飞在定安河中洗了个澡，换上陆蒹葭亲手为他缝制的新衣服，天色已经微明。

秋风乍起，落叶纷飞，秋天的气息已越来越浓。陆一飞伫立在秋风里，手抚长剑，心就如这飘飞的落叶一样，凌乱、悲凉、复杂。

来到街市，看见路边有家馒头店，又大又白的馒头在蒸笼上冒着香喷喷的热气。他不由自主地咽了一口口水，这才感觉到肚子里早就在唱空城计了。

他迈步走进小店，找了张桌子坐下来，叫了十个大馒头。吃完之后一摸口袋，愣在那里，原来袋中空空，身无分文。真是一文钱难倒英雄汉，他的脸一下子涨得通红，热汗从头上冒出，恨不得能从地上找条缝钻进去。

五大三粗的店老板一见他这模样，心里就明白了八九分，提起菜刀就想发火。倒是体态丰腴的老板娘为人大方，她把陆一飞送出店外说："小兄弟，俺瞧你也不像个骗吃骗喝的人，谁都有个为难的时候，这次的馒头就算大嫂请客。不过下次来照顾小店的生意，可千万别忘记了带钱。"

此时此刻，陆一飞真恨不得马上找到一堵墙，然后一头在墙上撞死。但陆一飞并没有撞墙，因为，大街上每一面临街的墙壁前都围满了人，人头涌动，人们纷纷踮脚翘首，不知墙壁上究竟有什么好看的东西。

陆一飞好奇心起，挤进去一看，原来墙壁上贴着一张通缉令，上书：数月以来，帝京各处血案频生，凶手罪行滔天。经查，系帝京小神捕陆一飞所为。此犯现已越狱在逃。有提供线索者，重赏；若能提其人头来见者，赏银万两。旁边还有他的画像，虽然画得不太像，但还是看得出那是画的他自己。

他吓了一大跳，赶紧低头挤出人群，落荒而逃。逃到一条偏僻无人的小巷，他才停住脚步，一屁股坐在地上。

如今帝京各处都贴满了通缉他的告示，言之凿凿，俨然他果真就是那连杀数十人的杀人狂魔。他静心细想，觉得这桩发生在帝京里的连环血案越来越复杂了。

一开始，他只是一个捕快，一个缉凶者，而到现在，他却莫名其妙地成了杀人元凶，成了天下之大却无处立足的通缉犯。这种令人意想不到而又捉摸不透的变化，在他看来，不但可悲，而且可笑，不但可笑，而且可怕。

他已经越来越明显地感觉到，有人在自己周围设置了一个看不见的圈套。而他自己，正被某种阴谋的力量推动着，身不由己地一步一步走进这个圈套，并且被阴谋的旋涡越卷越深，似乎会有灭顶的危险。而要解开这个圈套，唯一的方法就是找出真正的杀人凶手。而真正见过杀人凶手的人，只有挨了凶手穿心一剑却死里逃生的徐梦痕，但是现在，徐梦痕死在了神秘黑衣人手上。

徐梦痕在临死之前曾经告诉过他，他当晚是为了追踪那名将他刺杀之后把他抛到定安桥下的凶手，而在树林中被黑衣蒙面人跟踪、截杀的。

他的话至少说明了三点。

其一，徐梦痕那天三更出门，先是找笑婆婆化装易容，后是到胭脂楼找红胭脂，其实都是为了追查真凶；

其二，神秘黑衣人虽然杀过人，但并非唯一的真凶，这一点徐梦痕已亲口向陆一飞证实；

其三，神秘黑衣人两次跟踪追杀徐梦痕，显然是为了阻止其继续追查真凶，神秘黑衣人不是真凶，但他却一定与真凶有着密切的关系，换句话说，他也与这桩连环命案有关系。

而现在，摆在陆一飞面前的难题是，怎样才能找到徐梦痕所说的那个凶手呢？

他忽然想起一个人：红胭脂。徐梦痕去找她，显然就是因为他知道可以从她身上找到追寻凶手的线索。难道红胭脂也与连环命案有关联？不管怎么样，眼下红胭脂是他查找真凶的唯一线索，唯一希望。

该来的总会要来，黑暗也是一样。夜色渐浓，转眼就到了三更。这正是香花街一天中最热闹的时候。陆一飞就是这个时候出现在这条街上的。

此时已经没有人会注意到他，会注意到他是一个“通缉犯”。人们现在最关注的，是哪家门楼里的小姐最漂亮，哪家妓院里的姑娘最风骚。

陆一飞很快就找到了胭脂楼，他学着那天徐梦痕的模样，尽量把自己装成花丛老手的样子，气定神闲地走进去，大马金刀地坐下来。

打扮得花枝招展珠翠闪光满脸脂粉都快要一块一块掉下来的老鸨立即笑逐颜开地迎上来。一股刺鼻的浓香钻入陆一飞的鼻孔，呛得他直皱眉头，他想用手捂一捂鼻子，但是忍住了。

没待老鸨开口，他便熟门熟路地道：“在下今天专为捧胭脂姑娘的场而来。”

老鸨忙不迭地道：“好说好说，恰巧今晚我们胭脂有的是空闲，怕只怕公子带的银子不够花。”

陆一飞眯着眼问：“要多少银子？”

老鸨道：“喝酒二十两，谈心三十两，过夜五十两。如果公子想要多给，我也不会拒绝，因为在我们胭脂楼，谁的银子最多，谁就是最受欢迎的客人。”

陆一飞忍不住摸摸鼻子，笑了笑，道：“如果真是这样，那在下一定是胭脂楼里最不受欢迎的客人。因为在下不但穷，而且穷得离了谱，穷得连一分银子一个铜板也没有。”

老鸨一怔，重新打量他一眼，忽然笑道：“公子真会说笑，看公子的派头，就知道绝不是一个缺少银子的人。再说公子今天若没有带银子，拿黄金付账也一样受欢迎。”

陆一飞摇头道：“只可惜在下身上既没有银子，更没有黄金。”

老鸨已经笑不出来了，道：“一个身无分文的人，又怎么可能走得进胭脂楼的大门呢？”

陆一飞道：“可是不幸的是在下已经走进来了，既然已经走进来了，当然就不会轻易走出去。”

老鸨已经明白他不是在开玩笑了，她已经说不出话来。因为这个时候，不需要她说话，四个身材魁梧脸肉横生的大汉已经朝陆一飞围了过来。

一个大汉冷冷地对他道：“你当然不会走出去，因为你只能从这里爬出去。”话音未落，他便毫无顾忌地伸手来抓陆一飞的衣襟。但还未碰到陆一飞的衣服，他就忽然像被人踩中了尾巴的野狗一般惨叫起来，然后就真的趴在地上，连滚带爬地爬到了大门外。

所有的人都傻了眼，谁都没有看见陆一飞动一下，连抬一下手指的动作也没有。难道他会使魔法？

另一个大汉不信邪，冲上来一记猛拳击向陆一飞的鼻梁，但最后捂着脸蹲在地上的却是他的一个同伴。

最后一个大汉绕到陆一飞背后偷袭，飞起一脚，踢向他的腰肋。但踢完之后，发现倒在地上杀猪一样惨叫的人居然是老鸨。

陆一飞仍然若无其事地坐在那里，一边喝着杯子里的热茶，一边笑意盈盈地看着他们。他们却再也笑不出来，非但笑不出来，连动一动也不敢。

偏偏在这时候，有一个人动了，是红胭脂。她从楼梯上从容地走下来，走到楼梯的一半时，优雅地停住脚步，居高临下地看了楼下的人一眼，柳眉微皱，问：“楼下怎么这么吵呀？发生什么事了？”

陆一飞看着她微微一笑，慢条斯理地道：“在下慕名而来想要捧胭脂姑娘的场，但他们却似乎不太欢迎在下，所以就吵起来了。这位想必就是芳名远播的胭脂姑娘吧？惊扰了姑娘，真不好意思。”

红胭脂深邃的目光自他白皙英俊略带憔悴的脸上掠过，脸上的神色起了一丝微妙的变化，含笑点头，道：“有人捧胭脂的场，这是胭脂的荣幸，他们为何要阻拦公子呢？”

陆一飞道：“因为我没带银子。”

红胭脂见他如此坦率，不但不生气，反而朝他嫣然一笑。她一笑，楼下所有的人也不由自主地跟着微笑起来。

红胭脂转过身，轻盈地向楼上走去，走到最后一级楼梯时，她又嫣然回眸，惊鸿一瞥，含蓄的目光在陆一飞脸上停留片刻，抿嘴一笑，道："公子真是一个有趣的人，你上楼来罢！"

13

胭脂姑娘的房间不大，家具摆设也不多，但每样家具都摆在它应该摆的位置。每个人走进这间屋子，感觉到的并不是奢华，而是舒服。

陆一飞就是带着这种感觉走进来的。

房中有桌，桌上有酒。美人敬酒，三杯落肚，陆一飞似乎不胜酒力，微微有些醉了。他轻抚额头，醉眼蒙眬，迷离的目光自那张布置精致诱人遐思的粉红色的象牙床上掠过，讷讷地道："在下平时滴酒不沾，今日为胭脂姑娘破了戒，略感不适，似是醉了，能在姑娘床上歇息一晚吗？"

胭脂姑娘歉然一笑，道："胭脂虽为青楼之身，但做人行事也有自己的准则，那就是万般皆可，但绝不留客在此过夜。还望公子海涵。"

陆一飞一怔，道："莫非是因为在下身上没有带银子？"

胭脂姑娘摆手笑道："公子多心了。胭脂接客，不问富有不富有，只问开心不开心。嫌贫爱富的是楼下的妈妈，并非楼上的胭脂姑娘。"

陆一飞急忙起身，朝她拱了拱手，道："如此说来，是在下误会胭脂姑娘了。"他目光一暗，颇感失望地道："在下久慕姑娘芳名，远道前来，本想一亲姑娘芳泽，一品姑娘万般柔情，如此看来，是今生无缘了。"言罢，一声长叹，十分惆怅。

胭脂看他一眼，妩媚一笑，道："不过胭脂只说不可陪客人在此过夜，并未说不可以陪客人在胭脂楼以外的地方过夜。胭脂在香花街以外的地方尚有一处陋室，若公子有心，不妨前往，胭脂在此沐浴施芬之后，一定在彼处恭候大驾，共度良宵。"

陆一飞一怔，惊喜道："果真如此？在下愿意前往。"

胭脂姑娘送其出门，交给他一张纸条，莞尔一笑，道："纸上所写之处，会有马车专候。公子不用说话，自会有人将公子送至温柔之乡。"

一切果如陆一飞所料，他在胭脂楼的遭遇与徐梦痕完全相同。唯一令他感到意外的是，他走出胭脂楼之后，一看手中的纸条，却是写着"城北安定门外雷公庙"九个字，与徐梦痕拿到纸条后所去的城南大红门方向截然相反。也就是说，两人拿到的是两张截然不同的纸条。

去还是不去？陆一飞已没有犹豫的余地，更没有退缩的余地，趁着夜色，提剑向城北安定门方向疾掠而去。

出了街巷，经过宽阔的官道，出了安定门，穿过一片荒地，又走过一段崎岖不平的山路，大约半个时辰，便到了雷公山。雷公山前面山势平缓，林木丛生，住有十余户人家，但山背面却壁陡崖峭，奇峰突兀，人迹罕至。雷公庙便建在这山势陡峭的一面，背靠绝壁，面向荒野。庙宇已经多年失修，残败不堪，早已无人居住，成了山林野兽和孤魂野鬼的家园。

天上没有月亮，也没有星星，云暗天低，风雨欲来。四野无声，偶有狼嗥传来，令人毛骨悚然，不寒而栗。

陆一飞展开顶好轻功，一路狂奔，来到雷公庙前。黑暗中，果然有一辆马车停留在庙宇门口。他极力抑制住自己狂跳的心，举目四望，看不见一个人影，却看见两只饿狼躲在树后对他虎视眈眈。他心里一紧，也许看得见的豺狼好对付，看不见的豺狼才是最危险的。

他小心翼翼走近，仔细观察着这架来历不明的马车。前面是骏马，后面是木车，与一般马车相比，不同的是这辆马车从上至下，全用黑漆涂抹，并且两边无窗，只有正前方有一扇挂着布帘的车门可供上下马车，看上去十分诡秘。

这辆车是怎么来的？赶车人又去了哪里？这辆神秘的马车真的是送他去与红胭脂约会的吗？此时此刻，陆一飞已无暇考虑这些。既来之，则坐之，他没有犹豫，撩开车帘坐进去。

车内宽阔柔软，十分舒适，幽香缕缕，沁人肺腑，闻过之后，全身上下慵懒舒展，说不出的舒服。香气越来越浓，他不由自主地深深呼吸了两口。忽然间，他似乎意识到什么，脸色微微一变，想要起身掀起车帘驱散浓香，却忽然发现自己全身已被奇香熏得软绵绵的，不要说站起身动一下手脚，就连张口说话的力气也似乎没有了。

他大吃一惊，忙暗运内力与吸入体内的奇香抗衡，却发现自己体内空空荡荡，所有内力均消失殆尽，不见踪迹。真气尽失，骨软筋酥，他全身软得就像一堆棉花，使不出半分力气。

他暗叫不妙，心中一动，忽然在心底惊呼道：难道这就是传说中的西域奇花曼陀罗？

传说中，西域奇花曼陀罗是一种奇香奇毒之花，花愈香毒气愈重。无论多么厉害的武林高手，只要一闻此香，无不手软脚酥，真气散尽，任人宰割。正在他头冒冷汗，已觉出大事不妙之际，忽然发现坐下的马车竟然在向前移动，他的心一下又悬了起来。直到听见外面传来马鞭声，他才知道马车之上不知何时已多了一个人，一个赶车的车夫。

他暗自苦笑，想不到自己一路上小心翼翼，慎之又慎，最终却还是着了对方的道儿。

马车似乎是在山路上行走，显得异常颠簸，如果陆一飞有力气张开嘴巴，他一定早就呕吐起来了。但现在，他就算有再多苦水，也只能往肚子里咽了。

一阵沉闷的雷声自天边滚滚而来，由远而尽，由缓到急，最后终于在头顶炸响。雷声还未远去，暴雨便急不可耐地追赶上来，怒箭一般射向地面，射向车顶。车顶被暴雨击打得噼啪作响。车夫狠狠地甩着马鞭，那马挨了打，发足狂奔起来，马车也因此越行越快，似乎要飞起来一般。

陆一飞想看看外面，想看看马车驶往何处，但车门被布帘遮挡得严严实实，什么也看不到。他在心底叹口气，不知自己身在何处，欲往何方。难道那些被杀的裸体男子，就是在这种情况下遇害的吗？难道自己就是下一个遇害者吗？一种难以言说的恐惧紧紧地攫住他的心，但现在，他连颤抖的力气也没有。

突然，一阵狂风刮过，像是有一只无形的手，吝啬地掀起车帘的一角。天地间一道闪电划过。陆一飞终于从被风吹起的车帘缝隙中看见了车夫的身影。

黑衣黑裤黑色紧身服，还有一块黑巾紧紧蒙着脸。尽管看不清他的正面相貌，但陆一飞还是一眼就将他认了出来。他大吃一惊，在这荒郊暗夜，冒着风雨雷电为他赶车的人，竟然是那个在六合门误杀肖玉儿、在树林中剑杀徐梦痕和杜五的神秘黑衣人。

武功高强、身份神、杀人不眨眼的黑衣蒙面人，现在竟成了他的车夫！陆一飞惊呆了。

此时，天边再次亮起一道闪电，被风吹起的布帘尚未全部合上，他再次向外一望，心又一次被悬起来。马车疾驰如飞，但他看见前面不足一丈之远，便是一道突然出现的悬崖。崖下黑魆魆的，深不见底。若马车再前行几步，必将坠下悬崖，车毁人亡。他的心都快从嗓子眼里蹦出来了。

就在这千钧一发之际，黑衣蒙面车夫将手中马鞭向前一抖，马鞭便飞将出去，在半空中挽了一个圈，闪电般朝着马头套去，不偏不倚，正好套在马头上，紧紧锁住马脖子，再用力一拉，奔驰中的骏马便顿时前腿悬空，全身直立起来，一声长嘶，响彻山谷。

马车在距悬崖不足三步远的地方停住。车一停，前面的车帘一荡，又完全遮住了车门。陆一飞目睹这惊魂一幕，心口怦怦狂跳着，不得不佩服这位神秘车夫的本事。

马车并未停留多久，又开始行动起来。陆一飞虽坐在车里，却也能明显地感觉到马车已经转了个弯，道路稍微平坦了些。外面，雨声也停住了。

大约又行进了一炷香的工夫，车顶的雨点声又响起，但比刚才小多了，只有一些淅淅沥沥的声音。此时此刻，陆一飞已经感觉到，这辆马车绝不会是带他去红胭脂的“陋室”，更不是带他去见红胭脂。因为若是去一个普通的地方，见一个普通的青楼女子，根本用不着如此神神秘秘大费周章。而胭脂楼的红胭脂只是一个诱饵，在她身后定有一个看不见的陷阱，她不动声色地引导着她的猎物一步一步走进这个早就设计好了的陷阱。

但是，这到底是一个什么样的陷阱？这个陷阱与帝京连环命案有关联吗？

到目前为止，陆一飞一无所知。

马车终于减速，最后停下来。外面，远远传来一些声音，有说话声、笑声、歌声，还有琴声……估计可能是一个大院落。

黑衣蒙面车夫跳下马车，拍响了一扇大门，紧三下，慢三下，一共六下。然后，只听树梢传来一声轻响，便再无动静，陆一飞侧耳细听，原来是神秘黑衣人跃上树梢，展开轻功，悄然而去。

14

陆一飞一动不动地坐在马车里。少顷，传来“吱嘎”一声开门的声音。一个人向马车走来，脚步轻盈迅捷。车帘被人掀开，陆一飞还没反应过来，脸上便被蒙上了一块厚厚的软布，眼前一黑，什么都看不见了。那人这才踏上马车，托起他一条胳膊，将他半拖半拽地带下马车。

约摸走了八九步，便有一处高高的门槛。陆一飞双脚绊着了门槛，极力挣扎，却使不出半分力气，一个趔趄，头重重地撞在门边，隐隐生痛。幸亏旁边那人手长力大，将他轻轻向上一托，他便双脚悬空，免于摔倒。

那人带着他走进大门，走上了一条路面平滑但却弯弯曲曲的窄道，耳畔不时传来阵阵银铃般的笑声，像是到了传说中的女儿国中一般。他隐隐觉出脚下是一道九曲回廊。约行百余步，似乎上了一个台阶，再行十余步，便进了一处房间，房门被轻轻关上。

那人将他放在一张椅子上，然后揭去他脸上的黑布。他只觉眼前白光一闪，眼睛一阵刺痛，半晌才恢复视力。目光缓缓扫过，发现自己正置身于一间轩敞的房间，房间里布置典雅，古香古色，灯火通明，亮如白昼。带他进来的那人就站在他眼前，是一个四十余岁面色白净的中年男子，一身白袍，目露精光，两边太阳穴向外高高凸起，料想绝非一般人物。

此外，房间里还有两个娇小俊美的少女，身着蓝裙，头扎小辫，模样清纯，十分可爱。两人正睁大着水灵灵的眼睛，看着他嘻嘻笑着。

白袍男子对两个少女道：“你们先带他下去洗个澡，换好衣服，然后带去见你们主子。等你们主子办完事，再通知我来收拾。”

两个少女咯咯一笑，一齐向他道了个万福，道：“好的。小珍小珠在此代我们家主子先行谢过高先生。”说罢，两人便一左一右，搀扶起陆一飞，向里面的一间房子走去。

里间的房子要小些，房子中央放着一只浴盆，盆里已放满了温汤热水，水面撒着一些皂角和花瓣。屋子里热气缭绕，清香氤氲。

那个叫小珍的少女搀扶着陆一飞，叫小珠的少女却动手脱起他的衣服来。

陆一飞羞得满脸通红，但既无力说话，又无力挣扎，只好尴尬地闭上眼睛，任由她去。

小珍、小珠却脸色平静，大大方方，毫无羞赧之色，仿佛不是在替一位从未见过面的陌生异性宽衣解带，而是在为自己的情郎铺床叠被似的那么轻巧。

小珍还看着他光溜溜赤裸裸的身体，娇笑道：“面相英俊，身体也好，主子一定会喜欢。”

小珠笑道：“当然啦，换了是你，你也会喜欢嘛。”

小珍打了她一下，笑道：“我看你是在说你自己吧？你这个死妮子，动了春心了？小心被主子知道，打断你的双腿。”

衣服褪尽之后，两人将陆一飞扶入浴盆，一前一后帮他洗起澡来。

陆一飞除了陆蒹葭，少近女色，今晚被两个少女脱光衣服抬来弄去，又是搓背又是洗澡，真是又惊又怒又羞又急，又尴尬却又有几分新奇，一颗心怦怦乱跳着，怎么也平静不下来。

洗完澡，拭干身上的水珠，两个少女又将一套早已准备好的新衣服穿在他身上。

沐浴之后，陆一飞顿觉神清气爽，舒展一下手脚，全身有一种说不出的舒服。

他一怔之下，这才发现原来那洗澡水中放了曼陀罗花的解药，洗过之后，他全身轻松，手脚已能活动，全身也有力气了。他大喜过望，忙暗暗运气，但体内却仍然空空如也，真气没有半分恢复。他的心又开始往下沉。看来施放解药的人早就对他有了防范，故意没有放足分量。

他张了张嘴巴，试探性地咳嗽一声，发现自己已经能说话了，便问两名少女道："两位姑娘，请问这是什么地方？你家主子是谁？"

两个少女看他一眼，抿嘴一笑，并不答话。

陆一飞料想是她们主子有过交代，知道多问无益，只得长叹一声，打消了向她们打听情况的念头。

穿戴完毕，小珍小珠上下打量他一遍，甚觉满意，这才将他带出洗澡的房间，踏上了一条走廊。走廊里，不时有穿红戴绿、清秀美貌的少女匆匆从身旁经过，有的还与小珍小珠挤眉弄眼打招呼。

大家嘻嘻哈哈有说有笑，没有人多看陆一飞一眼，仿佛他根本不存在似的。

陆一飞大为惊奇，此处屋宇华丽，灯光明媚，丽影如织，难道自己正置身仙境？

走廊连着一片花园，绕过水池和假山，走过一条青石小路，来到了一排外观华丽、宏伟的房子前面。

小珍推开其中一间，带着他走进去。房间里宽敞明亮，地上铺着猩红的地毯，踩在上面柔软而舒服。墙壁上挂着几幅仕女画，勾画细腻，人物绮丽，定乃名家手笔，绝非凡品。房间里的摆设并不多，但是富丽堂皇，高雅脱俗。靠墙放着一张宽大华贵的象牙床。

小珍让他坐下，捧上一杯香茶，并不说话，仍旧看着他莞尔一笑，然后朝小珍使个眼色，两人轻轻退了出去。

陆一飞听见两人的脚步声渐渐远去，急忙来到门边动手开门，想趁无人之际溜之大吉。但手一拉房门，才知道已从外面锁上了。若是平时，十条大锁也锁不住他，但此时此地，他真气尽散，手无缚鸡之力，一道房门一把小锁，便成了他一道不可逾越的天堑。

他颓然坐下，举目四望，连一处可以让他爬出去的窗户也找不到，不禁黯然长叹，十分沮丧。就在这时，房门被人轻轻推开，走进来一位女子，面若桃花，红裙摇曳，肌肤似雪，貌若天仙。

红衣女郎进来之后，回身关紧房门，看着他含情一笑：“妾身来迟，让公子久等了。”

陆一飞料想此人便是小珍、小珠所说的“主子”了，便站起身问:“此乃何处？你是何人？”

红衣女郎又是嫣然一笑，在他身旁坐下，一缕兰香钻入鼻孔，不禁令陆一飞心旌一荡。她吹气如兰，在他耳畔娇声巧笑道：“公子，此非凡间，妾身也非凡人。人生难得一相逢，得欢乐时且欢乐。公子又何必执着呢！”

陆一飞一怔，若有所思，若有所悟，问:“此非凡间？你非凡人？难道……难道……这是仙境，你是仙女……”

红衣女郎纵情一笑，将头轻轻倚在他肩上，明眸半闭，喃喃而语，道:“不是仙境胜似仙境，不是仙女更胜仙女。公子说是仙境就是仙境，说是仙女就是仙女。”

她轻轻牵着他的手，缓缓站起身，慢慢地向床边走去，双眸脉脉地痴痴地盯着他，梦呓般地说道：“现在就让妾身带引公子共赴仙境如何？”

陆一飞目光迷离，如同身处梦境，一边任由她牵手拥抱，一边喃喃地道:“仙境？仙女……仙境！仙女……”

突然，一个念头从他脑海中闪烁而过。仙女？仙女？徐梦痕临死之前，不是也说过“仙女姐姐”吗？难道他也经历过今晚所经历的一切？难道他就是在这里被人一剑穿心？他猛觉全身一震，头脑顿时清醒过来，猛然甩开红衣女郎的手，瞪着她大声道:“我明白了，帝京血案频发，死者均系如我一般的青壮男子，原来这一切与你有关！”

红衣女郎并不为忤，仍旧拉着他在床沿坐下，笑道：“的确与妾身有关，但又不全与妾身有关。仙境虽然高高在上，人人羡慕，但仙境里只有欲望，只有贪婪，只有争权夺宠，只有尔虞我诈；仙境虽然美妙无比，应有尽有，但却没有真情，没有温暖，更没有真正的欢乐……仙境虽然很美妙，但生活在仙境里的人却很可怜。仙境里像妾身这样寂寞难熬的人还有很多，像妾身与公子这样的故事时时都有发生……”

陆一飞似懂非懂，盯着她厉声道："你到底是什么人？这到底是什么地……"话未说完，一缕兰香飘然入鼻，他心神一荡，竟然说不出话来。再低头看红衣女郎时，不知何时，红衣女郎的长裙已悄然落地，一具雪白耀眼、曼妙无比的胴体赫然出现在他眼前。

他只觉眼前白光一闪，脑海中一片空白。

红衣女郎妩媚一笑，柔若无骨的身子轻靠在他身上，在他耳边轻轻地柔柔地道："如此良辰美景，春宵一刻值千金。公子还不抱住妾身更待何时？"

陆一飞便不由自主地伸出双手，将这只有天上才有的尤物轻轻地，轻轻地拥在怀中。就在这时，他脑海中再次闪过一道电光，那电光是一个身影，是一句话语，是一个眼神，是一滴泪水。那道电光就是陆蒹葭。他似乎又清醒了一点，想放开怀中这具美丽诱人炽热无比的胴体，但是，一切已经来不及了。他的衣服已被那双在他身上上下游动的纤手轻轻剥去，红衣女郎那火一样的身体，火一样的唇，火一样的欲望，火一样的心，已向他排山倒海般压过来，压过来……

床上的鹅毛被软得像云堆，陷进去的人不是爬不起来，而是根本就不想爬起来。红衣女郎也由仙女变成荡妇。她宛如斗志昂扬的骑士，一声长啸，翻身上马，跨上陆一飞的身体，激情高涨，嘴里喝喝有声，正欲打马高歌，纵情驰骋，突然，门外传来一阵敲门声。

她如痴如醉，呻吟放纵之声盖过了任何声音。敲门声越来越大，也越来越急，最后终于像一支利箭射入她的心脏。她长吟一声，翻身落马，气未平，心未静，不满地喝问道："什么事？"

门外有个女孩的声音回道："禀主子，主上来了。"

红衣女郎大吃一惊，眼中闪过一丝短暂的慌乱，急忙翻身下床，披上衣裙，打开房门，问："他在哪里？"

陆一飞抬眼一望，看见门外站着一位蓝裙少女，丫鬟打扮，长相清秀，细看之下，又觉得十分面熟，似乎在哪里见过。

"主上已到大门外。"蓝裙少女一边回着主子的话，一边将目光悄悄地从房间里扫过，看见正光着身子躺在床上的陆一飞，怔了一下。

红衣女郎一边整理衣裙抚拢乱发，一边满脸不快喋喋抱怨道："这个没用的男人，身体瘦得像一根甘蔗，就是跟他睡上一百夜，也休想从他那里榨出半点水分来。"

蓝裙丫鬟似乎有些担心地道："主上平日要召幸主子，只需派人来通传一声即可，这日为何屈尊亲身前来，是不是他已对主子有所怀疑？"

红裙女郎得意一笑，道："这个你不必担心。主上对我宠爱有加，这晚亲身前来，便是很好的证明。"

蓝裙丫鬟忙笑道："如此说来，奴婢得恭喜主子了。"

红裙女郎十分得意，低头看看自己的肚子，狡黠一笑，道："现在说恭喜还为时尚早。"她看看陆一飞，忽然扭头叫道："小珍！小珠！"

小珍、小珠两个小姑娘闻声，慌忙跑出来。

红裙女郎指指床上的陆一飞，道："暂且多留他一晚，你俩先把他带下去好好看管着，待明天晚上我再来好好享用。"又对那蓝裙丫鬟道："你随我去见主上。"

红裙女郎领着蓝裙丫鬟匆匆而去。

小珍、小珠走进房来，向陆一飞道了一个万福："公子，请随奴婢到厢房休息去吧。"

此时陆一飞已彻底清醒过来，穿好了衣服，点点头，随两个少女走到门口。忽然，他看准时机，趁其不备，用力推开两人，冲出房门，夺路而逃。

刚跑两步，脚下忽然绊着一件东西，踉跄一下，"扑通"一声扑倒在地上，膝盖被摔得隐约作痛，眼前金星乱冒。

他回头一看，绊倒自己的居然是小珍的一只脚。

他这才明白过来，原来小珍、小珠看起来虽然娇小玲珑、弱不禁风，其实却身手敏捷、身怀武功。

若在平时，这两个小丫头武功再了不起，也绝非他帝京小神捕陆一飞的对手，可眼下自己功力尽失，形同废人，居然连两个弱质少女也可以欺侮他，不禁悲从中来。

小珍、小珠仍旧看着他嘻嘻一笑，似乎什么事也不曾发生，扶起他继续向前走去。走过一条走廊，经过一处庭院，两个少女把他带到一间没有灯光的小房子里，房中空荡荡冷清清的，除了一把椅子和一张小桌，别无他物，与其他房间的奢华形成鲜明对比。

小珠把他推进屋，道："公子，请你暂且在此委屈一宿。我俩就在门外侍候着，若有什么需要，请尽管吩咐。"两人转身出门，锁上了房门。

陆一飞举目四望，只见这间房子比其他房子结实多了，门厚窗牢，不要说他现已失去内力，就是平时，也不一定能从这里轻易逃出去。看来，自己已注定命丧于此了！

此念一闪，不觉悲由心生，十分沮丧。他颓然坐下，心中忽然想道：葭妹此时在干什么呢？她会想我吗？她又怎会想到，她的一飞哥现已形同废人身陷龙潭生死难料呢？

他坐着，想着，由于连夜奔波，频频遇险，一路担惊受怕，现在已觉疲惫不堪，头脑中晕乎乎的。一阵睡意涌上来，他接连打了几个呵欠，竟在不知不觉中靠着椅背，进入了梦乡。

梦中，什么也没有，只有陆蒹葭，只有她那晶莹的泪珠。她的眼泪不停地流着，把他的心也流碎了。

不知睡了多久，肩膀忽然被人轻轻拍了一下。他猛地惊醒，睁眼一看，只见眼前站着一个少女，正是先前那个蓝裙少女。

他微微一惊，刚要开口，蓝裙少女忙将一根手指竖在唇边，朝他轻轻"嘘"了一声，然后从身上掏出一只粉红色的小药瓶，递到他手中道："公子，这里面是曼陀罗花毒的解药，你中毒太深，多闻几下，便可化解体内所有花毒，恢复如初。"

陆一飞大觉惊奇，半信半疑地接过药瓶，看着她问："姑娘，你是——"

蓝裙少女朝他莞尔一笑，道："公子，你不记得我了？在胭脂楼里，有个胖男人欺侮我，你还救过我呢！"

陆一飞一怔，想了想，忽然明白过来，原来这少女竟是他追踪徐梦痕到胭脂楼里遇见的那个玲珑姑娘。

他惊讶地问道："玲珑姑娘，你、你怎么会在这里？"

玲珑道："我本身就是这儿的丫鬟，只因前段时间胭脂姑娘身边缺人，所以主子就叫我过去胭脂楼帮忙。"

陆一飞恍然大悟，道："原来你们主子跟红胭脂是一伙的？"

玲珑道："不能这么说。胭脂姑娘将自己在胭脂楼物色到的英俊青壮年男子送给主子们，并以此赚了大钱；而主子则利用她为自己挑选中意的男子来满足自己。她们是相互利用，各取所需。而且与胭脂姑娘合作的主子很多，远不止我们家主子一个人。"

陆一飞盯着她问："那你告诉我，这里究竟是什么地方？你家主子到底是什么人？这里不会是真正的仙境，你家主子也不会是真正的仙女吧？"

玲珑笑道："什么仙境、仙女，那是骗你这种人的。"但是，话至此处，她忽然停住，看着他换了另一种语气正色道："好了，公子，我只能向你说这么多了，要是再多说半句，我和我家里所有的人都会没命的。你快走吧！按照惯例，主子利用完你之后，不会留下活口。我来救你，已是冒着杀头的危险了。"她拿出一把三尺七寸长的剑交给他："这是你的剑，我顺便给你带来了。门外的小珍、小珠两个丫头已被我暗中引开了，但很快就会回来。你恢复体力之后，赶快走吧！"

陆一飞还想问她点什么，门外远远地已传来了脚步声。玲珑脸色一变，急道："公子，多谢你那晚的相救之恩，我能力有限，其他的就要靠你自己了。我先走了。"说罢，急忙退出房门，从门前花圃中的小路上快步离去。

陆一飞不敢多考虑，急忙拿起解药，揭开瓶盖，一缕清香飘然而出，他急忙用力吸了一口，顿觉全身一振，十分清爽。再闻几下，顿感心明眼亮，脑海中一片澄明，腹部发热，体内真气涌动，内力充盈，犹胜从前。

他大喜过望，忙将剩下的解药藏好在身上，提剑跃出门去，却正与去而复回的小珍、小珠撞个满怀。

两个少女还未明白发生了什么事，便被陆一飞快如闪电点中哑穴，呆在那里。

陆一飞念她俩只是奉命行事，并无大奸大恶之举，并且对自己也还算“客气”，便也不为难她们，将她俩僵直的身子移到门边，关好房门，乍一看去，似乎她俩仍在守门，什么也不曾发生过。

此时此刻，他当然不想就此离开。内功一恢复，他顿时胆气倍增，决定再闯龙潭虎穴，把这件事弄个水落石出。

他回忆着先前小珍和小珠带他走过的路线，似乎是先经过一条走廊，然后再穿过一处院落。他一边用心回忆，一边循着原路走回去。

果然不出所料，走廊的尽头就是他先前所见到的那排装饰华丽外表气派的房子。但他记不得他与红裙女郎待过的是哪间房子，正想从头开始，一间一间找过去，忽听身侧不远处有人朝他大喝道：“什么人？干什么？”

他一惊，举目细看，这才发现在这排房子的四周黑暗处竟隐藏着许多手持利刃、锦衣华服官差模样打扮的人。就在这一愣神的工夫，离他最近的一名官差已举刀向他劈过来，同时嘴里大喊道：“有刺客！”

陆一飞仓促之中，拔剑接了他一招，不由得暗自称奇，对方刀猛力沉，招式精妙，绝非一般的官府差役，只怕大有来头。斜目一看，对方又有七八名帮手涌来，均是身手敏捷、气势不凡之辈。

陆一飞权衡一下，觉得久战下去于己不利，再说此地情形他心中已有底，不如及早脱身为妙。去意已决，如风剑剑出如风，唰唰唰，一连三剑，快如闪电，狠似毒蛇，分刺对方全身三处大穴，迫得对方不得不连退三步，待要反击之时，陆一飞已双脚住台阶边的石柱上轻轻一蹬，手搭房檐，身轻如燕，人已跃上屋顶，踏着琉璃瓦片如飞而去。

跃过几排房屋，回头见身后无人追来，这才略微松口气，站在最高的一处房顶举目四望，四面房连房屋连屋，屋宇连绵不绝，光线明明暗暗，一时之间竟辨不出身在何处，更不知出路在何方。

陆一飞正自犹疑不决，忽然发现脚下是一道幽长的九曲回廊，似乎正是他刚下马车时那白袍男子用黑布蒙住他的眼睛后带他走过的一段路。他心里一动，翻身跃下欲探究竟，但人在半空，一股杀气倏然袭来，一支长剑已从一个他绝对没有想到的方向悄然刺来，直指他前胸。

陆一飞虽惊不乱，身子悬空，双脚“抱”住廊檐下的一根石柱，身子一旋，已转到石柱后面，躲过了这致命一击。对方长剑刺空，他人已凌空翻身，跃上走廊。

走廊里灯火通明，但却空无一人。芒刺在背，杀气已从背后袭来。陆一飞忙暗运真气护住全身，同时转身。一个人不知何时已站在他背后。

来者四十余岁，白衣长衫，手提一柄三尺长剑，剑未出鞘，杀气已出鞘。此人仿佛是一具从棺材中走出来的尸体，全身上下透着彻骨的寒气，冷冷地注视着他。脸色苍白，没有任何表情。

没有表情，便是一种最可怕最危险的表情。陆一飞怔住了，来者就是那个带他进入此间，被小珍、小珠称为高先生的白袍男子。

陆一飞下意识地握紧了手中的如风剑，盯着对方道：“阁下是什么人？”

白袍男子道：“要你命的人。”

陆一飞冷冷地问道：“你一定能要我的命？”

白袍男子看着他道：“年轻人，你有这种想法，不但危险而且愚蠢。因为本人出道武林三十余年，还从来没有遇上一个我杀不死的人。”

陆一飞笑了。陆一飞没有动。他在看对方的剑，剑长三尺，剑脊微凸，锋芒毕现。剑身镌刻“无情”二字，细如发丝，极难入目。此剑一出，天地间寒气陡增，杀气更浓。

陆一飞盯着这柄剑，盯着剑身上的两个字，忽然全身一震，脸色一变，眼中闪过一丝恐惧之色。他退了一步，吃惊地问：“难道、难道阁下就是帝京两大高手之一、号称剑出无情的无情剑客高杰？”

对方双目如电，盯着他一字一句冷冷地道：“有些见识。”

陆一飞忽然眼睛一亮，如一道金光闪过天边，瞬间扫尽天地间无边的黑暗，所有围绕在他脑海中悬而未决的疑问在这一刻豁然贯通，所有真相都在他脑海中变得清晰明了。

他脱口说道:“连徐梦痕这样的成名高手都被人一剑穿心,我早就应该想到,放眼帝京，除了像你剑出无情无情剑客这样的绝顶高手，又有谁能办得到？”

高杰道：“你的确早就应该想到，一剑穿心过，连毙十九命而未留下丝毫痕迹，这样干净漂亮的案子，除了我高某，谁又能做？”

陆一飞盯着他道：“你说你只杀了十九个人，难道快嘴书生梅瘦竹不是你杀的？”

高杰道：“高某杀人，杀了便是杀了，绝不会不承认，但阁下若将别人杀的人也算在高某名下，那高某可不大乐意。”

陆一飞一怔。“是他？梅瘦竹是他杀的！”他忽然跳起来，兴奋地道：“我明白了，我全都明白了！”

高杰问：“你明白了什么？”

陆一飞道：“我明白了你就是帝京连环血案的直接凶手，同时也明白了谁是这起系列杀人案的帮凶，哪些人是躲藏在幕后的真凶。总之，该明白的我全都明白了，想明白的我全都明白了。”

高杰的眉头渐渐缩拢，盯着他一字一顿地道：“这下，你就更加没有可能从这里活着走出去了。”

不待对方拔剑，他已身形一转，带起一阵龙卷风，身体陡然拔高五尺，三尺无情剑如毒蛇吐芯，在半空之中连挽三朵剑花，分刺陆一飞前胸三处大穴。

陆一飞一怔，那神秘黑衣人在树林里暗袭徐梦痕时，不也正是用的这一招吗？

高杰与神秘黑衣人，一白一黑，剑法竟又如此相似，都是一剑穿心，致对方于死地。这难道仅仅是巧合吗？

此时此际，杀气已侵入肌肤，他无暇多虑，忙“呛啷”一声，拔出如风剑，三尺七寸长的剑身，在灯光下耀眼夺目。

如风剑出，剑出如风。一道闪电般的剑光，迎面斩断对方杀气。无情剑剑势受阻，威力顿减，三剑皆刺空，从对方身侧而过。

高杰不由得对他多看了一眼，道：“武林青年一辈中，像你这样的高手并不多见。”

陆一飞持剑而立，抚剑一笑，道:“江湖年长一辈中，像阁下这样恃强凌弱、嗜杀成性的人物也并不多见。”

高杰看着他，脸上仍然没有表情。剑出无情的三尺无情剑悄然出手，没有声音，没有变化，没有剑花，没有任何预兆，有的只是速度和杀气。仍然还是那一招“一剑穿心”，长剑去如闪电，以最直接最简单的方法，直刺对方胸口。

最直接最简单的招式，往往也最有效。

陆一飞对他这招“一剑穿心”早已心中有数，而且早已想好了破解的办法。

他想好的破解之法就是，根本不去破解它，而是在对方出剑之时，自己也出剑，在对方长剑直刺自己胸口之时，自己的长剑也刺向对方胸口。

——要对付那些简单直接快捷的招式，你唯一的办法就是比对方更简单、更直接、更快捷。

陆一飞是这么想的，也是这么做的。高杰的无情剑刺过来，他的如风剑也同时刺了过去。招式相同，出剑的时间相同，攻击目标的部位也完全一致。唯一不同的是，他的剑比对方更快，更准，更狠。

“扑哧”一声，这是剑尖刺入身体的声音。鲜血飞溅。高杰呆在那里，脸上的表情恐怖而滑稽。他的剑，在距陆一飞一寸远的地方停住。他心中一痛，终于尝到了被人一剑穿心的滋味。这滋味并不好受，但他必须承受，这就是嗜杀者的下场，这就是失败的代价。

玩火者必自焚，杀人者必被杀。

他表情痛苦，双目暴瞪，看着陆一飞，吃力地问道："能不能告诉我，你到底是谁？"

陆一飞道："在下陆一飞。"

高杰踉跄一步，差点倒下，道："原来是帝京小神捕陆一飞，怪不得有这么好的身手。"他喘了口气，又颤动着嘴唇，问道："陆、陆天沉是你义父，是不是？"

陆一飞道："正是。"

高杰再也支撑不住，脚步凌乱，如醉汉一般向后退去，嘴里喃喃说道："很好！很好！很好！"连说三声，脸上忽然露出一丝古怪的笑意，喉结一抖，一口鲜血喷出，倒地身亡。

陆一飞看着他的尸体，轻叹一声，从他身上拔出长剑，还未来得及拭尽剑尖血迹，便听脑后倏然响起一阵尖锐的破空之声。又有利器袭到，他转身已经来不及，忙将头一低，一支利箭带着一阵劲风，贴着他的头皮飞过，"叭"的一声，射在前面的一根石柱上，箭尖竟没入数寸。这是何等可怕的硬弓强弩，这是何等厉害的弓箭手！

他回头看时，身后已有一排手持强弓，背负利箭的弓箭手朝他涌来，一边向他搭箭狂射，一边齐声大叫道："刺客在这儿杀人啦！大伙快过来！快过来！"

四下里呼应之声顿起，看来对方还有不少人手正朝这边涌来。乱箭如雨，已近在面前。陆一飞急忙抓起高杰的尸体挡在跟前，只听"噗噗"之声不绝于耳。他身形一掠，如飞鸟一般，向着走廊另一头奔去。走廊的尽头是一处围墙两扇大门，大门紧闭，门下站着两排手持长枪的护卫，正对着陆一飞虎视眈眈。

陆一飞脚步缓了一缓，身边便有几十支利箭呼呼射过。他轻轻一跃，纵上墙头，身后的利箭便也紧跟着射到了墙头。他不敢停留，急忙翻身跃到墙外。

墙外有一条小路，路边有一座假山，山前有一处葡萄架。小路两头，脚步杂沓，杀声阵阵，均有弓箭手向他冲来。而身后的喊杀之声也越来越近。四面受敌，只要他稍不留神，就会变成一只刺猬。

他辨别了一下方向，正欲冒着箭雨冲杀出一条血路，忽然一个脑袋从假山后面悄悄探出来，朝他轻声喊道："公子，这里四面已被团团围住，紧似铁桶，你冲不出去的。"

陆一飞一怔，定睛一看，原来是玲珑姑娘。

玲珑用手一指，道："那边葡萄架下有个山洞，是一条秘密通道，可以通向外面。你……"

话未说完，便听她"哎哟"一声叫，一支乱箭贴着她的肩膀飞过，吓得她掉头就跑。

陆一飞用剑挡开几支射到面前的利箭，急忙跑到葡萄架下，撩开藤叶，果然露出一个山洞。山洞内里宽阔，洞口有若隐若现的车辙，想必那辆神秘马车送他进来时经过的秘密通道就是这儿了。身后追兵已越来越多，越来越近，他不及细想，急忙钻进山洞。

山洞里阴风阵阵，漆黑一团，他摸索着疾步前行。半个时辰之后，他终于走出山洞，看到了外面的天空。天上没有星月，也看不见云朵，先前的狂风暴雨也早已过去。只是令陆一飞没有想到的是，秘密通道的出口居然就在雷公山雷公庙背后。也就是说，那神秘的黑衣人用那辆黑色的马车载着他走了那么远的山路，只不过是为了迷惑他而故布迷阵，围绕着雷公山转了一圈，最终又回到了起点而已。

他正想着，忽然听见山洞深处传来一阵轰隆隆的声音，就像一阵沉闷的雷声，自天边滚滚而来，越来越近，越来越响。最后，就连脚下的山石也似乎跟着颤抖起来。他浓眉一皱，似乎明白了什么，急忙向后大步退去。刚退出十余丈远，便听见“轰”的一声巨响，似乎山崩地裂一般，巨响过后，再看那山洞，早已塌陷下来，被岩石彻底堵住了。

他一面暗骂对方用心险恶，一面迈开大步朝山下走去。山风吹来阵阵秋天的凉意，却让他的头脑更加清醒，精神更加抖擞。

天边，阴霾消散，曙光微明。

15

天高云淡，秋高气爽。

三天之后，帝京府衙。总捕头陆天沉正一边坐着喝茶，一边听着几个属下汇报近日侦查帝京连环命案及缉捕凶手的进展情况。

忽然，一名差役前来禀报：“大门外有一位白眉道长求见总捕头。”

陆天沉一怔，道：“什么白眉道长？请他进来。”

少顷，差役领着一个人走进来，果然是一个鹤发童颜发髻高挽的老道人。

陆天沉并不认识此人，不由得暗皱眉头。

白眉道长向他施了一礼，道："陆捕头，贫道有要事相告，请屏退左右。"

陆天沉看了他一眼，见他故弄玄虚，不由得面露愠色，但几个属下还是知趣地退了出去。

白眉道长忙回身关紧房门，忽然叫道："义父，你不认得孩儿了？孩儿是一飞呀。"说罢，他揭下人皮面具，拔下假眉假须假发，露出一张年轻英俊的脸，果然正是帝京小神捕陆一飞。

陆天沉上前抓住他的手臂，惊喜地道："飞儿？果然是你！你怎么这身打扮？连为父也给你瞒住了。"

陆一飞道："如今印着孩儿画像的通缉令已贴得满天都是，孩儿若不这般乔装打扮掩人耳目，只怕早已成了人家的剑下亡魂，哪里还能见到义父。"

陆天沉尴尬一笑，道："为父也是迫不得已。事情还未水落石出，你尚是戴罪之身便越狱而逃，为父不得不下令通缉。不过为父早有交代，任何人不得伤你性命。你这孩子，这几天跑到哪里去了，叫为父和蒹葭好生为你担心。"

陆一飞一听他提及"蒹葭"二字，心中一痛，问道："葭妹她……还好吧？"

陆天沉道："好倒是好，只是为你担心得哭了好几个晚上呢。"

陆一飞心中不觉有些甜蜜，却又有些苦涩，道："让义父和葭妹为我担心了，全是孩儿不对。孩儿越狱而逃，并非贪生怕死逃脱罪责，而是独自一人查案去了。"

陆天沉看着他眉头一扬，道："哦？那你查到了一些什么呢？"

陆一飞道："孩儿已查清此案全部真相，只是还有一些细节尚待证实，但相信彻底破获此案，缉拿凶手，只是朝夕之间的事。"

陆天沉略感意外，目光一闪，盯着他半信半疑地道："哦？是吗？你且说来听听。"

陆一飞看着他道："自今年四月至今，帝京各处连续发生血案二十余起，被害者包括兵部尚书原大人的公子原无忌、六合门徐大少爷徐梦痕以及他的未婚妻肖玉儿、快嘴书生梅瘦竹等二十一人。据我所查，这是一桩有组织有计划有预谋的连环系列杀人案。凶手杀人，并非为杀人而杀人这么简单，其幕后还有极其复杂的隐情。”

陆天沉的眉头渐渐皱起来，问道：“有什么隐情？”

陆一飞起身踱步，低头沉思片刻，似乎是在考虑怎样才能把真相更简洁更明了更清楚地说出来。

他抬起头来，缓缓地道：“这桩连环血案与帝京一户豪门人家密切相关。此户豪门，家大业大，富可敌国，美女如云，妻妾成群。但其主人却有一块心病，那就是自己已届不惑之年，家中妻妾虽不计其数，但却并未为他产下一男半子继承香火。偌大的家业，自己百年之后却无人继承，实在令他大伤心神。所以，他休掉了原来的正室夫人，发下话来，众多妻妾之中，若有谁能为他产下子嗣，继承衣钵，便立即扶她为正室夫人，荣华富贵，享之不尽。妻妾们闻听此言，立即相互争宠，在主人面前各施手段，欲让他在自己肚子里种下子嗣，好母凭子贵，青云直上。但是这些别有用心的女人们很快就失望了，因为她们发现主人患有肾病，早已丧失生育能力，要想跟他睡觉后生出一个儿子来，那比登天还难。最后她们决定自己想办法让自己的肚子大起来。就在这个时候，有三个人出现了，这三个人就是胭脂楼的红胭脂、无情剑客高杰和那个身份神秘的黑衣蒙面人。”

陆天沉忍不住问：“这三个人在这桩奇案中，起着什么样的作用呢？”

陆一飞道：“这三个人在这桩连环血案中，起着最主要最关键的作用。他们三人与那些想生孩子但却又没有办法怀上孩子的女人们一拍即合，达成了一个相互利用各取所需的罪恶协定。”

陆天沉道：“什么罪恶协定？”

陆一飞道：“首先，由红胭脂在胭脂楼专门负责物色合适的男子，这样的男子最起码要达到三个要求：年轻力壮、相貌英俊、身体健康。他们事先会准备好一辆黑色的马车停在荒野无人的地方，当然，为了安全起见，这辆马车每晚所停的位置都不会相同，有时在京西，有时在城南，有时在山下，有时在河边。当红胭脂物色到合适的人选并用计骗其上了这辆黑车之后，便飞鸽传书通知神秘黑衣人前去赶车。为了以防万一，神秘黑衣人绝不会揭开车帘去探视坐在车子里的人，更不会跟他讲话，所以大多数时候，神秘黑衣人也不知道车上坐的是什么人，坐车的人也不会知道赶车人的身份。神秘黑衣人的任务就是将马车经由秘密通道赶往这户豪门宅院的后门口，然后以拍门为号，通知早已在豪宅中等候的高杰出来接人。然后由高杰负责将'猎物'带给有需要的豪门怨妇们'享用'，一来可以用这英俊男子来慰藉她们寂寞的心灵，二来正好可以借此机会怀上身孕，好让自己在主子面前更加得宠。享用完毕之后，为了不泄露个中秘密，当然不能让'猎物'留下活口。于是，这些'猎物'还在温柔乡中迷醉便被高杰一剑穿心，刺于剑下。然后又连夜将其尸体运出，弃于荒野，可谓神不知鬼不觉，毫无痕迹……当然，每完成一次这样的交易，那些受益的女人们都会付给他们三人一笔相当不菲的报酬。"

陆天沉边听边想边点头，道："你的推理有道理。"

陆一飞接着道："这样的交易他们一共做了十八次，都是天衣无缝，滴水不漏，让人抓不到半点把柄。但就在他们做第十九次交易时，却出现了一件令人意想不到的事，那就是第十九只'猎物'徐梦痕因为心脏位置与常人不同，所以逃过一劫，侥幸活了下来。"

陆天沉接口道："这无疑是对红胭脂、高杰和那神秘黑衣人的最大威胁。"

陆一飞点头道："不错，只要徐梦痕还活着，他们三人所干下的罪恶勾当就随时有可能暴露出来。所以，如果他们三个想要活下去，就必须置他于死地，以绝后患。这次动手杀他的并非高杰，而是那个神秘黑衣蒙面人。第一次夜袭六合门，由于徐梦痕的未婚妻肖玉儿拼死相救，所以以误杀肖玉儿而告终。"

陆天沉道："但是显然神秘黑衣人不会就此罢手。"

陆一飞道："是的。徐梦痕清醒之后，决意自己动手调查此事，亲手报仇。为了不让红胭脂认出他，他先化了装易了容，然后再次来到胭脂楼，为的就是让红胭脂再次引导他坐上神秘黑马，找到杀他的人。但是不幸的是，笑婆婆的易容术虽然骗过了红胭脂的眼睛，却瞒不过神秘黑衣人。他一路跟踪，终于在城南大红门外的那片树林里找到了杀他的机会，一剑穿心，从背后杀死了他。

但令他感觉到不妙的是，他的杀人行径被辣手捕快杜五跟踪发现了，于是他一不做二不休，又杀了杜五叔。他杀了杜五叔之后，体力已消耗过半，这时却忽然发现树林里还有一个人，那就是我。与我交手一个回合之后，他已试出我的武功高低，觉得要杀我远不如杀徐梦痕和杜五叔那么容易，所以并不与我久战，而是设下阴谋，嫁祸于我，使我成了杀死徐梦痕和杜五叔的凶手。而神秘黑衣人杀人之时，为了迷惑别人，用的也是和高杰相同的招式，徐梦痕和杜五叔的死法与帝京连环血案中被害人的死法完全一致，都是一剑穿心，当场毙命。所以别人完全可以认定，杀死徐梦痕和杜五叔的凶手，也就是帝京连环血案的凶手。如此一来，我就成了帝京连环命案的凶手，被关进了大牢。"

陆天沉忍不住皱眉道："如此看来，为父那时将你关进大牢，是中了那厮的奸计了。"

陆一飞淡然一笑，未置可否，道："我逃出大牢，沿着徐梦痕留下的线索，一路追查下去，最终通过红胭脂坐上了那辆神秘的黑马车，潜进了那户豪门宅院，几经惊险，终于杀死了那个嗜杀成性的杀人魔头高杰。逃出来之后，我又花了三天时间，仔细调查，一一为自己的推理找到相应的证据。"

陆天沉听到此处，眉头一展，轻轻点了点头，似乎感觉到他的推断很有道理，凝神想了一想，又看着他问："你说了这么多，那么，你所说的那户豪门之家，究竟是帝京里的哪一户哪一家呢？"

陆一飞皱眉道："这就是这个案子中最关键的一点，最重要的一点，也是最难查实的一点。试想帝京之地，天子脚下，侯门公卿众多，我若一家一户去查，只怕查上三年也不会有结果。就在这时，我想起了快嘴书生梅瘦竹之死。"

陆天沉一怔，道："难道梅瘦竹之死，也跟这件案子有关？"

陆一飞点头道："有，非但有关，而且还有很重要的关系。他是被神秘黑衣人所杀。但是，神秘黑衣人为什么会杀他呢？我们前一天才在望江楼听他讲关于宫闱中留与不留的故事、关于当今皇上废弃皇后娘娘的新闻，为什么他讲完这段故事第二天就被人杀死在家中？这是巧合，还是因为他讲的这段故事无意中得罪了神秘黑衣人，或是无意中泄露了他的秘密，所以血溅床榻横尸家中呢？”

陆天沉盯着他道：“你猜想到的原因，一定是后者，是不是？”

陆一飞道：“不错，神秘黑衣人虽然凶残，但却还不是一条无缘无故随便杀人的疯狗。所以我推测，是第二个原因的可能性极大。梅瘦竹所讲的宫闱中留与不留的故事，历朝历代都有发生。听到这个故事的时候，我就在想，皇上说‘留’的妃子，当然就一定得‘留’上，但是如果是由于皇上的原因，敬事房记录簿上记录着该‘留’的妃子而没办法留下龙种，那么这个妃子又该怎么办呢？这个时候，她是不是比任何时候都迫切需要一个年轻英俊身强力壮的男子来使自己怀上身孕呢？”

陆天沉已隐约猜出他的想法，盯着他吃惊地道：“难道，难道……你怀疑……？”

陆一飞点头打断他的话道：“不错，我就是这么怀疑的。而且我已查实，事实上的确是如此。”

陆天沉显然不相信他的话，看着他皱眉道：“你千万别胡乱猜测，此事体太大，若有半分差错，不但你我父子人头落地，只怕还会满门抄斩，株连九族。”

陆一飞微微一笑，道：“义父放心，孩儿当然是有了十足的把握才会下此结论。那天晚上，高杰蒙上我的双眼，把我拖下马车，在走过第一道门槛时，我的头故意在门边重重磕了一下。事后我发现自己的头皮被磕破流血了，而且我也相信，那门边也一定留下了血迹。于是我花了三个晚上的时间，潜入皇上后宫，一扇门一扇门地查下去，最后终于被我找到了那扇门，也找到了门边那一小块若隐若现毫不起眼的血迹。”

陆天沉一愣，道：“是吗？那是谁的门呢？”

陆一飞道：“据查，那是当今皇上最宠爱的张贵妃住处的后门。尽管那里的环境与我那晚第一次所见到的已经大不一样，假山没了，小路没了，葡萄架没了，秘密通道也被炸平了，但是那块门上的血迹，却因为没有人注意到而完好无损地保存下来。”

陆天沉脸色一变，连声音也不由自主地颤抖起来，盯着他惊骇地道：“你、你的意思是说、是说……”

陆一飞道：“不错，我说的这户豪门之家，就是皇宫。我说的那位失去生育能力的豪门主人，就是当今皇上。而那个被主人休掉的正室夫人，就是现今身在冷宫的正宫娘娘。而那些与红胭脂、高杰和神秘黑衣人狼狈为奸沆瀣一气的女人，就是当今皇上后宫中的妃子们。”

陆天沉脸色大变，身形踉跄，向后连退几大步，一屁股跌坐下去，目光凌乱，惊惶失措，全身都忍不住颤抖起来。

没有人想到会是这样的结果，这样的真相，绝对没有人会想到。他反反复复喃喃道：“这、这不可能……这不可能……这不可能……”

陆一飞叹息道：“我也知道，这样的结果太出人意料，也太荒唐！”

良久，陆天沉才从惊惶中回过神来，看着他道：“那么，还有最后一个问题，究竟谁是那个神秘黑衣人呢？”

陆一飞看了他一眼，轻轻叹口气，踱到窗前，目视窗外，不无遗憾地道：“任何事情都不可能十全十美，破案也是一样。本来我以为只要找到胭脂楼的红胭脂，一切就会真相大白，但我没有找到她，找到的只是她的尸体。她已于三天前被人杀死，弃尸荒野，死因仍是一剑穿心。显然，是有人知道阴谋已经败露，为了不让我找到她从她嘴里掏出更多的秘密，所以抢先一步杀了她。”

陆天沉道：“杀她的人当然就是那个神秘黑衣人。”

陆一飞道：“所以现在，神秘黑衣人的身份就成了一个谜，也许是一个很快就可以解开的谜，也许是一个永远也无法解开的谜。”

陆天沉似乎心有不甘，问道：“难道除了红胭脂，就再也没有人见过神秘黑衣人的庐山真面目吗？”

陆一飞想了想，道：“也许还有一个人，唯一的一个人。”

陆天沉一怔，急忙追问道：“这个人是谁？”

陆一飞淡然一笑，道：“就是他自己。”

陆天沉“哦”了一声，似乎有些失望，不再说话。

陆一飞从窗外收回目光，回头看他，嘴唇动了一下，想要说什么话，但却没有说出来。因为就在这时，他忽然闻到一阵香味，一阵奇怪而又熟悉的香味。等他脑海中闪过“曼陀罗花”四个字时，已有几缕奇香奇毒的气体钻入鼻孔，吸入身体。

他全身一震，身子顿时软绵绵的，摇晃几下，几欲摔倒，急忙伸手扶住身旁一把椅子，吃力地坐下来。坐下之后，他便全身虚脱，手脚酥软，再也没有半分力气站起来。他忽然意识到什么，抬头看着陆天沉，吃惊地道：“义父，你、你……”

陆天沉在他跟前来回地踱着步子，但脚步缓慢而沉重，他的脸色也忽然沉下来，双目中闪烁着阴冷而可怕的精光，盯着他道:“一飞，不是为父想要杀你，实在是你太聪明，为父不得不杀你，你休怪为父绝情！”

陆一飞似乎在一时之间尚未反应过来，看着他惊诧地问：“义父，这、这是为什么？”

陆天沉紧紧盯着他，冰冷的目光就像两把利剑想要将他的心脏刺穿一般。

陆一飞惊得目瞪口呆，睁大眼睛道：“你、你就是那个神秘黑衣人？”

陆天沉道：“不错，我就是那个神秘的黑衣蒙面人。当我以帝京府衙总捕头的身份出现时，我的兵器是一根飞链；当我以神秘黑衣人的身份出现时，我使用的兵器就是一柄精钢软剑。那天在城南大红门外树林中，我没有杀你，并非我当时杀不了你，而是实在不忍心杀你，因为你毕竟是我一手带大的，虽非我亲生，但我一向将你视若已出。况且你当时所知并不多，对我们尚未构成重大威胁，所以我并未杀你，只是嫁祸于你，把你当作杀人凶手关进了大牢。本想只要你老老实实地待在大牢里，不再插手调查这件案子，待风声过去之后，再放你出来，就没事了。谁知你、你却越狱而逃，屡屡破坏我们的计划。现在，你已杀了高杰，一切都被你知道了，我若不杀你，迟早都会被你所制，而且以后还不知会有多少人会因此受到牵涉，受到伤害。”

陆一飞看着他，看了许久，他已经确信他说的是真话，因为陆天沉的脸色从来没有像现在这么难看过，口气从来没有像现在这么认真过。他沮丧地垂下头去，长叹一声道：“看来我是百密一疏，功亏一篑。但是，如果你真的就是神秘黑衣人，那你又为什么要杀杜五叔呢？他可是你同生共死的好兄弟呀，在树林里，你放过了我，却为什么不肯放过他呢？”

陆天沉冷笑道：“你的想法太天真了。你知道杜五是什么来头吗？他其实是当今被打入冷宫的皇后娘娘杜雪妃的亲叔叔。杜雪妃失宠被废，你说他会帮谁？他当然要极力帮助杜雪妃争回昔日母仪天下的位置。而要帮杜雪妃重新坐上皇后宝座，最重要的一条是什么，你知道吗？”

陆一飞想了想，道：“如果我猜得不错，应该是千方百计阻止别的妃子抢先登上这个位置。”

陆天沉点头道：“不错，如果别人捷足先登，杜雪妃再想重新当正宫娘娘，那就难于登天了。所以杜五其实早就在怀疑我，跟踪我，调查我，希望能通过我找到皇上的其他妃子背叛皇上的证据，然后再通过杜雪妃在皇上面前揭发那些妃子，让她们在皇上面前失宠。这样一来，在杜雪妃重新争夺皇后宝座的过程中，就少了许多强有力的对手，取胜的机会就会更大。在这样的情况之下，不是他死便是我亡，你说我不杀杜五行吗？”

陆一飞道：“我还有一件事不明白，神秘黑衣人的剑法与无情剑客高杰的剑法完全相同，两人杀人的手法也完全一致，一般人根本看不出任何区别，甚至我一开始还从肖玉儿身上的伤口判定杀她的神秘黑衣人就是第一次杀徐梦痕并将之弃尸定安桥下的凶手。看来神秘黑衣人是在刻意模仿高杰杀人，为的就是要让人误会所有的人都是同一个凶手杀的，都是高杰杀的，但我总觉得能将高杰的剑法模仿到如此能够以假乱真的程度，似乎不太可能。”

陆天沉微微一笑，道：“你果然聪明绝顶，连这一点也被你看出来了。其实我根本就不是在模仿他的剑法，我所使用的本来就是他的剑法，因为、因为我和他原本就是同一个师父教出来的。”

陆一飞大吃一惊，而又恍然大悟，道：“原来你俩竟是同门师兄弟，难怪剑法那么相似。帝京里的两大绝顶高手，竟是同一个师父教出来的同门师兄弟，这太出人意料了。”

陆天沉冷冷一笑，道：“这个世界上，你意料不到的事情实在太多太多了。”

一切都已明了，陆一飞的心开始一点一点往下沉去，沉向万劫不复和深渊。他盯着陆天沉的脸看着，似乎要从他的脸上找到他为什么要这么做的答案，但是他的脸上只有阴冷的笑容。

陆一飞轻轻地摇着头，喃喃地道："……怎么会这样？义父，你告诉我，这一切到底是怎么回事？这一切到底是为了什么？"

陆天沉冰冷阴沉的脸上掠过一丝难言的痛苦，似乎是被一只无形的手轻轻拨动了心底最痛楚最无奈最伤心的那一根心弦。

他的目光渐渐黯淡下去，缓缓转过身，背对着他，没有说话，许久，一声叹息传来。双眉一皱，忽然，一线杀机自他眼中闪过。他突然转身，手腕一抖，七尺金钢飞链倏然自他手中飞出，如蛟龙出海，如天边闪电，如万钧雷霆，直向陆一飞的眉心印堂击去。

陆一飞脸上的表情没有任何变化，但他内心的变化却永远不会有人知道。就在飞链击来的那一刻，他的心情不是害怕，不是恐惧，而是心痛，而是失望。一种心痛的失望。

就在飞链袭来，几乎已经击到他头上的那一刹那，让人意想不到的事情发生了。

陆一飞屁股下面的椅子未动，但他的人却已像脱兔一般，向后蹿出好几尺远。"叭"的一声巨响，他刚才坐过的那把椅子被飞链击得粉碎。

陆天沉如见鬼魅，脸色大变，惊恐地盯着他，几乎已经说不出话来："你、你……"

陆一飞拍拍身上的灰尘，淡淡一笑，道："其实我早已知道你是神秘黑衣人，所以为防万一，在来见你之前，我就把曼陀罗花毒的解药藏在了胸前的衣服里。对了，忘了告诉你，这瓶解药是皇上后宫中的一个小姑娘送给我的，想不到在这里又派上了大用场。我早已打开瓶盖，只要我轻轻低一下头，即可闻到解药。所以，你这种奇香奇毒的曼陀罗花香对于我来说，早已不起任何作用了。"

陆天沉怔在那里，讷讷地道："你、你说你早就知道我是神秘黑衣人了？这、这怎么可能？"

陆一飞道："其实我早就已经怀疑你了，原因有两点。其一，你在城南大红门外那片树林里一剑刺穿徐梦痕的心脏置他于死地之时，就已引起了我的注意。因为徐梦痕的心脏与常人有异，而知道他的心脏生在偏右一边的人并不多，只有你我、杜五叔和徐梦痕的父母以及他的未婚妻肖玉儿，另外还有检查出他心脏有异的帝京名医清虚观无极道长。而肖玉儿早就被杀，除了我自己，就只剩下五个人了。但是神秘黑衣人在树林里杀徐梦痕之时，杜五叔就潜伏在我身边不远的灌木丛中，所以他的嫌疑也可以排除。这样一来，就可以肯定地说，这个神秘黑衣人就是你、徐老爷子及其老夫人和无极道长四个人中的一个。但直到这个时候，我还是没有把全部注意力放到你身上，因为我当时实在没有理由怀疑自己这位一向秉公执法、为人正直、刚正不阿、受人尊敬的义父。"

陆天沉问："那你最后又是如何怀疑到我头上来的呢？"

陆一飞道："引起我怀疑的是第二个原因。记得那天晚上，我在安定门外雷公山雷公庙前坐上那辆神秘的黑马车时，替我赶车的人正是神秘黑衣人。当时风狂雨急，这个神秘的黑衣车夫把车赶得飞快，以至刹车不及，差点儿连人带马一齐坠下万丈悬崖。就在这危急时候，风吹起车帘一角，我刚好看见神秘黑衣人及时挥出手中马鞭，在空中挽了一个圈，稳稳地套住马头，勒住了飞马。"

陆天沉一怔，道："这难道又有什么不对？"

陆一飞道："这当然没有什么不对。但是，你难道没有感觉到，若把这神秘黑衣人手中的马鞭换成你的飞链，那么他悬崖勒马所用的招式，岂不是跟你那招'星云锁链'的独门绝招完全一致吗？"

陆天沉皱起眉头，回想片刻，觉得不无道理，颓然叹道："所以从那时开始，你就重点怀疑我了？"

陆一飞点头道："不错。但是，那时我也仅仅只是怀疑，因为我还是无法相信，威名远播的帝京神捕陆天沉，怎么可能会与杀人恶魔高杰、青楼妓女红胭脂混在一起狼狈为奸呢？"

陆天沉道："所以你今天回到帝京府衙设下这个陷阱，为的就是试一试我到底是不是那个神秘黑衣人？"

陆一飞黯然道：“是的，你都已经亲口承认，我又还有什么话说呢。”

陆天沉脸上什么表情也没有，手提飞链，紧紧地盯着他道：“世事难料，成王败寇，我们的确已经没有什么好说的了。”话音未落，手中飞链已出其不意，毒箭一般向陆一飞飞袭而去。

陆一飞早有防备，侧身让过。他刚舒口气，飞链的另一端又如风而至，宛如一条力裹千钧的铁鞭，横扫他上半身。陆一飞下身不动，身子向后一仰，一个“铁板桥”的招式，身子像一把张开的硬弓一样仰撑在地上。飞链带着呼呼风声，贴着他的衣服扫过。

飞链一过，他即向后一翻，站直了身子，道:“义父，从刚才坐在椅子上起，孩儿已让你三招，权当报答您的养育大恩。”

陆天沉脸色发白，粗气直喘，道：“废话少说，拔出你的剑！”

“好！”陆一飞点一下头,左手提剑,缓缓横在胸前,却迟迟没有勇气拔出来。

他与陆天沉情同父子，亦若师徒，平日常在屋后山坡拔剑对垒，切磋武艺。但这一次，却已不是相互切磋那么简单。长剑一出，必然见血。想到平日父子其乐融融，今日剑出，立见生死，不觉悲从中来。他的剑，再也没有办法拔出来。

陆天沉须发皆张，怒目而视，猛喝道：“畜生，拔剑！”

陆一飞抬头看着他那张满布杀气扭曲狰狞的脸，知道今日生死一战，已在所难免。与其一再回避退让示弱，不如拔剑面对，全力一战。遂按下心头百般感慨，静下心来，右手轻握剑柄，将长剑一寸一寸缓缓拔出。

如风剑每出鞘一寸，陆天沉的脸色便凝重一分。他知道如风剑剑出如风，一旦出鞘，必然闪电般杀至。所以并不敢有丝毫大意，手持飞链，全神贯注，随时准备给对方致命一击。

陆一飞手中长剑重似千斤，拔得艰难，抽得凝重。拔到最后一寸时，他的手竟然微微颤抖起来。

对方长剑欲拔未拔，欲出未出之际，正是自己反击的良机。陆天沉当然不会错过这绝好的机会，手背青筋暴起，双目杀机陡现，手中飞链一如惊雷，猛然击出。

惊雷阵阵，狂风顿起。雷声震耳欲聋，狂风利如刀剑。风雷声中，忽听陆天沉大吼一声，身体如断线风筝，从风雷中猛然横飞而出。

雷停风住，飞链落地。一把明晃晃的长剑插在他胸口。是如风剑。

陆天沉脸无血色，双目暴瞪，手指对方，用力吐出五个字："你……的……剑……好快！"

陆一飞背对着他，站在七尺开外的地方，剑鞘已空，手中已无剑。他说："如果不够快，它又怎么能叫如风剑？"

陆天沉大势已去，虽只存一息，犹自不甘，全身染血，直直站立，不肯倒下。面目可憎，犹似厉鬼一般。

正在这时，突然"砰"的一声，房门猛地被人撞开，一声娇叱，一条人影闯进门，一道寒光直指陆一飞。

陆一飞微微一惊，左手剑鞘挡开寒光，右手五指如钩，抓向对方咽喉。手指刚一触及对方肌肤，他却已然呆住。

原来破门而入，偷袭之人，竟是陆蒹葭。

就在他愣神之际，陆蒹葭手中的短剑已顺势刺来，重重扎在他的肩头。短剑染红，鲜血涌流。

陆一飞惊道："葭妹，你……"

"我要替我爹报仇！"陆蒹葭银牙暗咬，短剑划过一道白光，直指陆一飞咽喉。

陆一飞呆呆地看着她。也许对于他来说，真正的伤痛并不在肩上，而是在心里。真正的利剑，并不是陆蒹葭握在手中的兵器，而是她那种怨恨仇视无情绝义的眼神。

他在闭目等死。也许此时此刻，死对于他来说，反而是一种解脱。

短剑眼看就要刺入他的咽喉。"蒹葭，住手！"说这句话的，竟是陆天沉。

陆蒹葭双目含泪，回头看着父亲。陆天沉用尽全身之力，吐出四个字："不要杀他！"话尽气竭，轰然倒地。

"爹——"陆蒹葭悲呼一声，扔下短剑，扑上去抱住父亲的尸体，泪下无声，肝肠寸断。

陆一飞看着她抽泣的背影，身如木偶，心如刀绞，轻轻靠近，待要出言安慰，却不知如何开口。

陆蒹葭痛哭半晌，忽然扭头看着他，眼神中透出无比怨恨之意，咬牙道："你、你为什么要这么做？为什么？"

陆一飞心情复杂，一时语塞，答不上话来。他不知该不该告诉她一切，他不知该不该告诉她，她一直尊敬爱戴的父亲，原来竟是一个杀人魔头。

陆蒹葭含泪道："难道你忘了曾经答应过我什么？你曾经亲口答应我，不管发生什么事，你都不会伤害我爹的。"

"我……我……"陆一飞想起几天前她冒险救自己出大牢之时，自己曾站在墙头亲口答应过她的话，不由得心中一痛，半晌无言。

忽然，他似乎想到了什么，抬头看着她吃惊地道："无论发生什么事？难道、难道你早已知道义父他……"

陆蒹葭点头道："是的，其实我早就知道我爹就是那个神秘黑衣人了。那晚在城南大红门外那片树林中，神秘黑衣人杀徐梦痕时，树林中除了潜伏着你和杜五叔，还有我也躲藏在暗处看清楚了一切。我自知轻功不如你们，一直与你们保持很远的距离，行动也加倍小心，所以没有人发现我。神秘黑衣人杀人之后，我一直远远地跟踪着他，并最终看见他跑到树林边上脱下黑色紧身衣，揭下蒙面黑布，换上帝京府衙公差锦衣官服，然后走出来带领众捕快闯进树林抓你。直到这时，我才明白过来，原来那神秘黑衣人就是、就是我爹……我不忍心看你含冤坐牢，所以将你救出。但又怕你日后查明真相对我爹不利，所以临走之前我又要你亲口答应我日后无论发生什么事，也不准伤害我爹……但是、但是你、你却……"陆蒹葭说到这里，心痛欲绝，泣不成声，再也说不下去。

她一边流着眼泪，一边抱起父亲的尸体，向着门外走去。

"葭妹！"陆一飞拦住她，心潮澎湃，似有千言万语，却一时之间又不知从何说起。

陆蒹葭盯着他，双眸中闪烁着犀利的冷光，冷冷地道："让开！我不会原谅你！我再也不想见到你！”

“葭妹，你、你听我说……”陆一飞还想说什么，陆蒹葭忽然抬起右腿，朝他猛然踢出。他只好闪开，看着她渐渐远去的孤独的身影，鼻子一酸，两滴痛苦的眼珠滚落下来……

16

皇宫，御书房。

陆一飞被圣上下旨密召进宫，已是三天以后的事情。

皇上赐坐之后，打量着陆一飞，不住点头，赞许地微笑道：“爱卿风姿秀逸英武过人，果然少年英雄。朕今日特意召你前来，一为一睹你这位名动天下的少年神捕风采，二为论功行赏，表彰爱卿。”

陆一飞毕恭毕敬地道：“破案缉凶乃微臣分内之事，帝京血案频发，已是微臣失职，皇上不加责罪，微臣已受宠若惊。”

皇上呵呵一笑，道：“你侦破此案，诛杀凶魔，为朕去了一块心病，朕当然要重重赏你。朕升你为帝京府衙总捕头兼御前三品带刀侍卫，另赐黄金千两，丝绸千匹，爱卿以为如何？”

陆一飞连忙跪谢。

皇上走下座位，亲手扶起他道：“爱卿一人一剑，日夜追凶，终破此案，可谓孤胆英雄，令朕好生钦佩。朕还要赐你御酒一杯，以示犒劳。来人，赐酒！”

一名老太监应声入内，手托玉盘，盘上摆着一壶一杯。

皇上龙颜大悦，亲手斟满酒杯，老太监将玉盘恭送至陆一飞跟前。琼浆玉液，醇香扑鼻。陆一飞双手举杯，一饮而尽，朗声道：“好酒！好酒！多谢皇上！”

“好！好！好！”皇上放声大笑，连说三个“好”字。

笑声未落，陆一飞忽觉腹中一阵绞痛，喉咙一甜，竟然张口喷出一股鲜血。他双手痛苦地捂着腹部，惊道：“皇上？”

皇上忽然脸色一沉，面布寒霜。

陆一飞大惊失色，头冒冷汗，踉跄而退，喘息着道："皇、皇上为何赐臣毒酒？"

皇上冷声道："朕要杀你，原因有二。"

陆一飞脚下又是一个踉跄，几欲摔倒，强撑着站稳身形道："臣愿闻其详。"

皇上道："其一，你不该杀死陆天沉和高杰。他二人所作所为，均系奉朕密旨所为，并无死罪。你杀朕两大高手，朕岂能饶你？"

陆一飞一呆，道："其二呢？"

皇上紧紧盯着他，双目中怒火喷射，似乎要将他燃烧一般，咬牙切齿道："其二，你坏朕好事。朕年逾不惑，尚无子嗣，乃肾疾所至。朕心有不甘，眼见肾疾康复无望，只好出此下策，以事成之后助其成为武林盟主为条件，拉拢帝京武林高手高杰，让其与陆天沉一起暗中帮助，务必不择手段，使朕后宫妃嫔怀上身孕，以免百年之后江山旁落，天下苍生笑朕无能。但是，你却不知轻重，从中破坏，使朕百年大计毁于一旦。朕不杀你，实难消心头大恨！"

陆一飞闻言，如遭雷击，仰天大吼一声，一股鲜血如箭喷出，然后七窍流血，砰然倒地。

皇上仍难解恨，上前重重踢他两脚，见已身亡，这才唤来两名太监，道："抬出宫外，弃于荒野！"

17

一年之后，帝京数百里之外。紫竹山上，无名庙内。

一慈眉老僧，席地而坐，手敲木鱼，口颂佛经，表情虔诚，心情平静。微风轻吹，掀起僧袍一角，老僧身下双腿，竟然齐根而断。

忽然，门外飞鸟惊鸣，一位村姑打扮、眉目俊俏的少妇轻盈走来，人未进门声音已到："爹，刚才我下山买米，看到街上贴出告示，说是皇上喜得龙子，要天下大庆呢。"

老僧闻言，双手合十，轻叹一声道："真不知此为天下苍生之福，还是为天下苍生之祸也！”

少妇道：“管他是福是祸，反正已与我们无关。”

老僧追昔抚今，愧然长叹，道：“当年若不是一飞一剑刺醒我，我不知还要为皇上充当刽子手到何时呢！”

少妇道：“爹，您别这样说，当初一飞若不是听了您的话，先服下解药在皇上面前假死，又焉能死里逃生，躲过一劫？再说爹，自从你被清虚观无极道长妙手回春，从阎罗王手里救回一命之后，就已离开帝京，且自断双腿，出家吃斋，念佛诵经，忏悔之心，人神共知。往昔之事，你又何必耿耿于怀呢！”

老僧安然一笑，又问：“你怎么一个人跑来了，飞儿呢？”

少妇轻抚微微隆起的腹部，一脸幸福，微笑道：“近日孩儿腹中略有不适，似是动了胎气。他正在山上为我采集草药呢。”

老僧闻言，双手合十，面呈慈祥，不再说话。

刑事侦查卷宗

算命先生诡案

案件名称：算命先生诡案

犯罪嫌疑人姓名：XXX

立案时间：不详

资料来源：《青阳县志》

（正卷）

神算天机

1

青阳城被改名叫帝京的时候，城里有一个书生叫易之玄，十年寒窗苦读，却屡试不第，最后迫于生计，仗着自己读过几本《易经》《麻衣神相》《玉匣记》之类的书，就在定安桥上摆起卦摊，做起了算命先生。

因为是半路出家，易之玄为人算命，言人祸福，十次倒有九次不准，不但没有挣到多少钱，反而还遭人耻笑。

这一天，卦摊前冷冷清清，一点儿生意也没有。

易之玄正坐在桌子后边打瞌睡，有一位白发老者自街边走过，往他这边瞧了一眼，忽然在他的卦摊前停住脚步，朝他拱一拱手说："这位先生，我瞧您印堂发青，似乎气色不佳呀！相书有云：印堂色如烟，谨防刃厄在眼前。如果老朽所料不错，今日之内，先生必有血光之灾。先生若就此收摊回家，或可避此厄运。"

易之玄不由得苦笑一声，指指桌边悬挂的"铁板神算"四个招牌大字说："老先生，您可真会班门弄斧。我就是算命先生，我自己的命，倒还轮不到您来算。"

白发老者见他不相信自己的话，不由得轻叹一声，摇着头走了。

易之玄眯着眼睛，还想接着打瞌睡，忽然听到一阵"噔噔噔"的脚步声响，睁开眼睛一看，卦摊前已经站了一个人。

这人叫赵大壮，半个月前曾找他算过卦。易之玄忙站起身，笑脸相迎："客官，您想问卦，还是要……”

“我呸！”

赵大壮一把揪住他的衣襟，怒气冲冲地说，“半个月前，我来找你问财运。你给我算了一卦，说是卯月持财，月内必有。只要我往西南方向去做生意，半月之内，定得倍利。老子信了你的鬼话，往西南方向跑了一趟生意，结果赔了几百两银子。你这家伙，满口胡诌，赔我银子来！”

易之玄苦着脸说：“我身上连一个铜板都没有，哪里还有银子。”

“老子被你害得倾家荡产，你不赔钱，老子就对你不客气！”

赵大壮脸色铁青，忽然掏出一把短刀，猛地往他胸口扎来。

易之玄吓了一跳，使出全身力气猛然挣脱开来，急急忙忙往旁边一闪。只听得“哧”的一声，短刀没有刺中胸口，却在他肩膀上重重扎了一下，鲜血顿时溅出。

赵大壮满脸杀气，手持利刃还想再刺，却被几名路人死死拖住。

易之玄吓得脸色煞白，浑身发抖，连卦摊也不要了，掉头就逃。跑过两条街巷，回头见赵大壮并没有追来，这才松口气。

易之玄住在朝天口的一条小街上，父母早亡，又没娶媳妇，家里就他一个人。他捂着流血的伤口回到家，却发现家门口正站着一个人，就是先前那位跟他说过话的白发老者。

他不由得一怔，问：“老人家，您怎么会在这里？”

白发老者微微一笑，说：“我是给你送金创药来的呀。”说罢掏出一个白色小瓷瓶，倒出些药粉洒在他肩头伤口上。

易之玄只觉伤口凉飕飕的，疼痛立止，也不再流血了。他想起这位老者在卦摊前说自己日内必见血光之灾的话，心中忽然明白过来，眼前这老者，才是真正能未卜先知的高人啊！他扑通一声跪在了老者面前：“老人家，求您收我为徒吧。”

白发老者摇头说：“不行，老朽云游四方，四海为家，无牵无挂，从不收徒。”

易之玄跪在地上倔强地说：“老人家，您要是不肯答应，我就跪在你面前不起来。”

白发老者拗不过他，只得摇头笑道：“那好吧，既然你我有缘，老朽今天就破例收了你这个徒弟。不过为师一向四海为家，散漫惯了，也没有心思留下来教你什么。为师已将自己毕生绝学，著成一部《有字天经》，今日传授于你。只要你读通此经，催财化劫，趋吉避凶，本领绝对不在为师之下。”他一边说，一边从胸前衣襟里拿出一本书，交给易之玄。

易之玄正要伸手接书，白发老者却又将手缩了回去：“不过在传书之前，为师定下两条规矩，你一定要谨记在心：第一，你艺成之后，每天为人卜卦算命断事，不得超过十人；第二，为师与当今朝廷有不共戴天之仇，凡入我门下者,不得与官府之人来往,更不准为官府之人算卦断事。否则为师纵在千里之外，也能将你一身能耐收回。”

易之玄跪在地上，恭恭敬敬叩了三个响头，说：“是，师父，弟子记住了。”他伸手接过那本书，只见封面上写着“有字天经”四个篆字，可是翻开一看，里面却是一叠白纸，看不见一个字迹。这哪里是“有字天经”，分明是一本“无字天经”啊！他心中一惊，疑惑地抬起头来，却发现那白发老者不知何时已经飘然离去，不见踪影。

易之玄对着那本没有一个字的《有字天经》参详了三天三夜，也没研究出个所以然来。他以为那本书是用隐形墨水写成的，就将一页书纸用清水打湿，结果还是看不见一个字。

第四天晚上，他熄灯后上床睡觉，忽然一阵凉风从窗口吹进来，吹动了放在桌上的《有字天经》最上面的几页纸，他发现纸上隐约有磷光闪动。急忙跳下床拿起书一看，果然可以看见里面磷光闪闪的字迹。

原来这一本《有字天经》，是用加了磷粉的特殊墨水写成，只有在无灯无火漆黑一团的夜晚，才能看见上面的字迹。

易之玄欣喜若狂，觉也不睡了，拿起书坐在黑暗中仔细研读起来……

2

半个月后，易之玄的卦摊又在定安桥上摆开了。卦摊前挑着一面布幌，上面写着：铁口神断，趋吉避凶；如不灵验，分文不取。

可是人们以前找他算命，从未灵验过，哪里还会相信他？卦摊重新开业数日，也没接到一单生意。

到了第五天，卦摊前才跑来一位哭哭啼啼的中年妇人，请他算一算自己的儿子是凶是吉、什么时候能够回家。

原来这妇人住在宣南坊刘家街，她五岁的儿子十天前丢了，多方寻找未果。她几乎把街上算命卜卦的摊子都问遍了，有相面先生看了她的相后说她泪堂深陷，乃中年骨肉分离之相，这孩子是找不回来了；有算卦先生给她卜卦后说，卦象原神无根，属无生无助，孤立无援，连惊带吓，无法脱身之象，她儿子应是被人拐骗走了，叫她立即报官寻找；还有八字先生排了她儿子的八字，说命主命中缺水，可能已经遇溺身亡，叫她去附近河沟里寻找……

她照着算命先生的话去做了，结果仍然没有儿子的音讯。今天看见这里新摆了一个卦摊，于是又抱着一丝希望前来问卜。

易之玄问明详情，拿出三枚铜钱，连掷六次，得到了一个夬卦。他说："决而能和，属上上卦。象曰：蜘蛛脱网赛天军，粘住游蜂翅翎毛，幸有大风吹破网，脱离灾难又逍遥。从卦象上看，你儿子确是被人掳走，但不用担心，'幸有大风吹破网，脱离灾难又逍遥'，只要时机一到，你儿子定可得贵人相助，逃脱此劫。"

妇人脸上露出一丝喜色，又问："那我儿子什么时候能回来？"

易之玄说："此卦下乾上兑，为异卦相叠。乾为天为健；兑为泽为悦。泽气上升，决注成雨，雨施大地，滋润万物。老天下雨之日，就是你儿子回家之时。"

那妇人将信将疑地回到了家。

第二天，天气陡变，下起大雨。中午时分，一个年轻女人撑着一把伞，将她儿子送回了家。

原来她儿子真是被人贩子拐走，关在了帝京郊外青阳山下一处偏僻的石屋里。最后那个人贩子的老婆瞧见孩子可怜，就趁丈夫不在家，从孩子口中问明他的住址，悄悄将他送了回来。

孩子的母亲回想易之玄的话，无不一一应验，心中又是惊诧，又是感激，不但给他多付了十文钱的卦金，还买了一挂长长的鞭炮，在他的卦摊前好好热闹了一回。

此事传开，易之玄名声大振，找他卜卦算命的人渐渐多起来。而易之玄凭着那一本师传的《有字天经》，言人祸福，解灾改运，竟然言无不中，卦无不准。

有位年轻人，父亲重病临危，前来卜卦，得一革卦。

易之玄断曰：临危有救。果于是日酉时得名医救治，亥日痊愈。

又有一年轻妇人，以“亥”字测六岁孩子病情吉凶。

易之玄说：“‘亥’乃孩不见子之象，上是六不全，中是久不得，下是人不长，而且亥乃十二时辰之末，有时穷之意。此儿危矣。”数日后，那孩子果然病亡。

就凭着这言出必准、卦出必灵的神奇本领，不到一个月时间，易之玄的“神算”之名，就誉满帝京，再加上他每日只接待十位问卦者，所以卦金早已水涨船高，由原来的十文钱，涨到了纹银一两。

这天傍晚，易之玄送走最后一位客人，正要打烊收摊，忽然从定安桥那头跑来一个青衣少年，朝他鞠了一躬，双手恭恭敬敬递上一张请帖。

易之玄接过一看，原来是皇叔街泰丰钱庄的大老板姚泰丰请他明天过府问卦。他收起请帖，对那少年说：“我知道了，烦请回复姚老板，易某明天一早便到。”

第二天早上，易之玄收拾行头，换好衣服，径直来到皇叔街泰丰钱庄。大老板姚泰丰领着儿子姚全，亲自将他迎进屋里。

姚泰丰告诉易之玄，最近泰丰钱庄肇庆分店急需一笔银子周转，他准备从总店调拨十五万两银子过去救急。平常这么大一笔银子调运，都是由他亲自带人押运。但这一回总店事务繁忙，他脱不开身，只好让儿子姚全负责押运事宜。姚全虽然已跟在他身边做事多年，且还在五台山学得一身武艺，但毕竟是年轻人，还从没押运过这么大一笔银子走这么远的路。所以想请易之玄算一算，看看姚全此行是否顺利，可有凶险。

易之玄洗净双手，拿出三枚铜钱，合在双手掌心，闭目静心，喃喃而语："卦开天地定乾坤，拜请卦神祖师爷，弟子易之玄，今为姚全押运银两去往肇庆一事诚心请示，持请卦神为弟子指引迷津。三枝清香，心诚必灵——开卦！"

他睁开双眼，将铜钱往地上连掷六次。掷完之后，他却瞧着地上的三枚铜钱，眉头微皱，半晌无声。

姚泰丰有些着急，忙问："易先生，卦象上怎么说？"

易之玄叹口气说："从卦象上看，官挈玄爻刑克，是盗贼惊扰之象呀。令郎此行，不免有盗贼之忧。"

姚泰丰不由得变了脸色，紧张地问："那能不能算出是什么盗贼，大概会在什么地方出现，我们也好提早防备。"

易之玄又占了一卦，却是阴长卦，卦象曰：重阴在上，鬼气浮游，中庭水深，堂下行舟。

易之玄瞧着那三枚铜钱说："重阴在上，阳道塞也。中庭水深，忧没溺也。从卦象上看，盗贼应该与水有关，很有可能是在水上横行的江洋大盗。肇庆在广东境内，此去肇庆，中间隔着的最大也最为凶险的一条水道，就是珠江，所以卦象所指，应该是在珠江上出没的水盗。"

他的话还没说完，姚全就忍不住哈哈大笑起来，说："易先生，别人说你是'神算'，我说你是满口胡诌还差不多。我此行去肇庆，一路上走的都是陆路，根本不走水道。你却说我此行定遭水盗惊扰，岂不是天大笑话？再说姚某一身武艺，也不是吃素的，就算有几个毛贼出没，那也不足为惧。"

易之玄闻言轻叹一声，也不多说，收了卦金，拱手告辞而去。

数日之后，易之玄正在定安桥卦摊前给人算命，姚泰丰忽然找到他，跪地大哭。

易之玄心知不妙，一问才知，姚全不听父亲要他多请镖局里的镖师同行的劝告，自己带着一队人马押着几车银子去了肇庆。谁知广东闹民变，押运银子的队伍过不去，只好搭船改走珠江水道，结果在江上遇见一伙江洋大盗。不但十几万两银子被洗劫一空，姚全也落入强盗手中，不知死活。

易之玄问：“令郎今年多少岁？”

姚泰丰说：“犬子今年刚满 24 岁。”

易之玄又叫他报了姚全的生辰八字，掐指一算，不由得“哎哟”一声：“令郎 24 岁至 33 岁行丁酉大运，柱中有两个酉，今年是丁卯年值太岁，故柱和大运组成三酉冲克一卯，一卯冲三酉之象。《四柱测命》中云：三酉冲克岁卯，未有不死的。令郎落入贼手，多半已凶多吉少。”

姚泰丰闻言，更是悲声痛哭。

两天后，广东方面传来消息，有人在珠江上捞到了姚全的尸体。

3

这天早上，易之玄刚在定安桥上摆好卦摊，卦摊前就来了两个人。

这两人一高一矮，高个子脸色白净，面相和气；矮个子面皮黝黑，长着一脸络腮胡子，相貌凶狠。

易之玄拱手发问：“请问二位，可是来问卦的？”

高个子朝他拱手回礼，说：“不敢，我兄弟二人，是来替我们家主子问卦的。”

易之玄问：“请问二位的主人是……”

矮个子性子急，正要回答，高个子却抢着说：“听说先生断事如神，不如就请先生测一测我们家主子到底是何方神圣。”

易之玄说：“好说。”递过纸笔，“请在这里写一个字。”

高个子拿起笔，抬眼瞧见不远处的街边有一家布店，外面摆放着许多布匹绸缎，想也没想，就随手写了个“帛”字。

易之玄一见，顿时脸色一变，忙朝二人一揖到地，说：“原来二位是当今圣上身边的人，失敬失敬！”

对方二人闻言脸色大变，矮个子抢着问：“你是怎么知道俺兄弟二人是……”

易之玄微微一笑，指着那个“帛”字道:“这一个‘帛’字，乃‘皇’头‘帝’尾，你家主子不是当今皇上，还会是谁？”

两人听了他的话，不由得又是惊奇，又是钦佩。

高个子撩起长衫下摆，露出腰间一块金黄色的腰牌说：“实不相瞒，我兄弟二人确实是在当今圣上身边当差，忝任禁城护卫军佥事一职。我们来此，是想请先生给皇上算一卦。”

易之玄一怔：“给皇上算卦？”

高个子说：“事情是这样的，皇上打算下个月西巡贵州，可是我们却接到密探密报，说是有一伙极有势力的刺客，想要在皇上西巡途中刺杀皇上。可惜那名密探飞鸽传书只送回这一点消息，就被人杀害了。所以到底是什么人想行刺皇上，具体在什么时间什么地点动手，我们一概不知。禁城护卫军和刑部的人多方侦查，都没有半点儿线索。我们禁城护卫军指挥使陆炳陆大人听说帝京里最近出了一位神算先生，断事如神，言出必准，屡试不爽，所以叫我们兄弟俩来……”

易之玄听到这里，已经明白过来：“陆大人是想叫二位来请我算一算皇上此次西巡是凶是吉，假如真有刺客出没，就要我算清楚刺客大致会在什么时间、什么地点动手，你们好早作防备，是不是？”

高个子说:“咱们陆大人正是此意。虽然禁城护卫军人手众多，但此去贵州，有数千里路程，怎不能叫咱们把每一处都守得密不透风。假如能事先预测到刺客动手的时间地点，咱们有针对性地布置人手重点防范，那就好多了。”

矮个子又瓮声瓮气地加了一句：“你为泰丰钱庄少掌柜姚全算命的事，咱们都知道了。你既能将姚全去肇庆一路上的凶险预测得毫厘不差，这事想必也不难办到。”

高个子不动声色的拿出几锭黄金摆上桌面，说：“只要你点头应承，这一百两黄金就算是咱们给先生的酬金。如果先生预测准确，使得皇上此行能化险为夷，等皇上回京之后，我们立即奏明皇上，请他下旨赐封你为‘天下第一神算’。”

易之玄心中一动，黄灿灿的金子，还有那“天下第一神算”的名头，可不都是他梦寐以求的吗？可是，就在他伸手去接那一百两金子的时候，耳边忽然响起师父曾经的交代：为师与当今朝廷有不共戴天之仇，凡入我门下者，不得与官府的人来往，更不准为官府的人算卦断事。否则为师纵在千里之外，也能将你一身能耐收回。

他伸出去的手，像被火烫了一样缩了回来。

师父不但料事如神，而且来无影去无踪，神通广大，他相信师父确实有收回自己这一身本事的能力。黄金和名气固然重要，但自己这一身本事，一旦被师父收回，就什么都没有了。

权衡利弊之下，他咬一咬牙，还是把金子推了回去：“实在对不住，这笔生意，易某不能接。家师曾有交代，凡他老人家门下弟子，不得与官府的人交往，更不能为官府中人算卦断事。如违此例，卦必失灵，言必失信。”

“你可别敬酒不吃，要吃罚酒。”矮个子豹眼环瞪，猛然站起，就要动手掀他的卦摊。

高个子忙拦住他说：“二弟，不可动粗，咱们得要易先生心甘情愿为咱们卜卦才行。要不然惹恼了他，他胡乱为咱们算一卦，给咱们一些错误信息，岂不更糟？有道是精诚所至，金石为开。只要咱们礼数周到，多来几次，让易先生看到咱们的诚意，相信他最终是会答应为咱们帮忙的。”

他冲着易之玄一抱拳：“易先生，咱们兄弟改日还会再来。”领了矮个子，告辞而去。

第二天上午，这两个人没有来，易之玄的卦摊前却来了一位腰悬长剑的麻脸汉子，冲着易之玄毫不客气地说：“你就是帝京神算易之玄？久闻大名，今日特来一验真伪。请你算一算我今天的运程。准，则十两纹银相谢；不准，就请收起行头滚回家，莫要在此招摇撞骗。”

易之玄心知遇上找茬儿的了，不动声色地为他占了一卦，然后瞧着卦象说：“卦见艮宫鬼坐寅爻，大凶之兆也。艮为山，寅属虎，艮宫见寅鬼，是虎狼也，若不伤他，与我无害，倘或伤他，即伤自己。”

麻脸汉子盯着他问："这是什么意思？"

易之玄解释说："今日之内，你不伤人，与己无害，若想伤人，必先伤己。"

麻脸汉子嘿嘿一笑，说："必先伤己？好，在下明白了。就此别过，待到天黑再来见你，看看你算得到底准还是不准。"

下午时分，易之玄正在卦摊前忙着，忽见那麻脸汉子满身是血，踉跄而来，跑到他面前，扑通一声跪在地上，连叫："神算！神算！"

原来这麻脸汉子离开卦摊后不久，就在长安街上碰见了自己的一个大仇人。仇人本没瞧见他，两人擦肩而过，本来相安无事。但这麻脸汉子一心想要报仇，于是跟踪仇人来到城外，本想出其不意拔出长剑将对方刺死。孰料仇人近来武功精进不少，他一剑刺空，遭到对方反击，抵挡不住，结果报仇不成，自己反受重伤，差点儿连命也丢了。

事情经过，竟与易之玄所言分毫不差。

麻脸汉子几乎将易之玄视若天神，一把拽住他的手说："易先生，您真不愧是帝京神算。请您跟我走一趟，我们家主人想见见您。"

易之玄心中一惊："莫非你也是禁城护卫军？你们家主人，就是当今皇上？"

麻脸汉子笑着摇头说："非也，在下不是禁城护卫军，我家主人更不是皇上。我家主人仰慕先生日久，本是叫在下来相请先生的，只因在下一时糊涂，有眼不识泰山，不信先生真有传说中的那么神奇灵验，所以忍不住占了一卦，想试一试先生是否真能一卦定乾坤。想不到先生真是断事如神，倒叫在下开了一回眼界。失礼之处，还请先生海涵。"

易之玄一听对方并不是禁城护卫军，他家主人也不是皇上，这才松口气，忙道："好说好说。只是先生伤得不轻，行动多有不便，怎么能带易某去见贵主人呢？"

麻脸汉子说："这个无妨，在下早有准备。"

回头招一招手，就见闹市街头忽然钻出两顶八抬大轿，直奔上定安桥。

麻脸汉子让易之玄上了后面的轿子，自己则乘另一乘轿子在前引路。两乘轿子掉转头，直往朝天口行去。

4

轿子刚进皇城，易之玄就听得外面传来“哑——哑——”两声乌鸦的叫声。他把头探出轿窗外一瞧，只见头顶正盘旋着两只黑漆漆的乌鸦。他心中陡然一惊：乌鸦盘旋不去，可不是什么吉兆啊！难道我此行有凶险？但此刻轿子在大街上走得飞快，假如对方真有不测之心，现在想要下轿也已来不及了。事已至此，也只好既来之则安之了。他把身子向后一靠，干脆闭目养神起来。

轿子在皇城里行走了差不多半个时辰，转了好几个弯，最后又上了一道长长的台阶。待到轿子停下，易之玄被请下轿时，才发现轿子竟然直接抬进了一间阔大的院子。

麻脸汉子十分客气地把易之玄请进了一间大厅。

易之玄抬头一看，只见大厅中间坐着一位老者，身着深青色便袍，剑眉虎目，不怒自威。易之玄心头一跳，总觉得这老者似乎有些眼熟，却一时又想不起在什么地方见过。

麻脸汉子走上前去，朝这老者耳语了几句。老者抬起眼皮，瞧了易之玄一眼，问：“你就是帝京神算易之玄？”

易之玄说：“正是区区。不知您是……”

老者哈哈一笑，说：“你不知道老夫是谁？既然易先生断事如神，那就请测一测老夫的身份，如何？”

易之玄说：“好，请写一字。”

老者让一名随从到外面花圃中折了一根枯枝，自己拿在手中，想也不想，就在地上划了个“一”字。

易之玄大吃一惊：“土上加一横，是个‘王’字，莫非您是……”他忽然记起，自己以前参加会试时，曾见此人巡视过考场。这才想起，原来这人竟是当朝重臣六王爷。急忙扑通一声跪下：“草民易之玄拜见六王爷。”

那老者神情一变，好像被雷电击中，好半天才回过神来，盯着易之玄瞧了半晌，忽然仰天打个哈哈，说："帝京神算，果然名不虚传。幸好本王比禁城护卫军那帮人先请到你，要不然你被他们先请去，三枚铜钱往地上一撒，本王所有的秘密就都要被你这张铁嘴预测出来了。"

"禁城护卫军？你的秘密？"易之玄怔了一下，忽然想起那两名禁城护卫军佥事找他给皇上预测刺客的事，陡然明白过来，"原来那个要行刺皇上的人，就是你？"

"哈哈，不错，正是本王。皇上昏庸无能，这半壁江山早就该换换主人了。本王计划趁皇上西巡之机，派杀手在中途刺杀他。本王早已联络好朝中一帮心腹大臣，只要昏君一死，本王就可以在帝京里夺位称帝。虽然有禁城护卫军密探探得一鳞半爪的消息，但幸亏本王发现得早，派人将他杀了。禁城护卫军的人虽然知道有人要刺杀皇上，却不知道具体详情，那也是白搭。谁知禁城护卫军那帮废物，无计可施之下，居然去请你这位帝京神算来预测是谁要杀皇上，还有刺客动手的具体地点和时间。好在你当时并没有答应他们。本王耳目遍布全城，他们去找你的事，当然瞒不过本王耳目。本王收到这个消息，便立即叫人将你请来。本王要亲自考一考你，如果你算得不准，只不过是浪得虚名之辈，本王便无后顾之忧，你也可能还有一线生机。但现在你测算本王身份，居然一语中的，足以证明你确有非凡之本领，如果你被禁城护卫军的人请去，本王在你面前，岂还有半点儿秘密可言？"

六王爷说到此处，眼中杀机一闪，大喝道："左右，还不将这妖言惑众的家伙给我推出去斩了，更待何时？"话音未落，早有两名身形魁梧的刀斧手从左右两边跳出来，一把架起易之玄，就要往门外拖去。便在这时，忽听院子外边传来一阵震天的喊杀之声，紧接着，只听"嗖嗖"声响，数十枝狼牙箭像下雨一般，从门外射入大厅，那两名刀斧手、六王爷的几名贴身护卫和那个麻脸汉子，都纷纷中箭倒地。就连六王爷也中了一箭。

那箭是被强弓射出，威力极大。这一箭竟将六王爷的肩膀贯穿，将他活生生钉在座椅上，竟再也站不起来。

5

易之玄大吃一惊，回头一看，只见有三个人不知何时进了院子，正往大厅走来。走在后面的两个人，一高一矮，正是昨天找过他的禁城护卫军佥事。

前面领头一人，年约五旬，面容清癯，目光如电，乍一看，十分眼熟。

待三人走进屋里，易之玄终于认了出来，前面那位五旬老者，可不就是传他《有字天经》的师父吗？心中又惊又喜，大步上前，拜倒在那老者跟前："师父，您老人家怎么来了？"

老者身后的矮个子上前一脚，将他踹出好远："臭小子，你睁大眼睛瞧清楚，谁是你师父了？这位是咱们禁城护卫军指挥使陆炳陆大人。"

那老者却瞧着易之玄哈哈一笑："好徒儿，多谢你还记得我这个师父。"

易之玄一呆："师父……陆、陆大人？这、这到底是怎么回事？"

陆炳负手笑道："还是让老夫来揭开这个谜底吧。两个多月前，我们禁城护卫军就接到密报，说帝京里有人要在皇上西巡途中行刺皇上，但当我们想获得更进一步的消息时，那名密探却已经遭了毒手。事后我们多方侦查，也没找到更多线索。眼见皇上西巡日期日渐临近，而我们还没有掌握任何跟刺客刺杀行动有关的线索，老夫心急如焚，不要说皇上中途被人刺杀，就是受到任何一点惊吓，都是要老夫全家掉脑袋的事啊！有一天，我路过定安桥，瞧见定安桥上摆满了算命的卦摊，我当时就想，要是有个神仙，占一卦就能预测出是谁要刺杀皇上，在什么时间什么地点动手，那就好了。假如真有这样一位神算子，我们禁城护卫军一定不惜任何代价，也要请到他。接着我又想，假如真有这样的奇人异士，固然我们禁城护卫军要找他，刺客那边的人，也不会放过他吧？因为刺客也担心自己的身份和行动计划被人预测到啊！于是顺着这个思路，老夫灵机一动，终于想出了一个主意。"

易之玄问："什么主意？"

陆炳瞧了他一眼，却不理会他，自顾自地说下去："当初我之所以选择你来实施自己的计划，倒不是因为你聪明，而是因为你呆。定安桥上的算命先生个个能言善辩老奸巨猾，只有你是一个十足的书呆子。只有你这样的书呆子，才好骗啊！我选中你之后，就将自己的头发胡子全部染白，扮作一个鹤发鸡皮仙风道骨的游方术士，先是预测你当天有血光之灾，然后再买通一个因你胡乱算命而赔了钱的汉子拿刀去杀你。最后再以高人的身份出现在你面前，收你为徒，传你《有字天经》。老夫一身武艺，轻功卓绝，要在你面前做到来无影去无踪，自然不是什么难事。

“你重新出山摆摊算卦，给人算命，之所以言出必准，卦出必灵，那都是因为有咱们禁城护卫军的人在配合你啊！你说那个病人在什么时辰得救，咱们就请宫里最好的太医扮作江湖游医去给人家治病；你说人家丢失的孩子什么时辰回家，我就派出上千名探子四处打探寻找孩子的下落，然后再按你预测的那样给人家送回去；你说泰丰钱庄的少掌柜会遇上江洋大盗，咱们就扮作江洋大盗去劫杀他；你说谁当日之内，他不伤人，与己无害，若想伤人，必先伤己，咱们就立即把他在帝京附近的仇家找来。还有，那本《有字天经》‘测字篇’中说，‘帛’是‘皇’头‘帝’尾，所以我派去的人就写了个‘帛’字叫你测……总之你算什么卦，说什么话，都有扮作摆地摊小贩的禁城护卫军潜伏在你身边，及时传递给我们。然后我们再发动整个禁城护卫军甚至刑部的力量，全力配合你，竭力将你塑造成一个卦无不灵言无不准的帝京神算……”

易之玄脸色一黯，神情沮丧地说：“原来如此，并非我有神算之能，而是我每说一句话，每占一次卦，都有你们倾朝廷之力去配合实现。难怪您当初只准我每天给十个人算命，就是怕我每天给人算命太多，你们疲于奔命，应付不过来吧？”

陆炳说：“是的。当你神算之名誉满全城之后，我就让禁城护卫军两名佥事去找你，为有人要刺杀皇上的事请你算卦，还故意让他们露出腰牌，让旁人知道禁城护卫军的人去找过你。当然，我事先告诫过你，叫你不要为官府的人服务，我相信你是会遵守的。”

易之玄渐渐明白过来：“你这样做的目的，就是要让潜伏在帝京里的刺客知道禁城护卫军找过我，让我引起他们的重视，是不是？”

陆炳点点头，接着说：“接下来的事，就完全按照我预先设想的方向发展了。刺客惧于你帝京神算的威名，怕你真的能帮助禁城护卫军预测出他的秘密，所以他们宁可信其有，不可信其无，立即将你找去，试一试看你是否真的能算得准确。如果你算得不准，对他们没有什么威胁，可能还有一线生机。但如果你算得准，为了不让你日后为禁城护卫军所用，他们绝不可能让你活着离开……当然，最后这一次你算得准不准，对咱们禁城护卫军来说，已经不重要了。重要的是，我们已经一路跟踪你，找到了我们要找的人。”

易之玄问：“找我算命的人那么多，你们凭什么认定今天这个麻脸汉子带我去见的人，就是你们要找的人呢？”

陆炳摇摇头说：“你错了，不单只今天这个麻脸汉子，其实每一个到你卦摊前，找你算命的人，都在我们禁城护卫军的严密监视之下，只是你不知道罢了。尤其是那些请你上门问卦的人，更是我们重点怀疑的对象。你去过泰丰钱庄之后，又被请到好几户人家给别人算命，我们全都跟踪去了，可惜那些都不是我们要找的人。今天早上，当这位腰悬长剑的麻脸汉子一出现，我们就发现他武功不弱，形迹可疑，及至后来，他叫出两乘早已准备好的豪华大轿将你接进皇城，我们就知道其中必有蹊跷，所以才一路跟踪而来。”

六王爷忍痛开口道：“这不可能，本王早已防范他们被人跟踪，所以派去接易之玄的人，包括轿夫在内，都是武功高强为人机警之人，他们的嗅觉比狗还灵敏，绝不可能轻易被人跟踪。”

陆炳瞧了他一眼，说：“这一点我早已料到了，所以我们根本没有跟在你派去的人的屁股后头，而是放了两只经过特殊训练的乌鸦上天，让它们在天上监视易之玄一行的行踪。他们走到哪里，乌鸦就飞到哪里。所以咱们根本不用跟踪你的人，只要照着乌鸦所指明的路线，就可以找到这里。”

六王爷气得脸色发白，高声叫嚣道：“姓陆的，你别高兴得太早，本王府内高手如云，就凭你禁城护卫军的几个人，就想到本王府上放肆，那你未免也太小瞧我六王爷了。来人，快来人……”

陆炳微微一笑，说：“王爷，您就别浪费力气了，我也知道你这里藏龙卧虎，光凭我们禁城护卫军只怕一时不易将你制住，所以我临出发之前，拿着皇上的手谕借调了三千虎贲军过来。你也知道，虎贲军可是帝京里最神勇的军队。三千虎贲军早已杀进王府，估计现在你那一帮爪牙，也没有几个活口了。您就洗干净脖子，等着受死吧。来人，将这图谋造反，大逆不道之辈给我押下去！”几名禁城护卫军拘捕手快步闯入，一拥而上，将六王爷捆了个严严实实。

陆炳瞧了易之玄一眼，轻轻摇一摇头，转身欲走，却被易之玄叫住：“师……陆大人，那您传我的那本《有字天经》……”

陆炳说：“那也不是什么神书，只不过是我找到的一本刘伯温的遗著，此书尚未外传，所以读过的人不多。”

易之玄呆了一下，不甘心地问：“难道我卜卦断事，真的没有一次准的？”

陆炳哈哈一笑，说：“这世上的事，如果算命先生真能算得准，那还要我们禁城护卫军这些人干什么，有人犯了事，请算命先生算一算，不就抓到罪犯了？告诉你，你唯一一次算准的，就是预测六王爷的身份。”

易之玄听了，神情黯然。他知道他之所以能测准六王爷的身份，是因为自己曾经见过这位六王爷，开口预测之前，已隐约知道了他的王爷身份。

不久之后，皇上顺利西巡，六王爷则被满门抄斩。

而易之玄呢，经过这件事，感觉像是做了一个梦，梦醒之后，心灰意冷，从此金盆洗手，不再给人算卦断事，而是拿着以前摆卦摊赚的钱，隐居在家，静心读书……

图书在版编目（CIP）数据

诡案罪.5/岳勇著.—北京：群言出版社，2015.5
ISBN 978-7-80256-721-4

Ⅰ.①诡… Ⅱ.①岳… Ⅲ.①长篇小说－中国－当代
Ⅳ.①I247.5

中国版本图书馆CIP数据核字(2015)第061511号

责任编辑：陈　佳
装帧设计：郑金将

出版发行：群言出版社
地　　址：北京市东城区东厂胡同北巷1号(100006)
网　　址：www.qypublish.com
自营网店：http://qycbs.shop.kongfz.com（孔夫子旧书网）
　　　　　http://www.qypublish.com（官方网店）
电子信箱：qunyancbs@126.com
总 编 室：010-65265404　65267783
编 辑 部：010-65138815　65262436　65276609
发 行 部：010-65263345　65263836
市 场 部：010-65220236　65265832（读者服务）
经　　销：全国新华书店
法律顾问：北京市君泰律师事务所

印　　刷：北京慧美印刷有限公司
版　　次：2015年5月第1版　2015年5月第1次印刷
开　　本：787mm×1092mm　1/16
印　　张：15
字　　数：165千字
书　　号：ISBN 978-7-80256-721-4
定　　价：36.80元